W0341675

LE TOURNOI DES OMBRES

JEAN-PIERRE PERRIN

LE TOURNOI DES OMBRES

Collection fondée par François Guérif

RIVAGES/NOIR

Retrouvez l'ensemble des parutions
des Éditions Payot & Rivages sur

payot-rivages.fr

Collection dirigée par Jeanne Guyon
et Valentin Baillehache

© Éditions Payot & Rivages, Paris, 2023

« Croyez-moi ! Le secret pour récolter la plus grande fécondité, la plus grande jouissance de l'existence, consiste à vivre dangereusement ! »

Friedrich NIETZSCHE,
Le Gai Savoir

« Quand le vent eut frappé, quand fut détruite la cité de l'Âme, quand la tyrannie eut bousculé jusqu'au dernier des souffles, le Voyageur fut jeté, brindille dans l'ouragan, jusqu'au désert sans route, vers l'exode sans fin. »

Sayd BAHODINE MAJROUH,
Le Voyageur de Minuit

« Zeus nous a fait un dur destin afin que nous soyons plus tard
Célébrés à jamais par les hommes à venir. »

HOMÈRE,
L'Iliade (VI, 357-358)

Prologue

Charles

Lors des grands hivers, une fois ses forces ramassées dans le vaste cirque de pierre qui couronne Saint-Romain, la bise de chez nous dégringole sur les vignes comme une avalanche. Elle martèle les tempes des vignerons, les serre dans son étau et racornit leurs visages. Elle cingle les arbres de la forêt jusqu'à les ployer et tourbillonne en ronflant dans les vallons autour du village. Elle racle la peau, et si c'est ce qu'on appelle ici une « bise noire », qui dure trois, six ou neuf jours, se forme en Méditerranée avant de traverser les Alpes en charriant d'infimes particules de glace, elle cisaille les doigts et cravache un bon coup les oreilles. Elle claque durement les volets et les portes. La vieille église située dans le haut du village semble s'en méfier, c'est pourquoi elle est râblée et trapue, avec des murs épais et un gros clocher courtaud. Puis, après avoir fait son boulot, en rappelant à l'ordre ceux qui se permettent de la défier le temps de quelques tailles au pied des vignes, la bise passe son chemin. L'entendre souffler des nuits entières apaise le sommeil, comme si elle possédait la vertu de chasser les mauvais rêves. Et si, certains soirs, elle forcit jusqu'à devenir une tempête qui bouscule un peu la maison, chacun sait qu'elle ne se permettra pas de l'arracher à la colline.

Mais le vent qui souffle sur la hauteur d'Aï Khanoum, dans le nord-est de l'Afghanistan, c'est tout autre chose.

Aï Khanoum signifie « la Dame Lune » en langue ouzbek. Un bien joli nom pour ce superbe promontoire à la confluence de la rivière Kokcha et de l'Amou-Daria, le mythique Oxus des Grecs, grand cours d'eau qui trace aujourd'hui la frontière de l'Afghanistan avec le Tadjikistan et l'Ouzbékistan. On ne s'attend donc pas à ce que cet endroit, qui fascina les rares explorateurs et archéologues de passage, soit la proie de ce vent diabolique.

Lui aussi froisse les visages, lacère les joues, râpe les fronts. Il fouette chaque espace qui se dévoile et le fait encore plus violemment que la bise la plus rugueuse de mon village, mais ce n'est pas là l'essentiel. Si on le craint, c'est que, certains jours, certaines nuits, il se révèle malfaisant. On dirait qu'il crie, comme s'il traînait derrière lui une armée de blessés, d'agonisants, de mourants. Et il apporte de très mauvaises odeurs. Des parfums salis d'ordures. Des souffles d'haleine fétide.

Il rappelle aussi, ce vent vicieux, le souvenir de la horde de Gengis Khan, qui a déferlé sur cette région vers 1220, rasant chaque édifice, brûlant chaque récolte, piétinant chaque culture et réseau d'irrigation, massacrant tout être vivant sur son passage. Plus qu'au tremblement de la terre sous le galop de ses petits chevaux, c'est à son odeur que l'on savait qu'elle approchait. Il s'y mêlait l'urine forte des coursiers trempés d'écume, la sueur noire imprégnée du sang séché des cavaliers, le suri du lait caillé dont ils se nourrissaient, et les relents pestilentiels des charniers qu'ils traînaient derrière eux.

Comme les légions de Gengis Khan, ce vent est non seulement malodorant mais pillard. On a toujours l'impression qu'il vous enlève quelque chose. Qu'il vous vole en passant.

À plusieurs reprises, quand il soufflait sur Aï Khanoum, je me suis surpris à mettre mes mains dans mes poches pour m'assurer qu'il ne me manquait rien. À l'heure des derniers feux du crépuscule, quand je grimpais sur la butte qui nous servait de rempart, il m'arrivait même de surveiller mon ombre, que l'on appelle ici du joli mot de *sāyeh*, inquiet qu'elle puisse être kidnappée. Sans ma *sāyeh* – je préfère utiliser ce mot persan qui fait de notre ombre une part de nous-mêmes, qui ne la sépare pas du corps – j'aurais été vraiment seul. Je me souviens que je n'arrêtais pas de répéter cette formule persane, qui est une manière de souhaiter à un être cher de rester en vie, mais qui avait pris dans ma bouche la valeur d'un mantra pour conjurer les maléfices du vent mauvais : *sāyeh tân kam nashawad,* que ton ombre ne te soit pas enlevée.

Ce vent maudit a pour nom Bâd-e Shâmal. Son surnom en dit davantage : Bâd-e Shaytan, le Vent de Satan.

Heureusement, le Bâd-e Shâmal ne souffle pas en permanence. Certaines semaines sont tranquilles, tandis qu'à d'autres saisons, il razzie tout sur son passage.

Il n'y a rien à razzier à Aï Khanoum, affirmeront les quelques voyageurs qui ont poussé jusque-là. En contemplant cette butte que le Bâd-e Shamal rince telle une marée de sable gris dans laquelle se cachent des djinns, ils n'ont vu qu'une éminence rocheuse. Pourtant, Aï Khanoum n'est pas qu'une simple hauteur. La butte s'est arrondie avec le temps, mais si on la regarde de loin et si on possède des rudiments d'archéologie, on peut deviner qu'elle n'est pas tout à fait comme les autres collines qui repoussent sans fin la ligne d'horizon. La main de l'homme l'a jadis façonnée pour en faire l'acropole de ce qui fut une extraordinaire cité grecque, avec trois temples, des thermes, un immense palais, des gymnases, un arsenal, une trésorerie et un grand théâtre, rien de moins. Une cité appelée l'Alexandrie de l'Oxus par le célèbre géographe Ptolémée et, plus tard, Eucratidia, sous le règne du souverain grec Eucratide Ier qui régna sur ces terres de 171 à 145 avant Jésus-Christ.

Les archéologues français, qui ont fouillé le site jusqu'en 1978, y ont même découvert l'empreinte d'un papyrus qui serait un fragment d'un discours perdu d'Aristote.

À côté d'Aï Khanoum, il y avait probablement un port, car l'Oxus, baptisée bien plus tard Amou-Daria, n'était pas à cette époque la rivière qu'elle est devenue, à cause des fortes sécheresses et des pollutions. C'était un beau et grand fleuve qui fascinait les Grecs anciens et dont on trouve le nom dans nombre de leurs récits.

Je me souviens bien de l'acropole. À la fin de sa vie, le légendaire commandant Massoud y a installé son artillerie, pas grand-chose à vrai dire, la tourelle d'un char soviétique désossé avec son canon de 105 et deux ou trois mortiers de 85, qui lui permettaient de tenir à distance les talibans. Tout à côté, un antique chapiteau dorique, abandonné à la poussière et privé de sa colonne, donnait à la colline une note surréaliste. C'était là l'ultime tanière de celui que l'on surnommait « le Lion du Pandjshir ». Il s'y accrochait avec ses derniers fidèles, grâce aux armes et aux munitions que lui envoyaient ses alliés et qui lui parvenaient via le Tadjikistan, de l'autre côté de la rivière. Comme j'étais l'interface entre lui et les rares pays occidentaux qui acceptaient de le soutenir, c'était mon boulot de veiller à ce que les approvisionnements traversent sans problème l'ancien Oxus, l'actuelle Amou-Daria.

Une sacrée répétition de l'histoire. Alexandre le Grand et ses successeurs se sont battus là pour repousser les hordes surgies des steppes de l'Asie centrale. Près de deux mille cinq cents ans plus tard, Massoud a rejoué la résistance au même endroit. Seuls les barbares ont changé. Ils ne venaient pas du nord mais du sud, ne chargeaient plus à cheval mais avec des 4 × 4 Toyota sur la plateforme desquels étaient installés une mitrailleuse 12,7 et le drapeau blanc des armées de Mahomet. Et ils portaient d'épaisses barbes noires quand les envahisseurs précédents étaient imberbes, ou avaient de minces et fines moustaches qui dessinaient un lacet d'étrangleur au-dessus de leur bouche aux dents de loups.

Si, aujourd'hui, le Bâd-e Shamal n'a plus personne à dépouiller, c'est qu'il n'y a plus de colonie grecque, même plus de ville du tout, que Massoud est dans la main de Dieu et que les derniers veilleurs des remparts ont fini par s'enfuir. Plus de sentinelles pour protéger Aï Khanoum. Plus de soldats montant la garde jour et nuit. Le vent ne les a pas tous emportés, mais il a certainement pris quelque chose à chacun d'eux pendant leurs longs moments de guet. Quoi ? Personne ne le sait exactement. Ou alors ils ne veulent pas raconter. Pour certains, c'est une amitié, la vie d'un camarade, quand à la faveur d'une éclaircie, après des jours de haute poussière qui réduisait la visibilité à un jet de pierre, un tireur débusquait une silhouette dans la lunette NPZ de son Snaïperskaïa Vintovka Dragounova, appelé plus simplement Dragunov, ou au bout de la mire rudimentaire de son antique jezaïl au long canon, et l'emportait dès la première balle. Parfois, un tir à plus de 1 500 mètres. Quatre fois la portée utile d'une Kalachnikov.

C'est pourquoi, sur l'acropole, on ne pouvait jamais masquer les odeurs nauséabondes avec une cigarette. Sitôt allumée, la braise nous aurait désignés comme des cibles à des kilomètres à la ronde.

J'ose avancer ma théorie : ce Bâd-e Shamal n'est pas un vent plus méchant qu'un autre. Mais parce qu'il est pestilentiel, qu'il pue la mort, ce qui obligeait les sentinelles à courber le cou pour cacher leur nez dans leur col, ou à cligner des yeux quand il soufflait très fort en hurlant, personne ne voyait ni n'entendait les charges soudaines de cavaliers ennemis qui se cachaient dans ses tourbillons et déferlaient en sabrant tout sur leur passage ni, en des temps plus proches, les commandos ennemis qui surgissaient brutalement du grand nulle part. Ni a fortiori les tireurs à l'affût.

Aujourd'hui encore, après avoir quitté ces lieux depuis des années, je crois que quand il souffle fort, le vent de Satan fait surgir du plus profond de la nuit les fantômes de ceux qui ont été enterrés vivants sur la colline d'Aï Khanoum et qui n'ont pu recevoir une sépulture digne. D'où des plaintes étranges, des frôlements dans l'obscurité sur l'ancien rempart, des remugles de charniers et, quand l'aube n'est encore qu'une rizière de lumière barrant l'horizon, des ombres qui s'enfuient au loin sur des chevaux noirs.

C'est difficile à croire, n'est-ce pas ? Oui, je l'admets volontiers. C'est même du délire, du délire total. Je comprends qu'on puisse le penser. C'est pourquoi je n'en ai jamais parlé à personne. J'entends déjà les ricanements de ceux qui consentiraient à m'écouter. Mais quoi qu'ils puissent dire, non, ce n'est pas une fable afghane. Non, cela ne relève pas de l'hallucination ni d'une imagination détraquée par la guerre, ni encore de cette maladie des soldats qu'on appelle stress post-traumatique.

En faisant quelques recherches, j'ai trouvé deux articles dans la presse anglophone qui questionnent le même phénomène. Les lieux sont situés là encore en Afghanistan, mais dans sa partie sud.

Le plus récent est un long papier du *New York Times* daté du 31 octobre 2020. Il est titré : « Une antique colline et des morts oubliés : un poste avancé hanté en Afghanistan. » Ses deux auteurs, Thomas Gibbons-Neff et Taimoor Shah, l'un américain, l'autre un Afghan de Qandahar, racontent l'histoire d'un fortin dans la province désertique du Helmand, district de Garmsir, qui a été l'objet de batailles acharnées entre les soldats soviétiques et les moudjahidines afghans, puis entre les talibans et les forces de l'Otan, impliquant tantôt des marines américains, tantôt des soldats britanniques.

On ne sait pas quel empire a édifié ce bastion sur un monticule haut d'une dizaine de mètres. Dans la terminologie militaire américaine, il porte le nom de « Observation Post Rock », mais les soldats l'appellent « The Rock », tout simplement. Étaient-ce les Safavides, les Moghols, les Ghaznavides, ou plus probablement, bien avant eux, les phalanges d'Alexandre le Grand quand elles marchaient en direction de l'Inde ? Qu'importe l'époque, beaucoup de guerriers sont tombés au fil des siècles en attaquant ou en défendant cette modeste citadelle des sables, à croire qu'elle en valait la peine, alors qu'elle veille aujourd'hui sur un territoire certes immense mais désespérément vide, hormis quelques villages décharnés par les rafales de poussière et entourés de champs de pavot. Certains y ont été massacrés dans les années 1980, je pense à une quarantaine de pauvres flics afghans servant malgré eux le régime communiste – sans doute n'ont-ils pas pu déserter – qui se sont rendus en espérant la clémence des insurgés islamistes, commandés par un certain Nassim Akhoundzadeh, devenu depuis un trafiquant de drogue notoire.

Les militaires soviétiques y ont subi aussi de lourdes pertes et les habitants du village voisin d'Amir Agha, à présent retourné à la poussière, jurent avoir vu des tanks disparaître littéralement, aspirés par la terre comme s'il s'agissait d'un gouffre marin. D'autres combattants, cette fois des talibans, y ont été ensevelis vivants en 2005 par une bombe américaine de neuf cents kilos. Puis s'y sont installés des éléments du 2e bataillon du 8e régiment des marines. Ils ont confié, eux qui n'avaient pourtant pas peur du diable et à peine de Dieu, avoir été témoins d'étranges phénomènes paranormaux, en tout cas inexplicables, des lumières et des voix dans la nuit, de mystérieuses fréquences radio qui brouillaient leurs communications et, surtout, d'épouvantables relents de charniers. « Les odeurs étaient comme celles d'un mourant. Surtout la nuit. Cela venait par bouffées, par rafales. On aurait dit que quelqu'un était en train de mourir », a raconté le sous-caporal Diego Herrera aux reporters du *New York Times*. D'autres marines ont également confié des expériences en tout point semblables. Tous ont raconté avoir eu la sensation d'être en permanence épiés. Tous en ont été terrifiés.

« Cet endroit vous aspire vraiment, a ajouté le sous-caporal Austin Hoyt, alors qu'il préparait son sac avant de regagner la base principale. Les Afghans disent que c'est hanté, ici. Enfoncez une pelle n'importe où et vous trouverez des os et des morceaux de poterie. Ce sacré coin devrait être dans le *National Geographic* – regardez donc ces étranges lucarnes par lesquelles on devait tirer des flèches. Les Afghans nous disent aussi que des soldats russes ont été exécutés ici par des moudjahidines. »

Dans un autre article, publié le 22 décembre 2019, cette fois dans *The Times* de Londres, et consacré à cette même colline foudroyée par le surnaturel, le caporal Dutch Perkins se rappelle que, pendant ses factions, de minuit à l'aube, il entendait des voix s'adresser à lui en russe. « Rien que d'y penser me fait dresser les poils des bras. C'était d'abord faible, puis cela résonnait comme si quelqu'un montait la garde à côté de moi », a-t-il indiqué au journaliste.

Avant les marines, la position a été tenue par les Welsh Guards, parmi la crème des régiments britanniques, qui n'ont pas moins été terrorisés par ce qu'ils ont vu, senti et entendu. D'excellents soldats ont dû être rapatriés tant ils cédaient à la peur panique. Bien sûr, personne au sein de la hiérarchie militaire n'a jamais cru ni les marines ni les Welsh Guards. C'est pourquoi je garde pour moi ce que j'ai aperçu à Aï Khanoum. Je n'en ai jamais parlé à mes supérieurs à Paris. Mais ces deux articles m'aident beaucoup. Leurs photocopies sont en permanence sur mon bureau. Ils me convainquent que je ne suis pas devenu fou.

L'heure tourne et j'en ai assez de contempler mes vignes en remâchant le passé. Il est temps de retrouver ma cave. Le vin que je me prépare à mettre en bouteille n'est pas encore au niveau de ce que j'espérais. Il est certes mieux structuré, surtout le saint-romain, mais risque de manquer d'acidité, et les tanins sont loin d'être soyeux et fins. On sent encore des marques terreuses qui se déposent sur la langue. Comme ma vigne est une jeunette, le vin qu'elle me donne manque de nerf. Mais elle a fait quelques progrès. À la dernière vendange, elle a produit davantage, surtout celle de Santenay, la plus petite des deux. Peut-être que d'ici trois ans j'arriverai à en vivre et pourrai commencer à rembourser mes emprunts qui, si on les mettait bout à bout, colleraient des sueurs froides aux crânes d'œuf de la Banque centrale européenne.

C'est l'heure aussi de boire. Pas mon vin, qui n'est pas assez puissant pour éloigner les vieux fantômes sur leurs chevaux noirs. Après avoir fréquenté un moment les bérets verts américains, on arrive à aimer leur bourbon, en écoutant en boucle la seule musique qui les aide à se réparer, le rock de la Dark Country, le country-blues des rivières sans retour et sans Marilyn, celui de l'autre versant du monde. La musique que jouent The Heavy Horses, The Builders and The Butchers, les Dropkick Murphys, Big Will. Ou The White Buffalo and The Forest Rangers. « Viens te joindre au meurtre », chante en ce moment Jake Smith, le leader du groupe, sur mon ordinateur. Le meurtre, en argot américain, ce sont les corbeaux, et il y en avait beaucoup en Afghanistan, en particulier autour d'Aï Khanoum.

Cette musique, c'est du bourbon pour les oreilles, disait un de mes copains des bérets verts.

Le plus dur reste à faire : oublier les odeurs, les lueurs dans la nuit, les cris insensés dans le désert nocturne, tous ces frôlements sur la butte maudite. Et la course des chevaux noirs sous l'éperon orangé de l'aube.

Si j'y arrive un jour, je garderai quand même la musique qui apaise les fantômes. Parce qu'on ne refait jamais complètement sa vie.

Mais si la pression devient trop forte, il me restera la ressource de partir, de laisser mes vignes, mes chats et le village, pour m'en aller très loin avec Doftar-e Noor, la Fille de la Lumière. Elle seule saura me conduire vers les beaux jours.

1

L’ombre du dragon

Charles

Sans doute ne connaît-elle pas grand-chose au bourgogne et cherche-t-elle à faire l'intéressante.

« Je préfère votre saint-romain à votre santenay, je le trouve plus souple, plus arrondi. Disons plus féminin. Vous n'êtes pas de mon avis ? »

Je ne suis pas de son avis mais je n'ai pas envie de la contredire. Même si elle avait trouvé mon pinard dégueulasse, je n'aurais pas réagi. L'hiver a figé le village et on dirait qu'une épidémie de peste a traversé ses rues. Alors, après toutes ces longues journées à regarder mes vignes réduites à une calligraphie de bâtons nus et tordus, en fumant cigarette après cigarette, sans la moindre visite, pas même celle d'un randonneur égaré ou du facteur, sa présence est une bénédiction. Elle fait du bien, même si elle n'est pas forcément de bon augure.

L'étrangère est arrivée au début de l'après-midi sans crier gare, juste après que la pluie s'est arrêtée, au prétexte de m'acheter quelques quilles. Sa vieille Porsche 911 Classic, d'un rose brillant assorti à son rouge à lèvres, a réveillé le village avec ses ronflements désinvoltes qui font que l'on reconnaît ce genre de belle caisse entre mille. Elle est entrée dans la cour en ayant à peine ralenti, comme si elle connaissait le chemin depuis toujours. Un grand coup de frein a fait peur à mes chats.

La visiteuse est une longue femme brune, avec une ample chevelure ruisselant sur ses épaules. Par la fenêtre, je l'ai vue s'extraire de sa voiture en évitant soigneusement de tremper ses délicats escarpins en daim rouge, avec trois brides pour faire plus chic et des talons d'au moins sept ou huit centimètres, dans une grande flaque d'eau. Plus de trente ans, moins de quarante. Un trench en cuir noir avec une grosse ceinture pour souligner la finesse de sa taille et dans laquelle elle a coincé son portable. Le sac à main d'un rouge flamboyant qu'elle serre contre elle est si minuscule qu'on aurait du mal à y glisser un poudrier. Elle a grimpé les quelques marches irrégulières de l'escalier, en faisant attention où elle posait ses hauts talons, et a frappé à la porte vitrée d'une façon plus discrète que je m'y attendais. Sa voix est claire comme un matin d'avril dans les vignes, avec quelques lointaines couleurs sombres d'orage.

« Bonjour, votre cave est ouverte ? Oui ? Ah ! C'est top. Vous voulez bien me vendre un peu de votre vin ? Et me le faire goûter aussi ?

– D'habitude, on goûte d'abord, puis on achète. Ou pas.

– On dit que tous les bourgognes sont bons. C'est pas vrai ?

– Qui a pu dire une connerie pareille ? Si c'était vrai, cela ne voudrait pas dire qu'ils se valent. C'est pourquoi il faut savoir bien les choisir. Même si le style d'un vin dépend de son terroir, de la parcelle de vignes qui l'a fait naître et de la qualité des raisins, de son climat comme on dit par ici, on doit faire davantage confiance à la signature, c'est-à-dire au producteur, qu'au cru lui-même. Le vinificateur doit être à la hauteur de l'enjeu.

– Mais les vignes, ça compte aussi, non ?

– On peut avoir les plus belles vignes du monde, si on glande en cave, on gâche tout. »

Elle acquiesce d'un petit signe de la tête en me regardant avec un aplomb assez déconcertant. Si ses yeux hésitent entre le vert et le marron, ils ne se retiennent pas pour lancer des éclairs. Verts ou marrons, ils sont magnifiques, immenses et profonds. On a l'impression de voir des paysages défiler sous l'auvent de ses longs cils recourbés. Et ses prunelles brillent comme des lanternes noires.

« Vous ne faites pas de vin bio ? demande-t-elle brusquement pour rappeler à l'ordre mon regard qui s'est trop attardé.

– Vous ne conduisez jamais de voitures sans super-malus en matière de particules fines ? »

Les éclairs de ces yeux sont devenus en un instant les petites flammes électriques d'un de ces bébés dragons robotisés que l'on offre aux enfants pour Noël. Quand ils finissent par s'éteindre, je l'invite à me suivre jusqu'à la cave, bien trop grande pour ma modeste production, en contrebas de l'habitation principale.

Le froid, quand il est sec, sent la pierre à fusil, comme les grands vins jaunes du Jura. Le froid humide, c'est différent. Il apporte de vagues effluves de glaise, de graisse, de charbon de bois, de chien mouillé, de fumier gorgé d'eau, de feuilles froissées, de sarments qui brûlent difficilement. Mais l'éclat opiacé et ambré de son parfum a chassé toutes ces relents de campagne pour imposer à la cour un grand coup de printemps.

Descendre l'escalier en colimaçon raide et étroit est une petite épreuve pour ses hauts talons et sa robe trop serrée. Comme il fait sombre à l'intérieur, je la sens, elle, si arrogante il y a quelques minutes, hésitante comme si elle craignait de voir débouler des fantômes.

« N'ayez pas peur, ce n'est qu'une cave, et les vins, contrairement aux raisins, n'aiment pas la lumière.

– De quoi je pourrais avoir peur ? »

Je débouche d'abord un flacon de santenay, qui provient des quelques coudées que je possède à la lisière de cette appellation. Elle hoche la tête pour me dire qu'elle le trouve bon. On passe au saint-romain. Je lui parle de mes terres, du vent qui souffle ici plus fort que sur les autres vignobles de la Côte, ce qui donne de la fraîcheur au raisin, le préserve de certaines maladies et le protège de la pourriture et de l'oïdium. Elle fait semblant de m'écouter mais je ne suis pas dupe. Sa Porsche témoigne qu'elle a les moyens de s'offrir au minimum quelques caisses de charmes-chambertin. La plaque d'immatriculation indique qu'elle vient de Paris. N'importe qui aurait trouvé bizarre son atterrissage dans la cour d'un petit vigneron-propriétaire parmi les plus besogneux de la Côte de Beaune. Pas plus le guide Hachette que celui des Vins de France ou le Bettane et Desseauve n'ont jamais mentionné mon domaine. Sans compter que le saint-romain, s'il est une belle appellation, n'est pas encore parmi les plus connues.

En la voyant faire des pointes pour éviter les flaques d'eau sur le chemin qui la menait à la cave, je me disais qu'elle aurait été plus à sa place sur une plage de sable fin à Tanger, à ramasser des bouteilles en plastique pour se la jouer écolo, que dans la cour boueuse d'un type en pantalons de velours informes, chemise à petits carreaux sur tee-shirt noir, lequel est devenu un vigneron médiocre sur le tard et bourre son vin de sulfites. Cela ne rend sa visite que plus intrigante.

Il ne me reste plus qu'à attendre qu'elle se dévoile. En attendant, comme elle fait semblant d'aimer mon vin, je continue mes explications.

« À Saint-Romain, comme pour la plupart des appellations de la Côte de Beaune, on fait davantage de blanc à cause des bancs argileux qui conviennent mieux au chardonnay, mais mes vignes sont sur des parcelles à dominante marno-calcaire et elles produisent donc du…

– Du rouge.

– Du rouge, bravo. Avec quel cépage ?

– Pinot noir, évidemment.

– Évidemment. Et comme le pinot noir aime bien la lumière, qu'il sait la conserver dans ses arômes, la situation de mes vignes est plutôt bonne, puisqu'elles sont exposées sud-sud-est. Vous avez vu les falaises qui enserrent le village ? Elles grimpent jusqu'à près de cinq cents mètres. Ça nous donne des versants encaissés, ce qui rend le travail assez difficile. Le tracteur ne s'y risque pas, tout se fait à la main. Même si elles nous font transpirer, elles sont belles, ces falaises, vous les avez vues en montant au village. Elles n'ont pas leur pareil sur toute la Côte de Beaune.

– Elles vous rappellent l'Afghanistan ? »

Elle a lâché sa petite phrase avec une innocence parfaitement feinte. Je réagis par un éclat de colère guère différent de ceux des ours noirs qui, il y a plus de quatre mille ans, peuplaient le grand cirque de pierre qui coiffe les vignes.

« En quoi ça vous regarde ? Je ne sais pas ce qu'est devenue l'Afghanistan. »

Ma réaction la choque au point qu'elle recule d'un bon mètre alors que je n'ai pas bougé. Elle est donc peureuse, en dépit de l'aplomb qu'elle manifeste. Elle bégaye :

« Euh, non, c'était euh, je demandais ça… comme ça…

– Non, vous ne me demandiez pas ça… comme ça. L'Afghanistan, c'était dans une autre vie. Personne ne sait dans le coin que j'y ai traîné et ce n'est donc pas ici que vous l'avez appris. Alors pourquoi êtes-vous venue me parler de l'Afghanistan ? »

Elle recule encore d'un mètre.

« Mais ce que vous y avez fait était parfaitement honorable. Vous avez aidé le commandant…

– Je sais ce que j'y ai fait. Mais ce que je ne sais pas, c'est ce que vous êtes venue foutre chez moi. Certainement pas acheter mon pinard.

– Vous ne regardez pas les émissions à la télé ? Vous ne lisez jamais les journaux ? »

Cette fois, le ton est timide.

« Jamais, non. Mais on n'y parle certainement pas de moi.

– Pardon, c'est de moi qu'ils parlent. Mais je ne me suis pas présentée : je m'appelle Judith Tissot et je suis écrivaine. Et comme j'ai raflé pas mal de prix littéraires, on m'a vue un peu partout, dans *Paris-Match*, *Elle*, *Grazia*, *Vogue*, *Marie-Claire*, *Femme actuelle*… Et à la télé, à la *Grande Librairie*, à *Quotidien*…

– Vous êtes écrivain, et alors ?

– Pas écrivain, écrivaine. É-cri-vaine. Et je viens vous débaucher pour que vous soyez mon guide en Afghanistan, où se situera mon prochain bouquin. Je ne connais rien à ce pays et vous en connaissez tous les recoins. Et comme la situation sécuritaire y est, dit-on, plus que précaire, dramatique, vous êtes vraiment la bonne personne. En plus, je crois savoir que vous maîtrisez le persan que l'on parle là-bas et qui s'appelle le dari, c'est bien ça ?

– Il semblerait.

– Donc, le dari. Mais ne vous en faites pas, j'ai de quoi vous payer si vous n'êtes pas trop gourmand. Enfin, ce sera le bel argent de mon éditeur.

– Votre guide, votre garde du corps, et même votre interprète ? Vous rigolez, j'espère. Aucune envie de chaperonner un… une écrivaine. Et cela ne me dit pas comment vous êtes arrivé jusqu'à moi.

– Ce n'était pas très difficile. Avez-vous seulement remarqué tous ces livres sur les forces spéciales qui ont été publiés ces derniers temps ? Il y a même un commando marine qui vient d'écrire ses mémoires alors qu'il est encore en service.

– C'est permis, ça, aujourd'hui ?

– Ah ! Vous ne le saviez pas ? C'est dans l'un de ces bouquins que j'ai eu confirmation de ce que m'avait dit mon éditeur, quand je lui ai parlé de mon projet, à savoir que quelques

Français avaient été envoyés en Afghanistan à l'époque de l'invasion soviétique pour faire du renseignement, conseiller les chefs de maquis afghans, du moins ceux qui étaient fréquentables, les entraîner et même leur livrer des missiles pour détruire les chars russes, des… Milan, c'est bien ça ? J'ai demandé des infos à un copain qui est prof à Saint-Cyr et puis, comme je connais bien le monde de l'édition, j'ai pu remonter jusqu'aux auteurs de ces livres. J'ai aussi donné pas mal de coups de téléphone et fini par arriver à un béret vert qui vous connaissait, un ancien commando Penfentenyo. Allez, je ne vais pas vous cacher que je n'ai pas lésiné sur les sourires et les compliments. J'ai même mis une minijupe pour aller voir le commando. Et maintenant, me voilà. »

La demoiselle a des manières totalement désarmantes. La minute d'avant, elle faisait sa craintive. La voilà à nouveau séductrice, jouant sans vergogne de son charme. On voudrait à jamais l'écouter délirer en regardant défiler des paysages dans ses yeux. J'arrive à lui répliquer :

« Justement, ce type du Penfent, on dit comme ça, Penfentenyo, c'est trop long, ne savait pas que mon nom est protégé par le Code pénal ? Le sien aussi, d'ailleurs…

– Le Code pénal, mais pourquoi ? Je ne veux pas vous mettre en danger ni vous nuire. Je ne viens pas en ennemie. Simplement vous proposer un boulot, celui de m'accompagner en Afghanistan et faire en sorte que le voyage se passe bien. Vous me dites oui ou vous me dites non. Quel mal y a-t-il à ça ?

– Je vais sûrement vous dire non et vous aurez perdu votre précieux temps.

– Pas du tout ! Ça m'a plu de jouer à l'enquêtrice et j'ai beaucoup appris sur un monde que je ne connaissais pas. Tenez, je sais à présent pourquoi les bérets verts français ont le droit exceptionnel de porter leur écusson à gauche.

– Dites toujours…

– Parce que les premiers d'entre eux, les commandos Kieffer, ceux qui ont débarqués le 6 juin 44 en Normandie, ont été formés en 42 au château d'Achnacarry, dans les Highlands, en Écosse. J'ai bien appris ma leçon, n'est-ce pas ? Tous ces détails, peut-être qu'un jour ils me serviront. Et puis, vous savez, les romancières, moi en particulier qui n'ai jamais été plus loin que la Grèce, sont volontiers fascinées par les baroudeurs. On est toujours fasciné par ce qu'on n'est pas, même si on a du mal à se l'avouer. Alors, trinquer avec un ancien des forces spéciales en chair et en os, qui a bourlingué dans le monde entier, c'est vraiment top. Cela dit, je ne désespère pas de vous convaincre. »

Elle a réponse à tout et le fait tantôt avec une souplesse un brin flatteuse, tantôt avec une ironie plutôt douce. Mais persiste toujours une certaine inquiétude dans sa voix. Pourtant, à aucun moment elle ne semble douter de son pouvoir de conviction. On le voit à ses yeux qui, quand ils ne font pas défiler des paysages ni ne jouent au bébé dragon, sourient, ou plutôt se forcent à sourire à chacune de mes remarques, qu'elle doit trouver pataudes. Elle ne me laisse pas le temps de lui poser une autre question.

« Faut que j'y aille. J'ai une signature dans une librairie de Beaune d'ici une petite heure. Et après, la remise d'un prix littéraire qui consiste en une sélection des meilleurs grands crus du coin. Mais je reviendrai demain. Peut-être avec une de ces bonnes bouteilles qui m'auront été offertes. Ça serait top, non ? D'ici là, vous aurez le temps de réfléchir et de vous renseigner sur moi. Vous avez bien Internet, je suppose, à Saint-Romain, même si c'est le bout du monde. Je vous rappelle mon nom : Judith Tissot. Et je suis écrivaine, pas écrivain. Allez, à demain. Même heure, si ça vous convient. Préparez vos questions. N'hésitez pas ! Et ne vous énervez plus. C'est vrai que, tout à l'heure, dans la cave, vous m'avez fait un peu peur. »

La minute suivante, le moteur de la 911 Classic ronfle dans la cour. On dirait la signature sonore d'un dragon étirant sa longue queue dans la rue principale du village, avant de la faire serpenter à travers les vignes. Un dragon avec de beaux yeux verts ou marron dans lesquels passent et repassent des paysages d'ombre et de lumière, et qui sourient de temps à autre. Ou plutôt se forcent à sourire.

Après son départ, la cour garde un moment le souvenir de son parfum. Et une vague odeur de suie, celle que l'on sent habituellement après le passage d'un dragon.

Et si j'allais interroger Doftar-e Noor, la Fille de la Lumière ? Il reste encore une moitié d'après-midi que je peux passer avec elle, avant la chute du soir. Mais la visite de l'étrangère à la Porsche a réveillé de mauvais souvenirs. J'ai plutôt envie de boire et de fumer que de partir avec elle. J'irai la rejoindre demain.

*

Elle a évoqué les Milan, ces putains de missiles antichars qui, à cause de la surpression lors des tirs, font qu'aujourd'hui je n'entends plus très bien de l'oreille droite.

C'est venu trop naturellement dans sa bouche pour être le résultat d'un calcul. Cela a quand même ressuscité quelques vieux cauchemars, ceux qui apparaissaient généralement vers quatre heures du matin. Surtout après avoir trop bu. Depuis longtemps ils ne se manifestaient plus, mais cette nuit ils étaient bien là.

Ce ne sont pas des cauchemars, à proprement parler. Plutôt des rêves éveillés à la frontière du sommeil, où se rejoue ma vie d'avant, comme si j'étais emprisonné dans une bulle qui me permettait de me souvenir de tout, de tout revoir, sous tous les angles. Impossible de m'en évader. Reviennent des foisons de détails que j'avais oubliés, comme des noyés qui refont surface. Les psychiatres diagnostiqueraient sans doute une forme de délire post-traumatique, ce que je me refuse à admettre.

La sarabande des souvenirs m'entraîne d'abord dans une petite chambre de Quetta, dans le Baloutchistan pakistanais où j'ai beaucoup traîné dans les années 1980. C'est la fin de l'été. La chaleur plombe la ville et se calme à peine pendant la nuit. Le ventilateur miaule à chaque rotation et donne l'impression de découper l'air étouffant comme s'il s'agissait de quartiers de bœuf. Pas d'autre bruit. Pas la moindre lueur. Brusquement, les souvenirs arrivent en rafales dans ma tête et, comme je suis trop fatigué pour les chasser, ils me font revivre ce qui s'est passé de l'autre côté de la frontière, lors de ma première opération clandestine en Afghanistan, une mission de reconnaissance qui précédait la livraison des Milan. Le rêve et le réel s'entremêlent. Oui, c'est curieux mais c'est comme ça : le réel, le réel le plus réel, surgissant dans un rêve qui n'en est pas vraiment un.

Je marche depuis des heures. Avec Yvon, nous nous sommes séparés dès le début de l'offensive soviétique, comme l'exige la formation que nous avons reçue dans les commandos marine. Les commandos de l'armée de terre, eux, restent groupés pour faire « boule de feu ».

L'infanterie des divisions soviétiques a commencé à remonter la vallée, brûlant les villages et les champs, détruisant les réseaux d'irrigation et les ponts, anéantissant tout ce qu'elle trouve, tandis que les *spetsnaz*, leurs forces spéciales, campent sur les crêtes, cherchant à prendre à revers les guérilleros afghans.

Pas de chance, avec Yvon, nous venions à peine d'arriver dans le Pandjshir. Dix jours de marche harassante depuis la frontière pakistanaise, parfois sans même s'arrêter pour la nuit, intégrés au sein d'une petite caravane d'ânes faméliques transportant une cargaison dérisoire, qui se résume à une poignée de mines antichars et de Kalachnikovs. Nous avons passé la nuit au pied du dernier des putain de cols qui conduisent au Pandjshir. Yvon l'a surnommé le col de Bourg-la-Reine, parce qu'il s'appelle Boulakheil. On a bien besoin de se marrer un peu. Plus rien à bouffer, même plus ces horribles pains de maïs mal cuits, durs comme la pierre, absolument indigestes, que je n'arrive pas à ingurgiter en dépit de la faim qui ne nous lâche pas. La nuit, à près de quatre mille mètres dans une bergerie sans toit, a vraiment été glaciale. On est repartis vers deux heures du matin, en boitant, avec la raideur d'un vieil ours estropié. Près du *sar-e koh*, la tête du col, comme disent les Afghans, le froid nous a saisis dans nos pauvres fringues achetées au bazar de Peshawar, qui sont le meilleur des camouflages pour voyager en Afghanistan, et les moudjahidines ont allumé un feu dans une caverne pour nous réchauffer. On a avalé nos derniers cachets de cortisone qu'Yvon avait dégottés dans une petite pharmacie pakistanaise avant de passer la frontière et qui nous ont permis de surmonter l'épuisement des dix jours de marche forcée. Et on a franchi le col de Bourg-la-Reine.

D'un seul coup, le moral est revenu. La plante des pieds brûle toujours, les chevilles se tordent dans les lits de caillasse, les genoux grincent. Mais notre cadence s'est accélérée et les Afghans peinent un peu, pour une fois, à nous suivre. Après une si longue attente, l'aube va bientôt surgir comme un feu de brousse, annonciatrice d'une chaleur qui va lentement détendre nos muscles durs comme les galets des torrents et apaiser nos os transis. Quand elle arrive, une heure plus tard, l'aube est magnifique dans ses couleurs d'or et pourpre, mais elle n'est pas seule. Avec elle, un volcan se réveille, faisant trembler les montagnes qui en répercutent l'écho. Pas besoin de nous parler, Yvon et moi. On a compris. L'offensive soviétique contre le Pandjshir de l'été 1982, dont nous présagions qu'elle se préparait mais pas qu'elle était imminente, a commencé. Et comme nous avons perdu notre radio – mal arrimée à un bourricot, elle a glissé pendant la traversée d'un torrent et s'avère inutilisable – nous n'en savions rien.

Au même moment, une voix a jailli de derrière un rocher pour crier dans notre direction.

« Les Chouravi remontent la vallée ! Sauvez-vous ! Repartez vers le col ! »

Les moudjahidines afghans de l'escorte se sont déjà éparpillés et commencent la remontée. Nous faisons comme eux, sans nous être consultés. Trop tard. Le ciel est devenu en quelques instants un immense circuit pour hélicoptères, des Mi-8, pour les transports de commandos et l'appui-sol, et le pire des hélicos d'assaut jamais inventés, les Mi-24, le « tueur de villages », comme les Afghans le surnomment, qui pulvérise tout ce qu'il croit voir bouger. Le sommet des grosses collines pelées explose sous les roquettes. Les monstres volants imaginent que des guérilleros s'y cachent.

On a juste le temps d'atteindre quelques rochers pas trop éloignés pour s'abriter en se recroquevillant dans la poussière. Mais on dirait que ces pierres aimantent les *kopters*, comme les appellent les Afghans. À cause d'une défense anti-aérienne totalement absente, ils peuvent rôder sans vergogne au-dessus de nous. En volant très bas, ils nous flairent tels des chiens de guerre. Protégés par de puissants blindages, ils exhibent leurs gros ventres de baleine dans une danse macabre et des plus obscènes. Leurs longues ailes sont des lames de sabre d'abordage qui cisaillent l'air devenu brûlant. Les mitrailleurs sont à l'affût. On les distingue à l'œil nu derrière les cockpits.

La règle d'or des Afghans, c'est de ne jamais fixer l'appareil quand il vient vous survoler. Le risque, c'est de paniquer en le regardant, d'imaginer que le pilote ou le mitrailleur vous a vu, et de se mettre à courir. La mort arrive tout de suite. « Ne regarde pas le *kopter*, sinon il va voir tes yeux », disent sans cesse les Afghans. Leur technique, c'est de devenir pierre parmi les pierres, simple caillou parmi les vagues de caillasse qui battent les versants des montagnes. De s'asseoir ou de s'allonger en se couvrant complètement avec un *patou*, la grande cape couleur marron ou brune qui protège du froid et sert, à l'occasion, de tapis à prières. Et, ainsi caché, d'attendre. Yvon n'a pas réussi à adopter le flegme afghan. Il ne peut s'empêcher de commenter à voix haute le passage des *kopters*.

« Hélico à cinq heures. Autre hélico à trois heures. Putain, en voilà un qui arrive droit sur nous. Putain de bordel, un Mi-24. Cool Raoul. »

J'ai peur qu'il ne se lève et commence à détaler. Une crainte totalement idiote car, à défaut de flegme, Yvon a le sang-froid d'un commando. Il continue simplement à commenter la progression des Mi-24.

« Putain de bordel d'enculé d'hélico de merde, il est à midi. Il pique sur nous. N'est plus qu'à deux cents, trois cents mètres. Cool Raoul. Chie pas dans ton froc, camarade. »

Une seconde, deux secondes, trois secondes. Il est passé.

« Si t'as chié dans ton *chalwar*, je peux te passer mes pinces à vélo », plaisante nerveusement Yvon, avant de m'engueuler : « Putain, on voit ton sac qui dépasse sous ton *patou*. Camoufle-le mieux, bordel à cul ! »

Une accalmie, enfin. Farouq, l'Afghan chargé de veiller sur nous, en profite pour réapparaître en rampant jusqu'à nos rochers. Il n'a que des mauvaises nouvelles. La bataille du Pandjshir est perdue, les Soviétiques prennent les vallées latérales les unes après les autres, la situation des guérilleros est désespérée.

« Et Massoud ? demande Yvon.

– En fuite vers le Pakistan. Cela fait trois jours qu'il n'a pas mangé. »

La minute suivante, nous sommes repartis. Yvon choisit de remonter le col sur la gauche, en profitant de l'ombre d'une falaise qui le dissimule au regard des hélicos. Quand elle se retirera, il sera à découvert. Mais pour le moment il a fait le meilleur choix. Farouq est loin derrière. C'est lui et lui seul, l'arrière-garde. Disparus, les autres moudjahidines. Je préfère suivre le lit d'un torrent à sec. De rocher en rocher, de buisson en buisson, de trou en trou. Des petits bonds d'animal traqué. Les épines comme des scalpels lacèrent la peau et s'accrochent au *chalwar*. Rien à foutre. Un œil au ciel. Toujours un œil au ciel. Les *kopters* passent et repassent. L'un d'eux s'approche. Collé à la pierraille, je la respire, je l'absorbe, je deviens pierre et j'y bâtis mon espérance. Il disparaît. Je me relève. Je fonce jusqu'au prochain rocher.

Plus de cachets de cortisone. Encore un peu d'Imodium pour empêcher la diarrhée à cause de la sale bouffe. C'est quand même mieux que les pinces à vélo d'Yvon.

La remontée du col de Bourg-la-Reine va nous prendre des heures.

Judith

Chic ! la pluie s'est remise à dégringoler, et elle est drue, ce qui va dissuader les gendarmes de sortir leurs radars. Peu de visibilité, pas mal de virages superserrés jusqu'à Beaune, les vroum vroum en accord parfait avec la chaussée glissante. Une scène d'amour top. Les petites routes serpentines et la Porsche. Un slow collé serré, non, cela va beaucoup trop vite, disons un joli corps à corps. Tu apprécies, Jean ? Le plaisir de la conduite et l'attention qu'elle requiert ne me laissent guère le loisir de mettre de l'ordre dans le chaos de mes pensées. Et puis je n'ai pas les bonnes chaussures pour la conduite d'un coupé 911. La ceinture de sécurité froisse ma robe de bimbo, que je compte porter pour la remise de mon prix littéraire, et que j'ai mise aussi pour la jouer mi-vamp mi-Françoise Sagan avec le macho des forces spéciales. Pas sûr qu'il t'aurait plu, Jean. Il y a quelque chose de flingué en lui, et ça fiche un peu les jetons. Tu vois, quand il parle de ses vins, il le fait plutôt bien, il connaît le boulot de la vigne, mais on ne sent pas chez lui la moindre vibration. C'est comme s'il regardait tout ça avec distance. Pareil pour la vinification, on dirait qu'il récite la recette de la limonade. Pourtant, il se donne de la peine pour faire comme s'il était très engagé dans le monde vinicole. Avec des sautes d'humeur pour me remettre à ma place. Il me fait un peu penser à un moine-vigneron qui ne croirait plus à la transsubstantiation. Je dis ça parce ce que ses yeux sont vides. Vides et gris. D'où cette impression de cendres. Une vie de cendres, on peut dire ça. Et c'est comme si, en venant chez lui pour lui parler de l'Afghanistan, j'avais soufflé sur les braises qui se cachaient dessous.

Pêle-mêle, à cause des virages serrés qui m'obligent à faire particulièrement attention, surtout à cette vitesse, voici ce que m'a mémoire me restitue. Tu m'écoutes, Jean ?

Il m'a d'abord pris pour une demeurée, incapable de comprendre et d'apprécier son vin – qui n'est d'ailleurs pas si mal, même s'il a encore du chemin à faire pour devenir moins austère. Mais c'est un macho malin. Il n'a jamais été dupe et a tout de suite compris que je n'étais pas venue lui acheter ses « quilles », comme il dit. Il n'a pas saisi mon intention première, qui était précisément de savoir s'il allait me découvrir rapidement. C'est important pour la suite de l'histoire, de connaître ses capacités d'analyse, t'es pas d'accord ? Mais c'est peut-être ça aussi qui va poser problème. J'aurais pu lui dire d'emblée pourquoi je suis venue le voir, mais je n'étais pas sûre qu'il fasse l'affaire. À présent, je le suis davantage, mais il va être plus méfiant. S'il est cassé de l'intérieur, en tout cas, il n'en laisse rien paraître. Il n'y a que son regard qui soit aux abonnés absents, et encore pas toujours puisqu'il y a eu des étincelles de colère dans ses yeux quand j'ai évoqué l'Afghanistan. Il a regardé les miens assez longuement pour voir si je trichais, mais il n'a même pas reluqué mes jambes, malgré mes bas noirs à couture. Même quand on est descendu dans sa cave par un escalier très étroit et de hautes marches, ce qui m'a obligé à ouvrir mon manteau et remonter ma robe tout en haut de mes belles cuisses. Un mauvais point pour lui, non ? Et est-ce qu'il n'est pas trop vieux pour le job ? En tout cas, ses abdos n'ont pas l'air de faire relâche, son ventre est plat comme la Hollande, il a de belles épaules et des biceps saillants. Le boulot qu'il se tape tout seul dans ses vignes doit lui permettre de s'entretenir. J'ai remarqué aussi la façon dont il se déplace : légère, aérienne, comme un ninja ou un danseur de ballet, ce qui est étonnant pour un gabarit comme le sien. Ah ! oui, il n'a pas non plus le faciès rougeaud des grands buveurs. Un autre bon point : il était parfaitement rasé quand je l'ai surpris chez lui alors que, visiblement, il n'attendait personne. Il fiche quand même un peu la trouille avec son crâne lisse d'écorcheur mongol. Mais pas de tatouage apparent. Tiens, il a quatre anneaux en métal aux doigts de la main gauche, sûrement un truc de gros bras. En revanche, ce qui me chiffonne un peu, c'est que dans la pièce principale de sa ferme, il n'y a rien qui rappelle son passé. Aucun souvenir. Pas même une décoration militaire. Rien non plus sur l'Afghanistan. Même pas un tapis, une poterie, une miniature, une arme accrochée au mur. Je sais qu'il est fou des vieux fusils afghans, les *jezails*, avec lesquels les Afghans ont fichu autrefois une sacrée raclée aux Anglais, et qu'il s'est fait piquer à deux reprises à l'aéroport de Kaboul en essayant d'en rapporter un en douce à Paris. C'est ce que m'a confié un de tes potes qui a pu consulter son dossier.

La pièce est quand même intrigante, avec ses grandes dalles marron au sol et un poêle à bois insuffisant pour réchauffer une telle surface. Peu de meubles, une table de ferme rustique, qui fait aussi huche à pain, entourée de chaises qui auraient bien besoin d'un rempaillage, un fauteuil devant un guéridon avec un ordinateur qui date un peu, une longue table basse sur laquelle est posée une vieille télé qui ne marche peut-être plus. Aucune déco. Rien qui traîne à part un cendrier bien rempli, deux ou trois bouquins sur le guéridon. Et puis, complètement en décalage avec ce décor rustique, des piles et des piles de magazines de mode, y compris des plus chics, et pas seulement français, sur la table basse et par terre. Comme rien n'indique une présence féminine dans ces lieux, c'est assez curieux. Peut-être qu'il fait une fixation sur les top-modèles. J'ai donc bien fait de sortir le meilleur de ma garde-robe. J'ai d'ailleurs vérifié qu'il vivait seul en allant à la salle de bains, sous prétexte de faire pipi, compter les brosses à dents. Aucune photo, par ailleurs, d'une femme, d'un enfant ou de lui-même. Il y a seulement, accroché à un mur par une punaise, un calendrier des postes, représentant un lagon avec cinq palmiers qui se balancent, à moins que cela soit des cocotiers, t'imagines, Jean, quelque chose de plus ringard ? Donc, rien dans la grande salle pour inviter une femme à rester. Pas étonnant qu'il soit seul. Ah ! Si, j'oubliais ça : on trouve aussi dans un coin une magnifique selle en cuir posée sur un chevalet. Et dessous, une paire de bottes tout aussi chic. D'aussi beaux accessoires, dans une pièce pareille, doivent occuper une part importante de sa vie.

Tout va se décider demain. Est-ce qu'il faut que je joue la partie séductrice en partance pour l'aventure, ou celle de l'intello branchée sur l'Antiquité ? Si je prends en compte toutes ces revues de mode qui traînent dans la pièce, je devrais essayer de faire la belle. T'en penses quoi, Jean ?

En attendant, j'ai une radieuse après-midi devant moi, la première depuis longtemps, même si tu n'es pas là. Tu seras quand même à mes côtés, n'est-ce pas ? Tu seras une nouvelle fois fière de moi quand on me remettra le prix. Tu me chuchoteras des compliments à l'oreille. Tu m'empêcheras de trop boire ce soir, je ne veux pas rentrer saoule à l'hôtel. Tu te rappelles comme on se disputait à propos du bourgogne et du bordeaux ? T'étais tellement bourgogne, tellement sectaire sur ce point, et moi, je ne jurais que par le pauillac ou le margaux. Maintenant, c'est moi qui suis devenue bourgogne. Parce que c'est toi. D'ailleurs, t'as vu, on m'a décerné le prix des Grands Crus de Bourgogne. La Porsche, c'est aussi pour toi que je la conduis. J'ai mis du temps mais j'ai fini par l'aimer, ta vieille caisse pourrie où j'arrive à peine à caser mes grandes pattes, et la couleur, cet horrible rose bonbon, ne me choque plus. C'est moi qui adore la vitesse, maintenant. Paraît que nombre de ceux qui, sans être des richards, sont capables de se ruiner pour ce genre de bagnole ont le goût du risque, du danger, de l'aventure. Alors bientôt, si mon vétéran macho des forces spéciales est de la partie, je choisirai moi aussi cette voie. Et quand j'aurai peur, car, tu le sais bien, je ne suis qu'une petite helléniste froussarde comme tout, une antilope, comme tu disais, qui veut jouer à l'écrivaine combattante, tu seras là, Jean.

Tu seras aux côtés de ta petite antilope.

Charles

Elle est revenue à la même heure, à la minute près, comme elle l'avait promis. Cette fois, elle prend garde à la grande flaque d'eau et se gare un peu plus loin, près de ma camionnette toute crottée. Elle descend de la Porsche en faisant en sorte que sa jupe remonte bien haut sur ses cuisses, car elle se doute que je l'observe par la fenêtre, met son manteau et traverse la cour, un peu plus hésitante que la dernière fois, en serrant un sac en carton qui doit contenir une bouteille. Elle est vêtue en rouge et noir. Un trench façon détective privé, en cuir rouge, un rouge corrida qui rend insignifiant le rose de la Porsche, et doit venir de chez Dior ou Saint Laurent. Le manteau est serré à la taille par une ceinture à anneaux dorés qui se termine par un ruban noir, sans doute en velours. La jupe est noire aussi. Elle a changé ses escarpins, ceux-ci doivent être en cuir de veau, de couleur anthracite, avec un effet coco brillant, qui se terminent par une pointe métallique. Je me demande si le coffre de la Porsche est assez grand pour accueillir toute sa garde-robe.

Hier, j'ai vu qu'elle a jeté un coup d'œil aux magazines féminins empilés sur la table basse. Ce genre de revues ne colle pas avec mon image de pèpèque, comme on dit par ici. Mais elle s'est retenue de poser la question. Si elle l'avait fait, je l'aurais envoyée balader.

Comme certains chapitres de ses livres sont en accès libre sur la Toile et que beaucoup d'articles lui ont été consacrés, avec des polémiques aussi, j'ai pu jeter un coup d'œil au travail de Judith Tissot qui a été, pendant quelques années, archéologue en Grèce avant de connaître une carrière littéraire fulgurante. Elle a d'abord frappé un grand coup en proposant une lecture féministe du plus fameux siège de l'Histoire, sous le titre hugolien de *Éros aux sombres bataillons : la guerre de Troie racontée par les femmes*.

Ce n'est plus le vieil Homère qui narre les batailles et les exploits de ses héros mais les figures féminines de l'*Iliade*, qu'elles soient mortelles ou pas. Eschyle, Sophocle et Euripide sont aussi convoqués pour compléter l'œuvre du poète. On y partage la vie des « compagnes de lit », c'est comme ça que les Grecs appellent les épouses légitimes, des concubines et des femmes de butin, on dirait aujourd'hui les esclaves sexuelles. On est éclaboussé par les plongeons des déesses pendant leurs baignades, médusé par leurs concours de beauté et leurs crises de jalousie. Sans surprise, la trop belle Hélène, décrite comme la Brigitte Bardot de l'époque, en est le personnage central. À côté d'elle Chryséis, Briséis, Aphrodite, Athéna, Héra, Cassandre, Thétis, Andromaque, Penthésilée, ou la vieille Hécube, sans oublier la pure Iphigénie, aiment, souffrent, pleurent, conspirent, intriguent ou se déchirent. Dans cette relecture, les femmes retrouvent une place à leur mesure, quand bien même elles n'occupent qu'une part réduite dans l'œuvre du poète. Après tout, l'*Iliade*, c'est leur histoire. C'est le rapt de la sublime Hélène qui a provoqué la guerre entre Grecs et Troyens et l'anéantissement de ces derniers. Et celui de Chryséis qui a déclenché la terrible colère d'Apollon contre les armées grecques. Et si Achille et Agamemnon se sont fâchés à mort, au point que le premier s'est retiré un temps des combats, c'est parce que son chef lui a piqué la ravissante Briséis. À la fin de son livre,

Judith Tissot prend ses distances avec Homère pour imaginer dans un long chapitre, à la fois bouleversant et terrible, l'orgie de viols subis par les Troyennes après la prise de la cité, racontée par les victimes. L'exercice littéraire est périlleux mais la plupart des critiques ont estimé qu'elle a réussi. Ils l'ont félicitée pour sa brillante érudition en même temps qu'ils ont salué un sacré culot.

D'un bout à l'autre du livre, si l'on en croit les différents commentaires, l'érudition se mêle à la tragédie et à la fantaisie. Beaucoup d'imagination aussi mais, quand il le faut, bridée par une certaine rigueur – Homère et les tragiques grecs ne sont pas trahis. Et pour corser le tout, l'érotisme fait partie du voyage, avec d'éblouissantes parties de jambes en l'air. Certaines déesses se permettent de comparer les performances amoureuses de Pâris, d'Hector et d'Achille. La philosophie n'est pas absente pour autant. Si Judith Tissot met volontiers à poil les héroïnes et héros du livre, ce n'est pas pour exciter le lecteur mais, a-t-elle expliqué dans une interview, parce que la beauté se doit d'être nue, puisqu'elle correspond, chez les Grecs anciens, à l'apparition du concept du *a-leithia*, la vérité prise dans son sens initial, qui signifie le dévoilement. Cette quête nous conduit jusqu'à la « prairie de la vérité » et donne sens à l'*Iliade*.

Sans doute que pas mal de lecteurs ont dû sauter les passages philo pour aller vers ceux plus pimentés. Pour ma part, je n'ai pas bien compris où tout cela nous menait, peut-être parce que son livre ne se laisse pas résumer. Plus probablement parce que je ne suis qu'un petit vigneron qui ne se souvient que vaguement d'avoir lu quelques pages de l'*Iliade* en classe.

Après l'*Iliade*, Judith Tissot a récidivé avec l'*Odyssée*, toujours racontée par les femmes, mortelles et déesses, la fidèle Pénélope, Calypso, la nymphe enchanteresse, Circé, la magicienne rusée, la princesse Nausicaa aux bras blancs et bien d'autres. L'érudition est encore au rendez-vous, comme la fantaisie, le sexe n'en parlons pas, avec Ulysse en tombeur fatal. La philo pointe également le bout de son museau. Et si, dans l'*Iliade*, elle a longuement évoqué le sort des Troyennes violées, elle a dans ce dernier livre consacré tout un chapitre à l'ignoble pendaison des douze servantes par Télémaque, après le retour victorieux de son père à Ithaque, parce qu'elles avaient couché, de gré ou de force, qu'importe pour le fils d'Ulysse, avec les usurpateurs du trône paternel, les Prétendants.

Avec ce livre-là, le succès a été plus mitigé, certains lecteurs ayant flairé la répétition d'un procédé.

Ce qui rend Judith Tissot sympathique, c'est qu'elle n'est pas dupe de sa réussite. Dans les entretiens, elle laisse clairement entendre que si elle avait eu vingt ans de plus et n'avait pas joué à la coquine érudite en tenue sexy sur les plateaux télévisés, elle n'aurait jamais percé, en tout cas pas aussi vite. Et elle moque volontiers le milieu des lettres parisiennes, qu'elle appelle « la littérature en bande organisée ».

Elle est à présent sur le perron, un peu hésitante et serrant sa bouteille contre sa poitrine. Je lui ouvre la porte avant qu'elle ne frappe. Sur le seuil, elle dit simplement cette évidence :

« Bonjour, je suis de retour. »

On se dévisage pendant un petit moment. Puis, je m'efface pour qu'elle puisse entrer.

« Cette fois, c'est mon vin que l'on va boire, lance-t-elle tout de suite, comme si elle craignait que je lui demande de s'en retourner. Vous voulez bien ouvrir la bouteille ?

– Pas maintenant. Je n'ai pas accepté votre proposition, que je sache, pour que l'on puisse trinquer. Vous ne m'avez d'ailleurs quasiment rien dit sur votre projet. Je ne sais même pas quand vous voulez partir.

– Début du printemps. Mais on peut en discuter en goûtant ce vin. Vous avez eu le temps de regarder ma bio et de vous faire une idée sur mes bouquins ?

– C'est bien là le problème. Je ne comprends pas pourquoi vous voulez aller en Afghanistan. Vous êtes loin de vos chères cités grecques.

– Pas du tout, puisque je m'intéresse cette fois à Alexandre le Grand. Et vous savez sûrement qu'il a conquis l'Afghanistan, qui s'appelait à cette époque la Bactriane, que cela s'est fait non sans mal, qu'il a dû livrer pas mal de batailles et qu'il a aussi fondé pas mal de villes, et même été à l'origine d'une civilisation. Et il s'est marié là-bas avec la superbe Roxane. Dans mon prochain livre, c'est elle qui nous parlera du grand conquérant. Ce sera Alexandre raconté par Roxane, et en même temps la bio imaginaire de la princesse devenue pour un temps la reine du monde. Saviez-vous que son nom veut dire la Resplendissante ?

– Évidemment puisque je parle persan. Mais je ne la voyais pas aussi importante.

– Importante, je ne le sais pas encore, mais toute son histoire est follement romanesque, jusqu'à sa mort, puisqu'elle a été tuée par Olympia, sa propre belle-mère. Elle n'était qu'une fille de satrape quand on l'a présentée, parmi d'autres, à Alexandre, comme on le faisait à cette époque pour sceller un accord. Mais sa beauté était telle qu'Alexandre l'a finalement préférée entre toutes, et même aux garçons et surtout aux eunuques, dont il faisait sa pâture, sans parler des trois cent soixante-cinq filles de son gynécée qu'il n'avait jamais touchées. Cela mérite que l'on se penche sur elle, non ? On en sait déjà un peu sur le passage d'Alexandre en Bactriane grâce à Plutarque, Quince Curse, Arrien et quelques autres historiens latins ou grecs. Mais je veux aller sur les lieux, à Bactres, où s'est déroulé le mariage. Plutarque raconte que les convives ont mangé, bu et dansé pendant des jours et des nuits.

– Je crains que votre Bactres, qui s'appelle aujourd'hui Balkh, ne vous déçoive beaucoup. Gengis Khan est passé par là une quinzaine de siècles plus tard. Il a tué à peu près tous les habitants, plus les chiens, les oiseaux, les insectes, et n'a rien laissé debout. Aujourd'hui, c'est une bourgade étouffée par la poussière, avec de vieux remparts qui fondent sous un soleil de plomb et ne sont plus que des perchoirs à vautours. Et, cerise sur le gâteau, pas mal de talibans rôdent dans les environs. »

Ses yeux me lancent à nouveau de grands coups de lasers. Mais elle insiste, comme le ferait une enfant gâtée exigeant de ses parents qu'ils lui achètent une glace.

« Je veux quand même aller sur place. J'ai commencé comme archéologue en Grèce, je sais interpréter un site ancien. Et vous avez sûrement entendu parler d'Héraclite ?

– Tous les jours, matin, midi et soir, on m'en parle et je m'endors dans ses bras.

– Même pas drôle. Moi, j'aime beaucoup Héraclite parce qu'il nous invite à toujours *aller au près*. En Grèce, j'ai été voir comment se fait la cueillette des olives, comment vendangent les vignerons, comment les pêcheurs prennent leurs poissons, comment les potiers font tourner leurs tours. Cette fois, je veux visiter toutes les villes qu'Alexandre a fondées dans cette partie de l'Asie.

– Et les talibans ne vous font pas peur ? Il y a des attentats tous les jours à Kaboul.

– Héraclite n'est pas le seul homme de ma vie, il y a aussi Épicure. Ce qu'il dit de la mort peut se résumer à cette belle formule : tant que je suis là, c'est qu'elle n'est pas là ; et quand elle sera là, je ne serai plus là. Passons à des choses plus pratiques : vous prenez combien par jour pour m'accompagner ?

– Vous n'êtes plus dans votre Porsche mais vous allez quand même trop vite. Et je me perds un peu dans vos formules philo. L'argent, c'est important. Mais peu de choses finalement à côté de la joie que me procure ma vigne, la tailler, la sentir respirer, écouter la sève qui monte, découvrir les premiers bourgeons, la voir se colorer peu à peu, la ronde des nuances, le pourpre dont elle s'habille au moment des vendanges. Est-ce que vous avez seulement une idée de tout ce que raconte une vigne, si on sait l'écouter et la regarder ? C'est bientôt le moment de ce qu'on appelle le déraçage. Vos copains, les vignerons grecs, savent de quoi je parle : c'est la coupe des sarments de l'année précédente.

– Vous trouverez bien quelqu'un pour vous remplacer.

– Ah ! Vous croyez que dans les vignes, ça marche comme ça ? Si jamais il y a un retour des gelées blanches, qui va allumer en pleine nuit des feux de paille et des braseros pour la réchauffer ? Et puis, le boulot d'un vigneron, c'est d'abord de remplir la paperasse à n'en plus finir que nous envoie notre inégalable administration dans l'espoir de nous voir mettre la clé sous la porte. Même en hiver, elle ne s'arrête jamais de nous faire… de nous harceler.

– On peut quand même ouvrir mon vin tout en discutant, que je ne sois pas venue pour rien. C'est un grand cru que j'ai apporté. Une des douze bouteilles de mon prix. J'ai aussi un bon saucisson bio et une baguette de pain, tout aussi bio. »

Comme elle insiste, je finis par aller chercher un tire-bouchon, deux verres et un couteau. Quand le vin, d'un rouge éblouissant, commence à couler, j'ai le pressentiment que je suis sur la mauvaise pente. Sans compter qu'elle m'a menti. Quelques coups de téléphone m'ont permis de savoir qu'elle n'a pas contacté les commandos marine, comme elle l'a prétendu, pour remonter ma piste. En persan, celui que l'on parle en Afghanistan, en Iran ou en Asie centrale, qu'importe, un mensonge se dit *do-rough*. Littéralement, « deux faces ». Et si je me souviens bien des cours que j'ai suivis il y a fort longtemps, il y a derrière ce mot un autre plus ancien, celui de *drowj*. Et qui nous a donné en français le mot « dragon ».

C'est bien un dragon qui est venu me voir. Un dragon qui ment, un dragon qui veut m'en coller plein la vue, un dragon qui bluffe en citant Épicure ou Héraclite, je ne sais plus, en prétendant qu'elle n'a pas peur alors qu'un rien l'inquiète. Mais aussi un dragon dont les yeux, tantôt exprimant une certaine arrogance, tantôt craintifs comme ceux d'une biche aux abois, racontent des voyages, évoquent des paysages, promettent des ailleurs d'ombres et de grand soleil. Valent-ils pour autant que je quitte mes chères vignes et la Fille de la Lumière, sans parler de mes chats ? Valent-ils que je me laisse entraîner par ce passé qui est venu me chercher jusqu'ici ?

*

J'ai quelques centaines de mètres d'avance sur Yvon, que j'aperçois en me retournant. Nos trajectoires vont bientôt se rejoindre, il me faut quitter l'oued qui se termine pour traverser une longue pente. Bientôt, nous serons particulièrement vulnérables. À poil sous le soleil terrible, à la merci du premier *kopter*. Il faut absolument que nous gardions nos distances.

Dans le ciel, des hélicoptères d'assaut mais aussi un Antonov tout blanc qui vole très haut, presque invisible et silencieux, pas même la rumeur d'un moteur. C'est lui qui renseigne les hélicos et désigne les cibles. Les Afghans le craignent plus que tout. Ils croient dur comme fer qu'il est capable, tant il est bourré d'électronique de détection, de lire l'heure à leur propre montre. Pour le moment, l'avion-espion plane loin de nous. Son vol est comme celui de jean-le-blanc, le nom que les paysans de chez moi donnent aux rapaces circaètes, ceux que la pollution et les chasseurs n'ont pas encore tués.

Après avoir retrouvé le sentier, on avance sur un faux plat, sans un épineux, sans un rocher ni même une anfractuosité pour se cacher, comme une immense paume de main tournée vers le ciel. C'est le passage le plus dangereux. Il faut marcher complètement à découvert pendant deux bons kilomètres. En plus, la pente nous ralentit. S'ajoutent à cela les heures de marche que nous avons dans les pattes. À l'aller, les moudjahidines nous ont montré un petit tumulus qui témoigne qu'un jeune berger, un porteur de message ou un pauvre môme, a été tué à cet endroit par une saloperie de Mi-24.

Je veux attendre la nuit en me planquant dans le lit à sec du torrent, mais Yvon me fait comprendre par gestes qu'il craint que les paras soviétiques remontent le col.

Profitant d'une accalmie dans le survol des hélicos, nous progressons, séparés l'un de l'autre par quelques centaines de mètres, en direction du *sar-e kotal*, la tête de la passe, là où le terrain se cabre un grand coup avant que commence une descente très pentue. On aperçoit déjà quelques rocs dressés qui signent la fin du col et offrent des possibilités d'abri, mais il faut encore arriver jusqu'à eux.

Le bourdonnement des hélicos semble lointain. L'Antonov continue sa ronde mais je ne le vois plus pour le moment. Toujours les roulements des canons qui remplissent le fond de la vallée. Les montagnes se renvoient des coups de tonnerre dans une grandiose partie de ping-pong. J'avance assez vite, en dépit de la faim, de la fatigue qui pèse sur tout le corps et de l'altitude qui coupe le souffle et fait battre le cœur comme un tambour d'exécution.

Brutalement, ils sont devant moi, rasant le col. Ils l'ont remonté depuis l'autre côté pour prendre les guérilleros en fuite à revers. Les éclats de la bataille nous ont empêchés de les entendre. Ils sont là : trois Mi-24 d'assaut. Trois ptérodactyles d'acier surfant sur l'océan bleu du ciel, comme dans un film de science-fiction. Les pales telles des faux gigantesques, longues de quinze mètres, à l'ombre tournoyante. Les faux de la Mort. Elles déchiquettent le ciel dans l'hallali fracassant des rotors. Avec, de chaque côté de la carlingue, ce qu'on appelle dans notre jargon les « casiers », au nombre de deux, chacun rempli de trente-deux roquettes de cinquante-sept millimètres. Pas la moindre cachette. Trop tard, de toute façon. Mieux vaut se coucher que rester debout. À plat ventre sur le sentier. Les pierres brûlent, un avant-goût de l'enfer. Ne pas regarder les ptérodactyles. Leur tourner le dos.

Est-ce que ces salopards m'ont vu ? Je décide que non, qu'il y a peut-être un espoir, tout en sachant que je me mens.

Ils passent l'un après l'autre, lentement. Trajectoire légèrement oblique, décalé par rapport à celui qui le précède. Ils volent au-dessus de moi, à cinq mètres du sol, enveloppés dans un manteau de brume de chaleur. Ils s'approprient tout le ciel, tout l'espace. Le monde est à eux, le monde est leur proie. Le monde attend d'être fauché par la faux des hélices comme des épis de blé mûr. Leurs ombres tournent, tournent, tournent, comme la roue de la mort.

Chaque seconde vaut une éternité. Bon pour le premier : il est passé sans s'arrêter. Bon pour le deuxième. Le troisième, oui… non… oui. Il s'éloigne. Sauvé. La poussière s'est rendormie. Je vais pouvoir me relever et repartir le plus vite possible. Non, putain ! Elle se réveille, la poussière. D'autres *kopters* ont surgi. Deux autres Mi-24. On les dirait projetés dans le ciel par une immense catapulte positionnée sur l'autre versant du col. Ils bondissent devant nous et prennent à leur tour possession du ciel si intensément vide et bleu. Deux nouveaux monstres cracheurs de flammes qui brûlent l'air au point que nous ne respirons plus, succédant à leurs frères de l'Apocalypse. Le vacarme des moteurs, leur cadence haletante, l'odeur de kérosène brûlé par les deux turbos jumelés, et toute la montagne qui se met à trembler. La poussière reprend sa danse de la mort. Quoi d'autre ? Rien d'autre. Il n'y a rien d'autre. Ah ! Si le vieux Pater noster que je n'ai pas récité depuis quinze ans et qui se rappelle à moi.

Le quatrième hélicoptère arrive sur moi et va faire comme les autres. Non, son ombre ne bouge pas. Elle n'avance plus. Les pales tournoient comme des lassos d'acier. Le kérosène pue de plus en plus fort. La poussière danse de plus en plus vite. Des tourbillons fous. Le Pater noster s'est arrêté sur un dernier bégaiement : « Donne-nous, donne-nous… »

La prière des paras tente une percée :

« Donnez-moi mon Dieu, ce qui vous reste,
Donnez-moi, ce que l'on vous refuse.
Je veux l'insécurité et l'inquiétude,
Je veux la tourmente et la bagarre. »

La prière des paras se replie à son tour. L'hélico s'arrête pour de bon. Dans le hurlement des rotors, terrifiant, on dirait qu'il apporte plus que la mort. L'espoir, ce stupide idiot, persiste. L'appareil va sûrement flinguer une crête voisine. Je me retourne sur le côté au moment où le mitrailleur, à l'avant, fait pivoter une bonne grosse Afanasyev de 12,7 mm. Je le distingue à travers sa tourelle blindée. Des lunettes d'aviateur masquent ses yeux et des jumelles pendent à son cou. Je ne vois pas ses mains mais j'imagine son index droit caressant la queue de détente. Il ne va pas tirer sur moi. L'espoir, toujours plus stupide. Mieux vaut quand même fermer les yeux.

La première rafale claque. On l'entend à peine. Son staccato rauque est avalé par le bruit infernal des rotors. Tourbillons de poussière. Tourbillons des souvenirs qui se bousculent et se font des croche-pieds. Laisse-moi passer, salaud, je suis sa mère. Désolé madame, moi, je suis son pote de toujours. Et moi, sa copine. Il m'avait promis, avant de partir, de me faire un enfant à son retour. Une chevauchée d'images au galop sur les dernières secondes. D'ultimes interrogations. Qui viendra au cimetière et ne viendra pas. C'est quand même moi qui avais raison de ne pas vouloir franchir le col. C'est quand même idiot de penser à ces conneries avant de crever. Et ça l'est encore plus de crever en plein soleil. Une seconde rafale. Pourvu que cela soit rapide.

Un long moment passe. Aucune autre rafale. Je rouvre les yeux, tourne la tête. On dirait qu'il s'en est allé. C'est vrai, il s'éloigne. Un peu, un peu plus, complètement. Peut-être qu'il s'est trouvé trop bas. Qu'il craignait de se faire descendre en restant longtemps immobile, même si sa carapace blindée le rend quasiment invulnérable. Notre manuel d'instruction est formel : une Kalachnikov ne peut mettre en difficulté un Mi-24 d'assaut que par un tir de surplomb qui toucherait le petit rotor à l'arrière de l'appareil. Peut-être que je ne valais pas une roquette, il en avait pourtant quatre paniers sous ses ailes rognées. Ou que la mitrailleuse a bouffé toutes ses munitions. Ou qu'elle s'est enrayée. Ou je ne sais quoi.

Le cinquième hélico ne s'est pas arrêté. Il s'est mis plus loin en position de sur-place, sans doute pour flinguer Yvon. De nouvelles rafales. Il ne s'attarde pas non plus. Je le vois suivre la même route que les quatre autres et se diriger vers l'embouchure de la vallée. Le monde revient et il a la belle couleur bleue du ciel. Je suis vivant. Vivant et pas blessé. Rien. Putain, je suis vivant. Même pas blessé. Vivant. Eh ! Les mecs, apprenez la nouvelle : je suis vivant. Je suis immortel.

Je me relève et bois un bon coup de ciel comme si c'était de la flotte pour mon gosier sec comme une pierre calcinée. Putain ! Et Yvon ? Je ne l'aperçois pas. Je gueule son prénom à plusieurs reprises. Le ciel répond avec la rumeur énervée des hélicos que l'on aperçoit encore sur un fond de crêtes dentelées. Farouq et les autres moudjahidines, je ne les vois pas non plus. Je gueule encore « Yvooooon ! ». Je vais redescendre pour voir ce qu'ils sont devenus mais mes jambes disent : « Non, tu n'y vas pas. » Encore quelques secondes à les convaincre et elles se mettent à marcher. Je les insulte : « Vous, les deux connasses, c'est pas la bonne direction. C'est pas dans la bonne direction que vous allez. C'est pas dans la bonne… » Elles ne m'écoutent pas. Elles ne savent plus qui est Yvon. Elles tracent vers le sommet de ce foutu col.

Une centaine de mètres plus loin, le courage a repris le contrôle des satanées guiboles. Peut-être qu'Yvon est blessé, qu'il crève de douleur et de soif sans même la main d'un pote dans la sienne. Je me retourne sans savoir si j'aurais vraiment le courage de rebrousser chemin. Je le vois au loin avancer dans ma direction. Farouq et un autre guérillero sont derrière lui.

Bien plus tard, dans un abri de l'autre côté du col, les Afghans nous diront – ils avaient gardé les yeux ouverts sous les rafales – que celles-ci étaient passées à cinquante centimètres d'eux et qu'ils étaient trop paralysés par la peur pour songer à répliquer avec leurs pauvres Kalachnikovs. Leur regard est encore inquiet, presque hagard et, pourtant, ils se mettent brusquement à s'esclaffer comme si c'était une bonne blague. Yvon les accompagne mais son rire sonne faux.

Il n'y a que moi qui ne ris pas.

Pour la première fois, je découvre que la citadelle que je me suis construite de l'intérieur a de sérieuses lézardes. Et, forcément, il y en aura d'autres, je les pressens.

Churchill, quand il était jeune officier, s'était battu lui aussi dans les montagnes de l'Indu Kush. Un peu plus au nord, dans le Makaland, près de la célèbre Khyber Pass. C'était en 1897. Il a écrit dans ses mémoires qu'avoir survécu à des balles qui le visaient avait été la plus excitante des sensations. J'ai échappé à des rafales de 12,7 mm et, une fois la stupéfaction passée, je ne suis pas heureux.

Je finis par quitter le rêve qui me tient éveillé et m'endormir. Commence alors le vrai cauchemar, encore plus dur.

Il ne s'agit plus du col de Bourg-la-Reine, des *kopters* et des rafales. Pas davantage d'Yvon.

Dans le cauchemar, je retrouve la chambre étouffante de Quetta, dans le Baloutchistan pakistanais. Je me lève et grimpe sur le matelas comme un somnambule. Debout, je cherche mon équilibre et, au moment où j'y parviens, une pale du gros ventilateur vrombissant, bien trop grand et trop bas pour la pièce minuscule, me frappe au cou. C'est si violent que ma tête s'envole vers le ciel bleu du col.

Le cauchemar, aussi, est décapité.

Je me réveille trempé de sueur.

Judith

Un sacré bon vin. Tu l'aurais aimé, Jean. Et tu en aurais si bien parlé.

Comment te le décrire ? Allez, je vais me lancer, puisque tu n'es pas là pour me traiter de petite béotienne. Un nez fin et cassissé, des notes de truffe, et l'on sent bien sous la robe, large et noire avec des reflets d'un rouge somptueux, le raisin mûr et un corps à la fois tendu et onctueux, et beaucoup de chair, ce qui le rend très gras en bouche. Une finale allongée comme le direct d'un bon boxeur. Comme tu m'as appris que la classe d'un grand cru, c'est sa discrétion, alors peut-être est-il un rien trop expressif. Toi, tu aurais employé d'autres mots. Tu aurais dit que sa couleur carmin flamboyait comme un coucher de soleil sur le Bosphore et qu'il se terminait en bouche sur une note de lilas fané ou de cerise ébène dans un flacon de mirabelle, un truc comme ça, pour faire le malin.

Lui, il n'a même pas cherché à jouer les pros. Il a simplement fait tourner le nectar dans son verre, l'a humé une fois, deux fois, trois fois. Et après la première gorgée, le macho qui ne regarde même pas mes jambes a simplement lâché : « Ouais, bon, pas mal. Vous auriez dû l'ouvrir au moins trois ou quatre heures avant. Il aurait mieux exprimé sa personnalité. Là, il est encore trop fermé. Trop d'astringence. »

C'est tout ce qu'il a trouvé à dire, de sa voix de Jupiter qui semble jaillir tout droit de ses couilles. Du coup, je l'ai surnommé Grosse Braguette. Allez, j'arrête, Jean, je sais que tu n'aimes pas quand je suis grossière.

N'empêche qu'il a tendu son verre sitôt finie la première dégustation, machinalement, en pensant à autre chose. Tu penses bien que je l'ai aussitôt remis à sa place.

« S'il est trop fermé, mon vin, on doit attendre un moment avec de remettre ça, non ? Le temps par exemple de discuter de ma proposition.

– À part Kaboul, vous voudriez aller où, exactement ?

– Comme je vous l'ai dit : Bactres, ou Balkh si vous préférez l'appeler comme ça, est ma priorité. Et puis Aï Khanoum, la mythique ville grecque dans le nord du pays, dont il ne reste pas grand-chose. Après, j'aimerais voir toutes les Alexandries, les villes qu'Alexandre a fondées. En particulier Qandahar.

– Aï Khanoum et Qandahar, ça ne me plaît pas. La cité grecque est hantée et la route qui y mène dangereuse. Et Qandahar, l'ancienne capitale royale, c'est aussi trop risqué. Les talibans y sont comme des frelons dans leur nid.

– On n'y restera pas longtemps. Je veux vraiment voir ces deux villes qui furent importantes dans l'empire d'Alexandre. Vous savez que Qandahar vient d'Iskander, le nom arabisé d'Alexandre le Grand ? »

Il fait semblant de réfléchir. Visiblement, cela le gêne que je lui apprenne quelque chose sur l'Afghanistan. Un mauvais point pour moi. Il me balance en retour :

« Est-ce que Qandahar vient vraiment d'Iskander ? Je ne crois pas qu'aucun historien sérieux ne vous donne raison.

– Ah ! Mais vous vous intéressez à l'histoire afghane ?

– Je vais vous dire un truc qui vous a sûrement échappé. Avant de partir là-bas, la première fois, j'ai dû suivre une formation accélérée aux Langues O. J'y ai appris le dari, le persan d'Afghanistan, et des rudiments de pachto. J'ai pris aussi des cours de civilisation persane.

– Trop bien ! Je ne savais pas que faire la guerre demandait des études aussi poussées.

– Pour apprendre à un petit peuple de montagnards qui ne sont, pour la plupart d'entre eux, jamais sortis de leurs putain de vallées et n'ont pas été à l'école, à tirer des missiles comme les Milan, il faut un peu jargonner leur langue. Vous pensiez que leur donner un mode d'emploi suffisait ?

– Il n'y avait pas de traducteurs avec vous ?

– Des traducteurs ? Au fin fond de l'Indu Kush, des traducteurs ? Pourquoi pas des offices de tourisme ? Au programme, visites de champs de mines, de villages écrasés sous les bombes, de cimetières avec des drapeaux verts et rouges qui flottent pour faire romantique. Et des rencontres avec des enfants amputés des bras ou des jambes. La guerre comme si vous la faisiez. Allez, suivez le guide.

– Je ne voulais pas vous vexer.

– Vous ne m'avez pas vexé. Je vais vous dire pourquoi je connais Iskander, enfin Alexandre le Grand. C'est parce que deux mille trois cents ans et quelques plus tard, on étudie toujours sa stratégie dans les écoles de guerre de l'Occident. À Saint-Cyr, à l'académie royale de Sandhurst et même à West Point, en Amérique. Le célèbre général David Petraeus, vous avez déjà dû entendre ce nom, le cite en exemple dans son traité sur la contre-insurrection. D'ailleurs, c'est dans ce qui ne s'appelait pas encore l'Afghanistan qu'est née la guerre asymétrique. Vous savez ce que c'est ?

– Quelque chose comme la guérilla ?

– Quelque chose comme ça. Disons des groupes d'irréguliers qui affrontent une armée régulière. Avec ses phalanges et sa cavalerie, Alexandre a dégommé les armées innombrables du plus puissant empire du monde, celui de Darius, et il les a humiliées. Mais lui, le général invincible, a eu ensuite fort à faire avec les petits groupes de montagnards qui lui ont pourri la vie un bon moment en lui tendant des embuscades. Il a fini par les vaincre car les chefs de cette époque, c'était autre chose que ceux d'aujourd'hui. Et ça se passait dans certains des coins où vous voulez aller. »

J'ai battu en retraite comme Alexandre ne l'aurait jamais fait. Je ne veux surtout pas me fâcher avec lui. Il faut que je le laisse marquer des points.

« C'est trop bien que vous sachiez autant de choses sur ce sujet. Vous êtes vraiment irremplaçable, pour la petite bourge inculte que je suis.

– Vous ne croyez pas que vous en faites un peu trop ? »

À lui, la belote et la rebelote. Du coup, je ne sais plus quoi répondre. Je l'invite à nous resservir à boire. Il le fait sans rien dire. En même temps, il jette enfin un coup d'œil à mes jambes. Sans doute qu'il le voulait discret, ce coup d'œil, mais il s'est attardé un peu.

À moi le dix de der.

Charles

Elle a d'abord cru avoir remporté la partie. Mais quand je lui ai dit que j'avais besoin de trois jours de réflexion avant de lui donner ma réponse, elle a simplement hoché la tête. J'ai bien senti qu'elle faisait la gueule. Ses beaux yeux se sont voilés, pas longtemps, à peine une seconde ou deux, mais c'était suffisant pour laisser voir qu'elle avait échoué.

Elle a remballé ses belles gambettes qu'elle voulait à tout prix me montrer, refermé son manteau et est repartie. Pas comme une nymphe qui vient de gagner un ticket pour l'Olympe et s'apprête à faire gronder sa Porsche : le ronflement du moteur est devenu modeste et, cette fois, il n'a pas tiré mes vignes de leur sommeil d'hiver.

Je n'ai pas pris de décision, mais la faire attendre m'a dispensé d'entendre la litanie des « top » et des « super » qui auraient aussitôt maillé ses phrases si j'avais dit oui.

La décision, je vais la prendre avec Doftar-e Noor, la Fille de la Lumière. J'irais la voir demain, très tôt.

2

L’ombre des voyageurs

Marc-Antoine

L'eau de la Kunar est glaciale. La rivière est peu profonde à cet endroit mais assez large, et le courant est fort. La lune fait flotter l'ombre du Voyageur de Minuit au-dessus des remous. Peut-être à cause d'une pierre, qu'il n'a pas devinée et qui l'a fait trébucher, ou de sa canne qui lui a donné un mauvais appui, le voilà qui chancelle au milieu du gué, serrant contre lui sa sacoche qu'il n'a voulu confier à aucun des autres fugitifs. Le guide a quasiment atteint l'autre rive.

Il leur faut arriver au Pakistan avant l'aurore. Mais le Voyageur de Minuit ralentit la marche du groupe à cause de sa boiterie, conséquence d'un accident de voiture, qui le fatigue beaucoup, sans compter qu'il n'est plus tout jeune. Les autres, qui portent à tour de rôle son sac, et pour la traversée de la rivière ses chaussures, l'ont encouragé et pressé, certains l'ont sûrement maudit en silence, mais personne n'oserait avouer la moindre impatience en sa présence. Leurs poursuivants, à la solde du nouveau régime communiste de Kaboul, qui a pris le pouvoir en 1978, et de ses alliés soviétiques qui ont envahi l'Afghanistan l'année suivante, pourraient vouloir le tuer, ou le laisser crever en prison, mais ces copains de fuite le vénèrent à l'image d'un sage. Il est Rahgozar-e Nima Chab, le Passant du Milieu de la Nuit, le Voyageur de Minuit, celui qui a prédit l'arrivée du Monstre, soit le pire cataclysme qui a jamais frappé l'Afghanistan depuis Gengis Khan. Ses amis ont emprunté ce surnom au héros qui traverse son œuvre, estimant que cette identité fictive lui correspondait bien. Car, à travers son personnage, il n'a cessé de mettre en garde ses contemporains sur l'arrivée des tyrans, qu'ils se revendiquent du peuple, de Dieu ou de la nation. On le surnomme aussi Negah Ban, c'est-à-dire le Guetteur, celui qui a donné l'alerte bien avant que le Monstre soit arrivé aux portes de Kaboul. Le Voyageur de Minuit, alias le Passant du Milieu de la Nuit, alias le Guetteur, pressentant son arrestation ou son assassinat, a décidé de s'enfuir de la capitale afghane en dépit de son handicap. Cela fait trois jours qu'il marche péniblement, aidé par ses compagnons, en cavale eux aussi.

Le courant le déséquilibre davantage et le précipite vers les flots qui viennent d'emporter sa canne. On distingue encore sa crinière blanche et un bras qui émerge de l'eau furieuse en brandissant la sacoche. L'un des fugitifs se retourne et le voit. Il fait marche arrière, court comme il peut dans la rivière furieuse, se blessant les pieds sur les cailloux, et le rejoint au moment où elle s'apprête à l'emporter. Il le retient par l'épaule mais la sacoche glisse le long de l'autre bras. Pendant que la main amie l'agrippe fermement, le Voyageur de Minuit réussit à la rattraper par la sangle, puis la laisse à nouveau s'échapper, et la récupère encore du bout des doigts.

Les deux hommes parviennent enfin sur l'autre berge. Ils sont trempés et grelottent. Mais le Voyageur de Minuit, qu'un autre de ses copains a enveloppé de son *patou*, n'en a cure. Il a ouvert la sacoche, qui a pris l'eau, et en a sorti d'épaisses liasses de papiers gris qu'il regarde attentivement à la clarté de la lune.

« Il faut allumer un feu et les faire sécher. Vite ! L'encre a déjà coulé et les pages commencent à se coller les unes aux autres. »

Le guide n'est pas d'accord. Il plaide qu'un foyer risque d'attirer l'attention, que le danger est partout, le chemin encore long et que l'aube approche. Bientôt ils se querellent. Mais le groupe, soit six, sept ou huit personnes, je n'arrive pas à être plus précis, fait bloc avec le Voyageur de Minuit. Difficile de trouver du bois sec sur le bord de la Kunar. Heureusement, le fugitif connaît bien son pays et la Kunar, c'est précisément sa province natale, à laquelle la rivière a donné son nom. Avant de partir, il a aussi étudié avec soin l'itinéraire qui conduit au Pakistan. Il se souvient qu'un village n'est pas loin, même s'il faut faire un détour. On doit compter au moins une heure, peut-être deux, avant d'y arriver, prévient le guide. En Afghanistan, la mesure du temps est élastique, cela peut signifier quatre heures, voire davantage. La marche reprend, chacun cherchant à se convaincre que le village est de l'autre côté de cette colline, puis de cette autre ou de celle qui viendra après. Le Voyageur de Minuit boite de plus en plus à cause de la fatigue, et la branche toute tordue que ses amis ont trouvée pour remplacer sa canne perdue dans la rivière ne l'aide guère. Mais il tient bon.

Le village, ils l'atteindront. Moi-même, j'ai fini par le trouver sur la carte à partir du témoignage d'un des membres du groupe, celui justement qui avait aidé le Voyageur de Minuit lors de la traversée de la rivière, et qui est revenu vivre à Kaboul. C'est là qu'il a abandonné le précieux manuscrit, qui doit toujours s'y trouver. Il l'avait caché dans un *ziarat*, un petit sanctuaire soufi bâti autour de la tombe d'un saint, qu'il avait, en raison de sa détestation extrême des mollahs, préféré à la mosquée du village. Les papiers ont eu le temps de sécher depuis 1980, date à laquelle son propriétaire les a déposés avant de continuer son chemin vers le Pakistan. Je crois aussi qu'il avait peur que des brigands les lui volent en chemin, ou les douaniers pakistanais en franchissant la frontière. À cause de la guerre, il n'a jamais pu les récupérer. Trop dangereux de retourner au village, surtout que sa claudication était bien connue de ses ennemis. Il aurait pu le faire dès la fin de l'invasion soviétique, en février 1989, et il en avait fermement l'intention. C'était sans compter avec le tueur, un islamiste, qui, l'année précédente, le 11 février exactement, a frappé à la porte de sa maison d'exil, à Peshawar, et tiré sur lui à bout portant quand il lui a ouvert la porte avec les gestes de l'accueil.

Celui que l'on surnomme en France le Voyageur de Minuit et en Afghanistan le Passant du Milieu de la Nuit s'appelle Sayd Bahodine Majrouh. Le manuscrit perdu, il l'a rédigé en pachto, le second idiome officiel de l'Afghanistan. Auparavant, il avait déjà donné deux autres versions, quoique incomplètes, de la même histoire, l'une en dari, l'autre en français, langue qu'il maîtrisait à la perfection. De ces trois manuscrits, celui écrit en dari a été préservé par ses copains afghans. Celui en langue française a été envoyé via la poste afghane à Paris, juste avant que l'écrivain ne s'enfuie de Kaboul, à l'adresse d'un ami poète français pour qu'il le révise et l'améliore. Miracle, le texte est bien arrivé. C'est pourquoi il a été publié et que nous pouvons le lire sous le titre *Le Rire des amants*. Mais la version française et celle en dari sont inachevées. Elles ne correspondent pas complètement au manuscrit en pachto. Dans la version en pachto, l'auteur se montre encore plus radical dans sa vision de son pays et du monde. C'est pourquoi je veux la retrouver, en me rendant dans le petit sanctuaire où il a été contraint de l'abandonner.

Sayd Bahodine Majrouh, le Voyageur de Minuit, le Passant du Milieu de la Nuit, est ce qu'on appelle par ici un *rouchan fiqr*, un lettré à l'esprit éclairé, et l'ancien doyen de la faculté des lettres de Kaboul. Mais il est bien davantage : philosophe, avec un doctorat de l'université de Montpellier, philologue, journaliste, sociologue, conteur, décrypteur du monde, et, plus que tout, poète. Il est même le plus grand poète afghan. Malheureusement, l'intelligentsia afghane, qu'elle soit communiste ou islamiste, l'a jugé trop libre et l'a toujours rejeté. Ces imbéciles n'ont même pas compris que son imaginaire empruntait au monde, et non au seul Orient, et que son œuvre avait une portée universelle.

Le problème, car il y a toujours un problème en Afghanistan, c'est que le village où il a planqué son manuscrit se trouve aujourd'hui en plein pays taliban.

Et les talibans, du moins ceux qui connaissent le nom de Sayd Bahodine Majrouh, à défaut de l'avoir lu, le haïssent encore davantage que Salman Rushdie. Qu'il soit mort assassiné ne change rien. Ils veulent toujours le tuer. Qu'il soit vivant ou enterré. Qu'il soit au paradis ou en enfer.

Charles

On est parti de bonne heure. Le froid de la nuit pèse encore lourd sur le vignoble.

La robe de Doftar-e Noor a la couleur de la nuit, un anthracite brillant recouvert d'une mince pellicule d'or. Beaucoup d'akhal-teké ont des reflets dorés, ce qui a contribué à les faire aimer. Rien à voir avec les chevaux noirs qui jouaient aux fantômes sur l'horizon d'Aï Khanoum.

Son pelage de nuit fait croire à la Lumière.

Entendant la camionnette s'approcher, elle est venue m'attendre près de la clôture, en tapant le sol glacé avec ses sabots pour signifier son impatience. Elle m'a laissé lui passer une bride tout en profitant de l'instant pour me faire les poches comme, il y a bien longtemps, le vent mauvais d'Aï Khanoum. Mais elle ne cherche que les quignons de pain rassis que je cache dans ma veste pour la taquiner. Elle s'est montrée docile quand je l'ai brossée. L'étrille a fait reluire tout un monde de reflets mordorés, de petites aurores dans la nuit enchantée de sa *bulanaya*, le nom russe de sa robe.

Elle n'a pas bronché non plus quand j'ai curé ses sabots qu'elle m'a tout de suite abandonnés, mais elle a frémi longuement quand j'ai posé trop rudement la selle sur son échine.

« *Astea-astea*, *khashangué*. Doucement, doucement, ma toute belle. Tu vas voir, on va faire une jolie balade. »

Le vent du ciel est celui qui souffle entre les oreilles d'un cheval, dit un proverbe arabe. Celui-là nous pousse tranquillement vers l'arrière-pays. Nous contournons les villages endormis et les vignes blanchies par le givre. Puis, les grandes forêts sombres s'approchent et, le long du chemin qui les traverse, nous nous réunissons dans un premier galop alors que l'obscurité n'est pas encore dissipée.

Autant son trot est raide, autant son galop est sans à-coups, onctueux, et donne l'impression de partir en tapis volant. Même la Porsche de Judith ne saurait donner une telle impression de puissance au démarrage. Comme si on quittait ce bas monde pour flotter dans le ciel.

Fille de la Lumière est rayonnante. Pas seulement de beauté mais aussi de chaleur. Mes doigts gelés, douloureux quand elle agite la tête et tire sur les rênes, se sont vite réchauffés à son encolure. Son haleine blanche laisse des empreintes sacrées dans la forêt. Les soufis croient que le paradis possède trente entrées et, s'ils disent vrai, Doftar-e Noor est l'une d'elles.

Nous galopons longtemps sans la moindre fatigue, remontant le temps, traversant l'espace, les steppes de l'Asie centrale qu'elle n'a pas connues, mais où sa famille a pâturé pendant des siècles, non loin des grands sables du Karakorum, où les écarts de température d'une saison à l'autre peuvent atteindre jusqu'à soixante degrés. Elle est la fille de Noor, la Lumière, avec derrière elle une longue génération d'akhaltekés, que les tribus turkmènes utilisaient comme chevaux de guerre parce qu'ils sont d'une rapidité, d'une sobriété et d'une résistance extraordinaires. Les Chinois, qui montaient des expéditions militaires pour se les approprier, les surnommaient les « coursiers célestes » car, au plus fort de leur allure, ils paraissent s'envoler. On les reconnaît à leur silhouette longiligne et anguleuse qui leur donne une élégance hautaine, au point qu'on est tenté de les vouvoyer. Leur chanfrein les fait ressembler à des hippocampes.

Noor, la mère de ma jument, m'a été donnée par le commandant Massoud, quelques mois avant son assassinat survenu le 9 septembre 2001, soit deux jours avant l'attaque aérienne des tours jumelles du World Trade et du Pentagone. Il l'avait acquise auprès d'un de ses amis, un Turkmène du Tadjikistan, pays où il avait à cette époque sa base arrière. C'était un chef défait, mais il n'avait pas renoncé à la victoire. Il croyait que les Occidentaux finiraient par l'aider. Il me demandait « quand ». Je trichais en lui répondant « bientôt ». Puis je profitais du silence qui s'installait pour l'inviter à me parler de chevaux. Avec Massoud, on a galopé quelques fois ensemble dans le Pandjshir. C'était rare de le voir à cheval, car il n'avait jamais le temps de faire autre chose que la guerre. Je l'avais encouragé à reprendre en le taquinant avec une phrase de Churchill, sachant que les Afghans détestent les Anglais, en particulier le jeune Winston, qui avait guerroyé contre eux. « Une heure passée sur une selle n'est jamais perdue. » À chaque fois, il hochait la tête en me souriant. Mais Massoud avait tellement mal au dos, en raison de sa dure vie dans les montagnes, qu'il n'était plus envisageable de grimper sur un cheval.

J'ai pu ramener Noor en France après des mois de stupides formalités bureaucratiques. Les administrations française et tadjike rivalisent dans le désir de nuire à ce qui ne correspondait pas à leur vision du monde. J'ai cru y laisser ma raison, déjà amochée par l'assassinat du commandant.

Doftar-e Noor a un père qui s'appelle Djengi, un autre akhal-teké. Comme cette race a la réputation d'être la plus belle du monde et qu'il n'existe que quelques centaines de spécimens en France, la saillie m'a coûté des coudées de mes meilleures vignes, mais je ne le regrette pas. Avec la Fille de la Lumière, la vie redevient la vie, tout simplement. Le temps de quelques grands galops.

Nous sommes partis avant l'aube et revenus à la nuit. Nous avons dû faire un détour pour éviter l'armée d'éoliennes qui tuent par ici des nuées d'oiseaux, dont les derniers Jean-le-Blanc, pourrissent les paysages, même les plus beaux. Elles lui font peur à cause des décharges d'électricité statique attirée par les fers de ses sabots, elle qui appartient pourtant à la race la plus guerrière des chevaux.

Dans la forêt, pour éviter d'être cinglé par les branches, je me couche sur son encolure, abandonnant rênes et étriers, la laissant nous ramener à bon port, la retenant simplement quand elle cherche à repartir au galop. Nous nous sommes à ce point coulés dans la nuit que nous sommes devenus une trinité. La nuit, la nuit noire, froide et brouillardeuse de l'arrière-pays, est à sa façon une sorte d'Esprit saint. Est-ce cet Esprit saint qui m'a décidé à accompagner Judith Tissot ? Est-ce pour retrouver les nuits satinées d'étoiles des montagnes de l'Indu Kush, même si Massoud s'en est allé ? Pour savoir le fin mot de quelques vieilles histoires dans lesquelles j'ai trempé ? Ou parce qu'il m'importe de comprendre pourquoi la femme-dragon veut à tout prix cracher ses flammes en Afghanistan ?

Il y a une dernière raison : elle a beau appuyer sur l'accélérateur de la Porsche et le rouge à lèvres, montrer autant que possible ses belles guiboles, ses atouts n'en sont pas moins des cartes noires. C'est une reine de pique cachée sous les atours d'une dame de cœur, venue me voir sous le prétexte de pondre un livre sur les amours d'Alexandre le Grand et de Roxane. C'est sous ce prétexte que je vais accepter sa proposition, sitôt que j'aurai trouvé quelqu'un pour prendre soin de la Fille de la Lumière, de mes vignes et de mes chats. Avec l'envie de comprendre pourquoi un voile d'ombre et de peur vient masquer la personnalité si puissamment solaire de

Judith Tissot. Qui a appuyé sur la détente pour flinguer chez elle – qui réunit dans son jeu les cartes de la beauté, de l'élégance, de l'intelligence et de la séduction – quelque chose qui devait ressembler à une aspiration naturelle au bonheur ?

Un akhal-teké ne s'attache qu'à un seul cavalier. Non seulement il lui est fidèle, mais il lui donne beaucoup d'affection. La Fille de la Lumière a senti que j'allais bientôt partir. Au moment où j'ai pris ma décision, elle a perçu les infimes vibrations de ma nervosité et s'est remise au grand galop.

3

L'ombre du Mal

Charles

Vue du ciel, ce n'est plus Kaboul. C'est une ville comme tant d'autres au Moyen-Orient, en Asie, en Amérique latine ou ailleurs, immense, désordonnée, foutraque, qui déborde comme l'eau d'une casserole au point d'ébullition, seulement freinée dans son expansion insensée par les montagnes aux pentes raides. Partout, le regard rencontre un grand cafouillis d'immeubles flambant neufs qui, sitôt construits, sont déjà vieux. Mais comme ils sont peinturlurés de couleurs vives, cela apporte une certaine gaieté à la ville. Pendant que l'avion descend en faisant des cercles concentriques, j'ai peine à trouver le centre historique de la vieille cité d'Asie centrale qu'elle a été.

C'est plus facile de reconnaître l'hôtel Intercontinental, vieux palace décati posé sur une butte qui casse la ville en deux. Souvent au cœur des batailles, parfois visé par des attentats, il a mystérieusement survécu jusqu'à ce jour, ne subissant que des dégâts mineurs. Quand les moudjahidines ont pris Kaboul en avril 1992, chassant le régime communiste du président Najibullah, ils se sont précipités au bar de l'hôtel. Mais les serveurs s'étaient empressés de cacher les bouteilles d'alcool. Ils n'avaient donc rien à briser, sauf la grande porte vitrée à tambour de l'entrée, qu'ils ont fracassée à coups de crosse et achevée d'une rafale parce que, tout droit descendus de leurs montagnes, ils ne savaient pas que pour l'ouvrir il suffisait de la pousser. Un épisode que j'ai raconté à Judith, que je sentais crispée à l'approche de l'atterrissage. Elle s'est d'abord demandé si je ne blaguais pas et, au lieu de se détendre, elle n'en a été que plus inquiète.

Quand j'ai visité pour la dernière fois la capitale afghane, elle était encore à la mesure d'une grosse ville de province, peuplée de quelques centaines de milliers d'âmes. Aujourd'hui, elle compte six millions d'habitants. Et il y a désormais toutes sortes de Kaboul. Celui des quartiers du centre, dont le vieux bazar, qui ont été hachés menu par les bombardements de la guerre civile, puis reconstruits n'importe comment. Celui qui a surgi grâce à l'argent de la drogue, avec d'énormes villas mélangeant tous les styles, le rococo en majesté, puant le fric gagné trop vite. Celui que l'on dirait encore socialiste, avec des îlots de bâtiments qui imitent ceux que l'on trouvait en Allemagne de l'Est, sortes de cages à poules améliorées destinées aux fonctionnaires mal payés. Celui de la périphérie, sans limite, informe, branlante, s'étendant dans toutes les directions, avec des baraques en tôle et en bois. On trouve aussi une grande variété de marchés, le plus connu est celui qui longe la rivière Kaboul, dont les étals rappellent que l'on est bien au cœur de l'Asie. Quelques parcs poussiéreux, la fameuse Chicken Street, la rue du Poulet, où se regroupent les magasins d'antiquités, de tapis, les bijouteries et quelques épiceries, qui ont vu défiler les hippies et les touristes des années 70, les soldats soviétiques des années 80, les militaires de l'Otan à partir de 2001, du moins ceux qui étaient autorisés à quitter les bases aux dimensions monstrueuses qui se sont établies à la périphérie de la ville, et les expatriés des nombreuses ONG. Et puis il y a le Kaboul de ces dernières années, avec des galeries marchandes, des supermarchés et des ascenseurs.

L'aéroport est demeuré celui d'une petite ville, hormis que l'on voit beaucoup d'appareils militaires américains sur les pistes, des flics et des soldats afghans tous les dix mètres, comme si une offensive des talibans allait survenir d'une minute à l'autre. L'avion est arrivé le soir avec trois bonnes heures de retard, ce qui fait que les formalités douanières ont été vite expédiées. À Kaboul, on se couche tôt. La ville appartient alors à la nuit, la nuit à ceux qui ont des armes, les armes aux flics, aux soldats et aux gangs, qui, tous, s'en servent pour un oui, pour un non. Il vaut mieux conduire les vitres ouvertes, même en hiver. Ne pas entendre un ordre intimant de s'arrêter peut valoir quelques rafales, certaines bien ajustées.

Jamshid nous a envoyé un chauffeur qui doit nous attendre sur un parking un peu éloigné de l'aéroport, parce qu'il faut bien en protéger l'accès des voitures piégées. Judith regarde de ses grands yeux ce monde nouveau, mais on ne voit pas grand-chose en dépit du ciel étoilé. Elle ne me lâche pas d'un millimètre et je sens la peur collée à sa peau. Il n'y a pourtant pas de quoi. Elle s'est habillée cette fois de façon très sobre. Un manteau noir, un pantalon de la même couleur qui met quand même en valeur ses longues jambes et un léger foulard bleu sombre. Aux pieds, elle a des chaussures de montagne, comme si les rues de Kaboul étaient des sentiers à chèvres. Nos premiers pas dans la nuit afghane font revenir en elle, à ce que je devine à la lueur des phares de voitures qui démarrent un peu plus loin, de mauvais souvenirs qui se mettent brièvement à danser dans ses yeux.

Il fait aussi froid que dans le Pandjshir lorsque le soleil se barrait et que l'ombre des montagnes pesait de tout son poids sur nos épaules. J'ai l'impression d'avoir quitté l'Afghanistan il y a quelques semaines. Ou de n'en être jamais parti.

Judith

Charles a encore de bons amis en ville. En particulier, un membre de l'ancienne famille royale, petit cousin du défunt roi Zaher, qui s'appelle Jamshid. C'est chez lui que nous allons loger.

La nuit afghane, c'est quelque chose. Des rivières d'étoiles, tellement nombreuses et lumineuses que je replonge dans ma chère mythologie grecque. C'est sûrement ici que le dieu Héphaïstos, un sacré phénomène dont Alexandre le Grand croyait qu'il avait ses forges dans les montagnes du centre de ce pays, a mordu très fort le sein de Héra, sa propre mère, le faisant éclater, ce qui a eu pour conséquence d'éparpiller des myriades de gouttelettes lactées dans le ciel. Mais la mythologie n'a pas la vertu de rallumer les lampadaires éteints, si bien qu'on ne voit pas grand-chose sur le chemin du parking. La nuit, en dépit de son tapis d'étoiles, pèse sur les épaules comme un sac de charbon. Elle fout la frousse, c'est pourquoi je me colle à Charles, qui ne daigne même pas ralentir son pas.

Le chauffeur de ce monsieur Jamshid nous attend sur le parking. Il prend ma valise et mon sac pour les déposer avec délicatesse dans le coffre de son GMC dont il me tient ensuite la porte. Pour me saluer, il incline la tête et pose la main droite sur son cœur comme s'il voulait se faire un massage cardiaque. Tous les Afghans ne sont donc pas des brutes avec les femmes. Son attitude me plaît et mon angoisse se dissipe un peu. Peu après, elle revient, encore plus forte. Le type conduit sa voiture à une allure dingue le long d'une interminable avenue, toujours sans éclairage, comme je n'oserais pas le faire avec la Porsche. L'obscurité a chassé la circulation et l'on ne croise que rarement un autre véhicule.

Le brave conducteur doit crever de froid, avant chaque carrefour, il ouvre grand sa fenêtre tout en ralentissant un peu. Je n'ai pas bien compris pourquoi. On dirait qu'il écoute la nuit. Mon cœur, lui, recommence invariablement à taper plus fort.

En dépit du retard pris entre Dubaï et Kaboul, le voyage depuis Paris ne m'a pas semblé trop long, même si j'ai eu du mal à caser mes longues jambes dans un espace aussi ridiculement petit que les sièges éco. Pas de voyage en business, c'est très cher quand on est deux, et la maison d'édition n'a pas voulu débourser autant. Heureusement, il y a eu l'escale de Dubaï où j'ai pu me dégourdir les pattes dans les allées marchandes pendant que mon ange gardien a fait le plein de bourbon. Moi, j'ai acheté le parfum que tu aimais tant, Jean. Pour faire passer le temps pendant le vol, j'ai lu une bio d'Alexandre le Grand, mais les pages sur son passage en Bactriane sont plutôt minces. Le brave Plutarque, que j'ai aussi emporté, en sait davantage, même s'il y a du boire et du manger dans ce qu'il a écrit. J'ai aussi ouvert un petit manuel pour apprendre le dari, écrit par un Afghan, que j'ai acheté dans une librairie orientaliste de Paris. On y trouve de drôles de phrases. À la sixième leçon, je suis tombée sur celle-ci : « Les talibans ont enlevé une jeune fille. Ils l'ont violée puis noyée dans un lac. » Du coup, j'ai replongé dans Plutarque.

Et puis, j'ai essayé de lui parler. Mais non, pas à Plutarque, à Charles, alias Grosse Braguette. Pas facile. Il est sans cesse sur ses gardes, ça ne t'étonnera pas. Pendant une bonne partie du voyage, il a écouté sur son ordinateur du rock quelque chose, ah ! oui, du dark rock, et m'a cité des groupes aux noms étranges que je ne connais pas. Après la musique, il a regardé des westerns. Tiens, c'est votre point commun. Sauf qu'il les aime crépusculaires, genre *La Horde sauvage*, alors que tu les aimes classiques, plutôt John Ford, John Huston, Henri Hathaway, avec des héros grands, baraqués, beaux, évidemment adorés des femmes, Gary Cooper, Henri Fonda, des vrais mecs, quoi, dont on jurerait qu'ils ont tous lu Kant, tant ils chevauchent les impératifs moraux autant que leurs canassons. Mais les impératifs moraux, Jean, tu sais mieux que personne où ça nous mène.

Est-ce aussi à cause d'un impératif kantien que Charles a quitté l'armée pour se mettre au service de Massoud, à la fin des années 90 ? J'aimerais bien savoir pourquoi. Et pour commencer, que pense-t-il de Massoud ? Est-ce qu'il était aussi fascinant que les journalistes qui l'ont rencontré le disent ? Est-ce qu'il méritait vraiment son surnom de Lion du Pandjshir ? Et comment comprendre la victoire des talibans, qui lui ont pris Kaboul avant de l'acculer dans ce réduit du nord de l'Afghanistan, dans le coin d'Aï Khanoum, une ville dont mes recherches disent qu'elle a été fondée par un lieutenant d'Alexandre le Grand, ou l'un de ses successeurs ? Ça, c'est fascinant. J'ai également dévoré un article du *Wall Street Journal*, bien documenté, qui l'appelle « l'homme qui a gagné la guerre froide ».

Tiens, j'aimerais bien que tu sois un peu jaloux de lui, de Charles évidemment, pas de Massoud, même s'il n'y a pas de quoi. Juste pour rigoler, en passant, car la vie n'est pas gaie depuis que tu es parti, tu t'en doutes.

Charles a évité de me poser des questions, même s'il en brûle d'envie. Je ne sais toujours pas à quel moment ni comment ta petite antilope chérie va lui révéler la véritable raison de sa venue à Kaboul. Ce sera coton, c'est sûr. Et comme on est en Afghanistan, je ne vais pas pouvoir la jouer minijupe, décolleté en folie et écrivaine fatale. Peut-être même qu'il va me demander de porter une burqa.

Après une longue course dans la nuit de Kaboul, on arrive devant une grande bâtisse cachée derrière de hauts murs. Un peu avant, le chauffeur a téléphoné pour prévenir qu'on approchait. Le portail s'ouvre à l'instant où le GMC se présente. J'aperçois plusieurs gardes armés qui le referment ensuite. Ma peur, aussi, rentre chez elle.

Le chauffeur m'ouvre la porte de son véhicule avec la même délicate attention qu'à l'aéroport. Je crois comprendre qu'il va s'occuper de nos bagages. Un homme âgé, plus vieux que Charles, avec un nez camus, une tignasse complètement blanche, vêtu élégamment à l'afghane, un gilet brodé trop court – mais c'est sûrement la mode ici –, nous attend sur le seuil. Il nous souhaite longuement la bienvenue d'une voix douce et chaleureuse, d'abord en dari, puis dans un français précieux, où l'on distingue à peine une pointe d'accent, qui témoigne qu'il a étudié dans de bonnes écoles françaises. Je m'attends presque à ce qu'il me fasse un baisemain mais il se contente lui aussi de poser longuement sa main droite sur son cœur en inclinant sa tête. C'est Jamshid. Ou plutôt Jamshid Agha, Monsieur Jamshid. Mon manuel de dari insiste sur ce point : en Afghanistan, on peut violer et noyer des jeunes filles dans un lac, mais il faut être très respectueux des formes de politesse, en particulier à l'égard des personnes plus âgées.

Sa maison est un petit palais avec de beaux tapis afghans partout, des instruments de musique décorés de nacre, sans doute très anciens, accrochés aux murs, des poteries d'un bleu à la fois vif et profond, et toute une ribambelle de petits salons où l'on s'assoit à même le sol, en s'adossant à de gros coussins avec ou sans pompons. Il y a aussi une grande salle à manger à l'occidentale où un dîner nous attend. Déjà, nous tenons à la main un verre de thé brûlant que nous a apporté un serviteur à ce point furtif que je ne saurais le décrire. Jamshid Agha nous salue encore une fois, deux fois, trois fois, toujours en posant sa main sur son cœur.

« Comment allez-vous ? Et comment va votre santé ? Votre voyage s'est-il bien passé ? N'était-il pas trop long ? N'êtes-vous pas trop fatigué ? Vous ont-ils donné assez à manger pendant le vol ? Vous devez avoir faim après ce long chemin. Installez-vous, s'il vous plaît. Charles, as-tu songé à m'apporter une bouteille de ton fameux vin ? Non ? Ne me dis pas que tu as oublié. Je vais sûrement mourir avant de l'avoir goûté.

– Désolé Jamshid, il n'est pas encore assez bon pour que j'ose le proposer aux amis.

– Allons, mon cher ! Même si ce n'était pas un mensonge, tu sais bien que le palais des Afghans n'a pas la subtilité de celui des Français. »

Charles s'excuse avant de me présenter à son ami, qui, depuis notre arrivée, me dévore des yeux.

« Judith, voici Jamshid, qui porte un très beau nom. C'est celui d'un roi mythologique à qui le grand poète persan Ferdowsi attribue la création de Norouz, le Nouvel An iranien, qui correspond à la naissance du printemps et que l'on célèbre dans une large partie de l'Asie centrale. Jamshid, voici Judith. C'est une spécialiste de la Grèce antique. Voici donc la Perse et la Grèce enfin réunies. Judith écrit aussi des livres savants. C'est pourquoi elle est venue en Afghanistan. Elle veut suivre les pas d'Alexandre le Grand et écrire la biographie de Roxane, la princesse qu'il a épousée à Balkh.

– Enchanté de faire votre connaissance. Cette maison est la vôtre. Vous vous intéressez donc à Roxane ? J'en suis très heureux, parce qu'elle vous a permis de trouver le chemin de ma modeste demeure. Mais je doute que l'on découvre beaucoup de choses sur elle dans mon cher pays tant les envahisseurs en ont fait une terre de poussière. Je crains que vous ne preniez trop de risques pour un piètre résultat. »

Charles se dépêche de l'interrompre, cherchant à dissiper tout malentendu sur notre relation :

« Je le lui ai dit et répété mais Judith a insisté. Elle m'a demandé de l'accompagner pour faire en sorte que le voyage se passe bien. »

Jamshid, tout en donnant des ordres avec sa main droite aux serviteurs qui se pressent autour de nous, se tourne vers moi.

« Vous voyez, chère mademoiselle, lorsque les Anglais étaient les seigneurs des Indes, ils nous envoyaient sans cesse des espions pour savoir ce que nos émirs préparaient, s'ils ne passaient pas d'alliance avec leurs ennemis, les tzars de Russie. Ils avaient en tête des projets d'invasion mais craignaient encore plus ceux que pourraient mener à bien les Russes afin de s'approcher du Raj. Ces espions britanniques, contrairement à leurs généraux qui furent bien médiocres sur le théâtre afghan, étaient remarquables. C'était des *jassous,* comme on les appelle chez nous, des espions, mais aussi de vrais explorateurs, qui, souvent, parlaient nos langues aussi bien que nous. Tout les intéressait, pas seulement nos traditions politiques, mais aussi notre façon de vivre, de chasser, de faire la guerre, de monter à cheval, notre flore, notre faune. Ils aimaient particulièrement nos panthères et nos faucons, sur lesquels ils ont écrit des traités passionnants. Certains arrivaient à se faire passer pour des Afghans. Des hommes comme le capitaine Connolly ou Alexander Burnes. Ce dernier avait le même prénom que votre Alexandre et pour lui une admiration illimitée qui l'amenait lui aussi sur les traces de son passage parmi nous. Hélas ! il a eu un destin tragique, il a été mis en pièces par la foule à Kaboul, sûrement par des maris jaloux, car il avait la réputation d'être un séducteur. Pour finir, voyez-vous, ces *jassous* n'étaient pas comme ceux qu'on trouve aujourd'hui dans les séries télé et qui, à mes yeux d'Afghan, ont très peu d'intérêt. C'étaient de vrais aventuriers et tout autant, pour beaucoup, de bons écrivains. Ils nous ont laissé des relations de voyage excellentes et nous avons beaucoup appris avec eux de notre propre histoire. Ce qui nous ramène à votre Alexandre le Grand, notre Iskander Kebir, comme nous l'appelons en Orient.

– Continuez, je bois vos paroles.

– Vous me flattez beaucoup. Oui, ces explorateurs-espions ont raconté dans leurs livres avoir entendu dans les bivouacs, à la halte du soir, les caravaniers, les conteurs, les *malangs*, les mystiques errants, réciter autour d'un foyer les exploits du grand conquérant. Ce que nous disent ces voyageurs britanniques, c'est qu'ils l'évoquaient avec une telle fièvre dans leur voix et une telle ferveur qu'on pouvait croire qu'il était passé par ici, quelques jours auparavant, quelques semaines, à la rigueur l'année précédente. Mais je n'ai pas souvenir qu'ils les aient jamais entendus parler de Roxane. Elle a sans nul doute existé, mais a-t-elle vraiment vécu ? »

Jamshid Agha ne me laisse pas le temps de lui répondre. Il a déjà reculé une chaise de la table pour m'inviter à m'asseoir tout en me chuchotant :

« Profitez bien de cette soirée, car vos prochaines journées seront peut-être difficiles. Nous avons une jolie formule en persan, qui correspond à peu près à votre *carpe diem*. On dit : *dam ghanimat hast,* faîtes de chacune de vos respirations un butin. »

Décidément, les vrais gentlemen sont en Afghanistan, qui l'eût cru ? Si j'avais su, je lui aurais apporté deux ou trois des belles bouteilles que j'ai reçues pour mon prix littéraire en Bourgogne. Charles, lui, a manqué à tous ses devoirs. Grosse Braguette est un vrai rustaud.

Charles

Le dîner est excellent et copieux. L'inévitable *palao*, du riz aux raisins secs, avec des kebabs, des *koubideh* de toutes sortes, du poulet, des *mantô*, qui sont des petits raviolis farcis à la viande, et un fond de marmite doré à point que l'on appelle *tadiq*. Au dessert, des gâteaux secs et durs, et des mûres confites. Avec du thé ou de la vodka. Soucieuse sans doute de garder sa minceur, Judith essaye de contrôler son appétit tout en demeurant attentive à tout ce qui se dit. Comme il l'était dans mon souvenir, Jamshid se montre disert et parle beaucoup de politique, tout en faisant comme si la situation n'était pas catastrophique, quand bien même les talibans progressent dans la plupart des provinces. Puis il change de sujet en s'adressant cette fois directement à moi.

« C'est drôle ! On est en pleine guerre, avec des attentats tous les jours à Kaboul et des embuscades un peu partout qui tuent des centaines de soldats et de civils, mais les Français ne viennent en Afghanistan que pour la littérature. Pas plus tard que la semaine dernière, j'ai reçu un autre Français que m'a envoyé l'ambassade. Un doctorant, on dit comme ça, n'est-ce pas ? En littérature persane, qui cherche à retrouver un livre du grand Sayd Bahodine Majrouh, que celui-ci a perdu en 1980. Il prétend qu'il en a besoin pour sa thèse. Tu le connaissais, n'est-ce pas, Bahodine Majrouh ?

– Un peu. Je l'ai rencontré deux fois. La dernière, c'était à Peshawar, quelques mois avant son assassinat.

– C'était un de mes bons amis. Un homme merveilleux. Il m'avait emmené une fois avec lui à Paris. Je nous revois ensemble Aux Deux Magots, où il aimait tant aller, et arpenter ensuite le boulevard Saint-Germain, avec, en dépit de sa canne, l'élégance, la désinvolture et la cambrure d'un hidalgo. Et toujours ce regard d'une grande noblesse fixé sur les lointains. Sa perte fut immense pour l'Afghanistan.

– Donc, ce jeune Français ?

– Ah ! Oui. Ce Marc-Antoine, c'est comme cela qu'il s'appelle, est convaincu que l'on peut retrouver le manuscrit en pachto que Bahodine Majrouh avait été contraint d'abandonner dans un sanctuaire de la vallée de la Kunar. Je sais que les pages perdues comptaient beaucoup pour Majrouh, qu'elles étaient une mutilation de son œuvre, qui s'ajoutait à celle de son pied estropié, et qu'il n'a jamais pu les réécrire. L'inspiration était divine chez lui. Il l'attendait pendant des mois, puis elle venait et cela jaillissait de sa plume, souvent la nuit, comme portée par un ange. Et quand elle repartait, il y avait sur sa table les plus beaux vers jamais écrits en Afghanistan, où, pourtant, les poètes n'ont pas manqué.

– Mais cela fait des années que ce manuscrit a été perdu.

– C'est ce que j'ai dit à ce jeune homme têtu. Et suicidaire. Car, il sait bien que l'endroit où il veut aller récupérer ce manuscrit est l'un des pires endroits du pays, y compris pour un Afghan. C'est en pleine zone talibane. Je lui ai même trouvé une déclaration de Joe Biden. Oui, de Joe Biden en personne. Quand il était vice-président, sous Barak Obama, il a fait un tour là-bas, dans une base américaine. Elle n'existe plus depuis belle lurette, les marines ayant été contraints de se retirer sous les obus. En revenant, il s'est écrié : “Si vous êtes allé dans la haute vallée de la Kunar, vous avez vu les portes de l'enfer.” Mais c'est à peine si cet étudiant qui vit hors du temps m'a écouté. Il prétend avoir trouvé des indices, je me demande bien lesquels, qui lui permettent de croire que les pages perdues sont toujours dans leur cachette. Et il veut monter une opération pour aller les chercher. C'est pourquoi les gens de l'ambassade m'ont demandé de le recevoir.

– Pour quelle raison ? demande Judith.

– Pour le dissuader d'entreprendre quoi que ce soit. Ce qu'ils craignent, ce n'est pas tant qu'il se fasse tuer mais qu'il soit pris en otage. Avec le cirque que cela serait pour le faire libérer, je les comprends. La rançon qui sera énorme, les dizaines de prisonniers talibans qu'il faudra relâcher, notre gouvernement qui ne voudra rien savoir, et les bâtons qu'il mettra dans les roues de vos services quand ils voudront négocier dans son dos avec les ravisseurs. Les prises d'otages, c'est le cauchemar des ambassadeurs français.

– Mais, s'il a un peu d'argent, il peut trouver à Kaboul quelques gars du coin et les envoyer chercher le manuscrit.

– Tu rêves, Charles, on dirait que tu ne connais plus l'Afghanistan. Je ne donne pas cher de sa peau à un gars qui se ferait contrôler par les talibans de la Kunar avec ce genre de littérature sur lui. Tu ne le sais peut-être pas, mais ils contrôlent absolument tout. Ils fouillent les sacs, les vêtements, et même la mémoire des téléphones portables des passagers quand ils arrêtent un bus. Malheur à celui qui a des numéros qui ne leur conviennent pas. Ils le tuent sur place. Et puis, certains savent lire, et ce qu'ils liraient sur le manuscrit de Majrouh ne leur plairait pas du tout. Ils exécuteraient le pauvre type tout de suite, à moins qu'ils ne le torturent avant.

– Avec ces arguments, t'as pas réussi à le convaincre ?

– Pas du tout, Charles. Il n'a rien voulu savoir. *Misle be chin, goucht-e khar khandan*, comme on dit chez nous. C'est comme réciter le plus beau verset du Coran à l'oreille d'un âne. J'ai l'impression qu'il veut aller le chercher lui-même, ce manuscrit, comme s'il n'avait de valeur que si c'est lui qui le rapportait. En plus, nous avons déjà des versions en dari et en français. Il n'y a donc que la version pachtoune qui nous manque. C'est vrai qu'elle est la seule qui soit achevée, mais vaut-elle que l'on risque sa vie ? Lui pense que oui. C'est un défi qu'il s'est lancé. Une drôle de quête du Graal. Qu'en pensez-vous, chère mademoiselle, vous qui avez la grâce d'écrire ?

– Toute quête du Graal a un prix. Vous nous avez dit que ce manuscrit a été publié en France, comment s'appelle-t-il ?

– *Le Rire des amants*. C'est une histoire poétique ou un conte vrai, avec au cœur des événements le récit de deux merveilleux amoureux qui finiront lapidés. La plume de Majrouh a sublimé cette tragédie. Ce livre et le précédent ont été réunis sous le titre français de *Ego-Monstre*. Dans le premier tome, dès les premières pages, Majrouh s'est permis de défier votre immense Jean-Paul Sartre, et de quelle façon ! À son « l'enfer, c'est les autres », il a rétorqué, « l'enfer, c'est le moi, l'ego ». D'où ce titre que lui a trouvé son éditeur français mais que je n'aime pas beaucoup, car il ne rend pas compte du livre.

– Ce n'est probablement pas à cause de Sartre que ce Marc-Antoine veut à tout prix retrouver le livre perdu ?

– Oh non ! Le jeune homme n'est pas seulement suicidaire, il est aussi compliqué. Et un peu confus dans sa tête. Si j'ai bien compris, il voit le monde coupé en deux. Mais pas entre les pauvres et les riches, comme le voyaient les communistes afghans. Lui imagine d'un côté le monde des petits hommes, c'est son expression, ceux qui vivent leur vie de la façon dont elle avance vers eux, se marient, achètent un appartement ou une voiture, font des enfants ou des emprunts, prennent un chien ou un chat. Et il y a ceux qui sont en quête d'autre chose, d'absolu, ah ! oui, qui cherchent à tout prix à se mettre en danger pour que la vie prenne son véritable sens. Parler comme ça en Afghanistan, où l'existence est si précaire, si incertaine, c'est être fou. Complètement fou. C'est pourquoi je l'ai surnommé le Fou. *Majnûn*.

– Et le manuscrit perdu est devenu sa Leïla ?

– Exactement. Je vois que vous connaissez l'histoire de Majnûn et Leïla. On dit plutôt Leïli en persan. C'est vrai, j'oubliais que votre grand poète Aragon a écrit des vers magnifiques sur leur passion, qu'il a transposée, si je me souviens bien, dans l'Espagne médiévale. Eh bien, nous voilà avec une autre histoire d'amour fou. Ce Marc-Antoine, ce stupide Majnûn, prétend qu'il peut y arriver. En plus, Charles, tu le verrais : il est tout sec, tout maigre, efflanqué, un vrai porte-manteau, tout en longueur et squelettique. On dirait un grand… je ne trouve plus le mot. Charles, aide-moi. Tu sais, un mot qui fait référence à la vigne…

– Un grand échalas.

– C'est ça, j'aime beaucoup ce mot qui n'a pas d'équivalent dans notre langue. Le contraire d'un baroudeur comme toi. C'est vrai qu'il parle remarquablement bien le dari, et que, s'il s'habille d'un *chalwar kamiz*, met un bonnet et laisse pousser sa barbe, il peut passer pour un Afghan, ou même pour un Pachtoune. Sauf qu'il parle moins bien cette langue. Mais le risque est énorme, démesuré.

– Et donc…

– Je lui ai donné le nom et l'adresse d'un vague ami qui est de la Kunar mais vit à Kaboul. Les talibans ont assassiné son père, qui connaissait tout le monde dans cette région. Son fils s'appelle Malek Karim Khan. Il a hérité des réseaux paternels. Comme ça, je saurai aussi ce que ce Majnûn mijote. »

Jamshid s'arrête pour demander au *batcha* de servir encore du thé et de la vodka avant de se tourner vers Judith.

« Mais on ne va pas passer la soirée à parler de ce Majnûn. Revenons à votre Alexandre le Grand. Et puisque nous parlons de quête et de mystiques, savez-vous, chère madame, qu'il est vénéré par les nôtres. Nous voyons en lui un chercheur de l'eau qui rend immortel, de l'absolu, si vous préférez. Il a voulu franchir toutes les limites, celles du monde connu et inconnu, celles de la passion et de la sagesse, celles de l'humain et du divin. Et bien sûr, les limites de la démesure et du renoncement. Certains sages l'ont pris pour un prophète. Le grand poète persan Hâfez, que son âme connaisse la paix éternelle qu'elle mérite, a écrit de si beaux vers sur lui. Ma mémoire est partie je ne sais où mais je me souviens quand même de celui-ci : "Ce qu'Alexandre chercha et que le temps ne lui donna, fut une gorgée d'onde pure prise à Ta coupe vivifiante." C'est beau, vous ne pensez pas, ma chère mademoiselle ?

– Magnifique. Mais je suis quand même intéressée par ce doctorant. C'est fascinant qu'un jeune Français soit prêt à risquer sa vie pour retrouver les pages égarées d'un de vos grands poètes. Je trouve que c'est terriblement romanesque. Mais pas vous…

– Pardonnez-moi, ma chère mademoiselle, de ne pas être sensible à votre petit reproche, si je vous ai bien comprise. Je serais sans doute de votre avis si l'Afghanistan, mon pays tant aimé, n'était au bord de l'anéantissement. Chaque semaine, on incendie des écoles et on attaque des fillettes parce qu'elles veulent étudier. Chaque jour, on fouette des femmes parce qu'elles ne sont pas assez couvertes et on leur interdit d'aller à l'hôpital si les médecins sont des hommes. Parlons aussi des maris qui brûlent leurs épouses parce qu'ils veulent se débarrasser d'elles, et s'ils vont en prison, en sortent au bout de quelques mois en payant les geôliers. Ou ce sont les épouses qui s'immolent parce qu'elles ne supportent plus une servitude perpétuelle. C'est pourquoi nos hôpitaux sont remplis de femmes brûlées. Si vous saviez comme elles souffrent, parce qu'on manque de médicaments antidouleurs. Il arrive même que les beaux-pères coupent le nez de leurs brus parce qu'elles ont voulu fuir la maison familiale et leur condition d'esclave. Et je ne vous parle pas des lapidations parce qu'on a cru à l'infidélité d'une épouse. Vous voyez bien que l'urgence, ici, ce n'est certainement pas de retrouver un morceau de manuscrit perdu dans un territoire infesté de talibans. Et, pourtant, si vous saviez combien j'aimais Majrouh ! L'homme, l'ami et le poète. Les trois étaient absolument merveilleux et ne faisaient qu'un. Vous savez, Majrouh annonce Salman Rushdie. Un peu avant lui, il a montré que la pensée islamiste était totalitaire et meurtrière. C'est pour cette raison qu'il a été tué. Mais comme il n'était pas sujet de Sa Gracieuse Majesté – en plus, il détestait les Anglais –, qu'il était afghan, donc forcément sous-développé, le monde intellectuel, les bonnes consciences de Park Avenue et de l'Occident en général n'ont pas bronché après son assassinat, ce qui fait qu'il est passé inaperçu. On l'a donc tué deux fois. On n'a même essayé de faire croire qu'il avait sûrement été tué par un communiste. Quelle falsification de l'Histoire ! *Nour içinde yatsïn*, comme disent nos amis turkmènes du nord de l'Afghanistan : Qu'il repose dans la lumière.

– Au regard de la tragédie des Afghanes, vous devez donc trouver la biographie imaginaire de Roxane, que je projette d'écrire, totalement inappropriée. Peut-être même idiote ou ridicule.

– Non, chère mademoiselle, pas du tout. Ce n'est pas la même chose. Vous n'allez pas mettre en jeu des vies afghanes pour écrire votre livre. Tandis que ce jeune Français têtu et suicidaire cherche un guide et des miliciens pour l'accompagner, sans parler des soldats qu'il faudra mobiliser s'il se fait capturer dans l'espoir idiot de le retrouver, et qui se feront tuer dès qu'ils auront quitté Kaboul. Au contraire, j'approuve entièrement votre démarche. Je souhaite que vous l'écriviez au plus vite, ce livre sur Roxane, et qu'on le traduise en dari et même en pachto. Car vous allez montrer que les femmes de mon pays étaient plus libres autrefois qu'aujourd'hui.

Qu'elles dansaient, chantaient en public et recevaient les hommages des hommes, et non pas des coups de bâton, de câble et des cailloux. Que certaines ont pu être libres d'aimer. Ce sont vos historiens grecs et latins qui nous ont appris que son union avec Alexandre, notre Iskander, n'était pas motivée que par des impératifs stratégiques. C'était aussi un grand mariage d'amour. Alors, écrivez son histoire, je serai votre premier lecteur. »

À peine Jamshid a-t-il terminé que Judith lui adresse un merveilleux sourire. Ses yeux, cette fois, ne se forcent pas. Puis, elle s'avoue terrassée de fatigue et demande à se retirer dans sa chambre. Un des *batcha* l'accompagne avec ses bagages.

Je veux faire de même mais notre hôte a sorti une bouteille de vieux marc, qu'un de ses amis diplomates a dû lui rapporter de France.

« Encore une minute, Charles. Je veux te parler sérieusement.

– Oui, bien sûr. De notre voyage sur les pas d'Alexandre ?

– Pas seulement. Cela fait longtemps que tu n'es pas venu à Kaboul. Et tu ne sais peut-être pas qu'il y a eu des enquêtes ici sur l'assassinat de Massoud. Elles ont duré longtemps et on ne sait pas encore tout, parce que ce n'est pas simple de chercher la vérité en Afghanistan. L'une d'elles assure que Paris avait appris que les deux tueurs étaient en route, et a tenté de l'en avertir. Ils n'ont pas réussi à le joindre. Alors, tes supérieurs t'ont appelé, puisque tu étais censé être leur contact auprès de lui. Mais tu n'étais pas là. C'est vrai, n'est-ce pas ?

– Pas tout à fait. Tu te souviens que je venais de quitter l'armée pour devenir son conseiller, le guider dans ses relations avec les services occidentaux ?

– Alors, qu'est-ce qu'il s'est passé ?

– L'enquête dit que la radio de Massoud ne marchait pas. En tout cas, personne n'a jamais répondu quand Paris a cherché à le joindre. Quand j'ai réussi à entrer en communication avec son secrétaire, c'était trop tard. Les tueurs s'étaient fait exploser avec lui. Cela s'est joué à quelques minutes.

– Oui, tout ça, je le sais. Mais pourquoi les services français ne sont-ils pas parvenus à te contacter ? Tu étais à Douchanbé, au Tadjikistan ?

– C'est ce que dit l'enquête, non ?

– Pas seulement. Elle dit aussi que tu étais là-bas à cause d'une femme.

Marc-Antoine

Pas facile de rencontrer Malek Karim Khan, mais j'y suis arrivé. À ma troisième visite, les gardes de sa maison d'hôtes à Kaboul ont fini par me laisser entrer, après une fouille en règle. Normal, son père a été tué il y a quelques années par un kamikaze dans un village reculé du district d'Asmar, dans la Kunar, où il était venu en qualité de chef tribal régler des litiges fonciers. Le scénario habituel : un homme qu'il connaît de longue date vient le saluer et, au moment de l'accolade, déclenche sa ceinture d'explosifs. L'attentat a tué dix autres personnes qui assistaient à la réunion, dont l'un de ses fils et un neveu. Les talibans ont démenti toute implication. Peut-être qu'ils disaient vrai. Le patriarche, qui avait à la fois la nationalité afghane, pakistanaise et américaine, était aussi un seigneur de guerre depuis qu'il avait participé à la lutte contre l'armée soviétique. À ce titre, il s'était fait pas mal d'ennemis personnels. Mais ses proches sont demeurés sceptiques. Hormis les guerriers fondamentalistes, ils ne voyaient aucun d'entre eux avec assez de cran pour l'éliminer. Car il n'était pas qu'un petit chef de tribu. C'était le *nazim* de la tribu des Mashwani depuis une quarantaine d'années. Tout le monde savait que l'enquête du gouvernement sur son assassinat n'aboutirait pas. Qu'elle ne commencerait même pas.

Malek Karim Khan a donc repris les activités paternelles. Il est devenu à son tour l'un de barons de cette mafia du bois qui massacre sans vergogne les belles forêts de l'Indu Kush pour fournir les marchés de Kaboul et, plus encore, ceux du Pakistan, une activité facilitée par le fait que son déboiseur de père avait été brièvement ministre des Forêts. Comme lui, il bosse aussi pour les Américains, en particulier la CIA, se mêle de politique, et de divers trafics de contrebande. Il faut bien trouver le fric nécessaire pour acheter une flopée de petits chefs de tribus ou de villages, de commandants de la police locale, entretenir tout un réseau compliqué de loyautés, plus ses trois femmes, les enfants des unes et des autres, les quatre veuves de son défunt père, en particulier la dernière, une toute jeune fille d'une quinzaine d'années, épousée quelques mois avant sa mort alors qu'il approchait des quatre-vingts balais et qu'il avait dû acheter plus de cent mille dollars. Sans parler du coût des innombrables petits-enfants.

Son père se piquait aussi de photographie. Dans le salon, où son fils se fait attendre, les murs sont tapissés des clichés en couleur qu'il a pris pendant plusieurs années. Apparemment, il ne s'intéressait qu'aux montagnes de la Kunar. Elles sont belles, ces montagnes, si on les aime pelées, érodées, couleur fauve et brune. Plus haut, la neige leur dessine des turbans immaculés. On distingue à peine les rares villages qui se confondent avec la couleur de la terre.

Un *batcha* tout habillé de blanc vient m'offrir du thé noir et des mûres séchées. Puis le *malek* est devant moi, sans que je l'aie entendu entrer dans la pièce. Âgé d'une quarantaine d'années, il ressemble terriblement aux photos de son père que j'ai trouvées sur le Net. Il est petit et aussi maigre que moi, mais avec un visage aigu, un nez affûté au taille-crayon, des yeux de fouine triste enfoncés dans leurs terriers sous la falaise d'un front bombé, et un fin collier de barbe noire qui se termine par un bouc pointu comme un pieu à sanglier. Il ne parle pas trop mal l'anglais, appris sans doute dans un collège afghan privé, mais, comme il est paresseux, il préfère m'entendre m'exprimer en dari. J'ai lancé auparavant quelques formules de politesse en pachto, langue que je parle assez mal. Cela me permet de lui arracher un sourire, signe qu'il va m'écouter plus attentivement. Il m'offre aussi quelques pincées de son *naswar*, une poudre verdâtre euphorisante, avec des nuances indigo, confectionnée à partir de feuilles de tabac séchées, de cendres d'écorces de bouleau, de genévrier et de chaux, que l'on glisse sous la langue et que les Pachtounes apprécient tout particulièrement. Il me tend également un crachoir. Et la discussion, entrecoupée de glaviots qu'il dirige adroitement, non sans quelques éclaboussures sur les tapis frottés tant et plus par des armadas de fessiers, devient d'emblée plus facile.

Malek Karim Khan n'a jamais lu les poésies de Majrouh et il n'a aucune intention de le faire. Il ne sait pas grand-chose de lui, seulement qu'il a été assassiné il y a pas mal d'années. Cela ne l'intéresse pas vraiment de savoir quel immense poète il fut. Il demande néanmoins :

« Ce sont les talibans qui l'ont tué ?

– Non, ils n'existaient pas à cette époque. On a d'abord dit que ça pouvait être le Khad, les services secrets du régime communiste de Kaboul, mais l'hypothèse la plus probable, c'est qu'il a été assassiné par les tueurs du Hezb-e islami, le parti islamiste.

– Ils sont comme les talibans. Tout aussi fanatiques. Eux aussi voulaient tuer mon père. »

C'est difficile de lui faire comprendre pourquoi je veux récupérer le manuscrit perdu.

« Ce n'est que de la poésie, rétorque-t-il en haussant la voix. Tout le monde peut en faire. Mon père en écrivait quand il était jeune.

– Bien sûr. Mais les poèmes de Majrouh, c'était autre chose. C'était du feu, attisé par le souffle de Dieu. »

Malek Karim Khan se demande pendant un court moment si je n'ai pas blasphémé, décide que non, semble s'endormir sur son fauteuil – peut-être que la nuit avec ses trois épouses a été épuisante –, se réveille avec une nouvelle prise de *naswar*, vise un crachoir qui se trouve à près de deux mètres avec la précision d'un archer turkmène, essuie ses lèvres rougeâtres dans la manche de son *kamiz* et dit, mélangeant des mots anglais, daris et pachtos :

« Je ne peux pas te donner des hommes. Les talibans, là-bas, forts, trop forts. Ils tueraient toi et mes hommes aussi. Toi, tu es *diwaneh*. T'es un fou. *Ghol-e diwaneh*. Complètement fou. Tu es même *majnûn*, totalement fou de ce Bahodine Majrouh dont le nom ne me dit pas grand-chose. Alors si tu veux être *majnûn*, soit Majnûn. Va à la maison de la Quête chercher des *majnûn* comme toi. Ils t'écouteront, ils comprendront ce que tu veux faire et que moi je ne comprends pas. Ils te diront comment aller là-bas. On est quel jour ?

– Jeudi.

– C'est ce soir que tu dois y aller. Oui, va ce soir à la maison de la Quête. Elle est dans le quartier du Khârâbât. Sous la vieille citadelle de Bala Hissar. Tu la trouveras en la cherchant. Convaincs-les. Et que Dieu veille sur toi. »

Charles

On dit parfois que la mort passe dans un froissement d'ailes. En tout cas, pas en Afghanistan. Dans le quartier de Dasht-e Barchi, elle a surgi comme la langue d'un lance-flammes.

C'est Jamshid qui m'a appelé sur mon portable pour m'avertir alors que nous quittons la banlieue de Kaboul pour traverser la plaine bocagère du Chomali, sur la route du Pandjshir, où Judith veut commencer ses explorations de l'itinéraire suivi par Alexandre le Grand. À ma demande, Mirwaïs, le chauffeur, fait aussitôt demi-tour. Il nous ramène à Kaboul aussi vite que possible, en appuyant à fond sur son avertisseur tout au long du trajet. Il allume la radio. À entendre les voix des journalistes, on sait tout de suite qu'un événement terrible vient de se produire.

« Qu'est-ce qui se passe ? demande Judith, visiblement inquiète. Encore un attentat ?

– Bien pire, je crois.

– Mais pourquoi y aller ? Je n'ai aucune envie de voir des cadavres et d'entendre des gens crier.

– C'est moi qui veux voir. Pour savoir dans quel abîme ce pays est tombé. Et cela vous fera aussi du bien de savoir où vous mettez les pieds. L'Afghanistan, ce n'est pas qu'une belle carte postale où viennent fantasmer les romanciers. »

L'odeur de voitures en feu nous prend à la gorge bien avant que nous soyons arrivés à proximité du lieu de l'attaque. Même si Kaboul est depuis des années la proie de multiples violences, la police n'a toujours pas de stratégie bien arrêtée après une explosion. On voit encore des flics se ruer dans toutes les directions en hurlant, contribuant à amplifier la panique générale tandis que la circulation s'arrête complètement, paralysant l'arrivée des ambulances et des camions de pompiers.

Nous laissons le GMC pour continuer à pied en direction de la fumée des incendies. Judith s'est mise à cavaler à mes côtés, happée par le chaos des hommes hébétés et des femmes empêtrées dans leur tchadri, qu'elles ne retireraient pas même s'il s'enflammait, portant ou traînant des enfants affolés.

On passe sous la grande banderole d'une école privée qui invite à suivre des cours d'anglais et, tout de suite après, c'est l'entrée d'un dispensaire transformé en petite maternité, un modeste bâtiment tout bleu, devant lequel trois ou quatre voitures finissent de brûler. Là, on ne devine plus : on sait.

On sait que le crime va montrer son visage le plus laid et que l'on doit abandonner toute espérance en entrant dans le bâtiment. Les fenêtres éventrées et la porte défoncée de l'entrée principale s'ouvrent sur la désolation de l'enfer. Elle se lit sur le visage des flics, des soldats, des pompiers, des secouristes, et certains secouent la tête comme pour décrocher les images qui passent et repassent devant leurs yeux. Quand des civières sortent du bâtiment, on croit d'abord qu'elles sont vides, hormis un linge blanc qui en occupe le centre. Puis on devine ce qu'il cache. Alors on quitte le premier cercle, celui du crime pour entrer dans le dernier, celui de l'innommable. La main de Judith s'accroche à mon bras qu'elle serre très fort, de plus en plus fort. Elle balbutie d'une voix si rauque que je la comprends à peine :

« Jean, dis-moi que c'est pas possible. Jean, dis-le-moi. C'est même pas des gosses, c'est des bébés. »

Réalisant son erreur, elle se reprend :

« Charles, dites-moi que ce n'est pas vrai. Ce sont des bébés. Des bébés. Ils ont tué les bébés. »

On emporte les nouveau-nés tandis que le monde entier continue de tourner sur lui-même et les sirènes de hurler sans fin. Un pompier regarde ses mains ensanglantées en pleurant. Un flic s'adresse au ciel en tendant ses paumes grandes ouvertes. Un autre, au lieu de nous interdire l'accès au dispensaire, nous en montre le chemin. Assis dans la poussière, un secouriste sanglote. Une fumée noire balaie le ciel et des dizaines d'étourneaux apeurés signent le désastre avec des arabesques folles.

Les journalistes afghans sont arrivés bien avant nous. Sur le seuil de l'établissement, ils interrogent le *chowkidar*, l'habituel gardien à barbe blanche, un vieux qui n'a ni âge ni dents, qui a survécu à tout, lui-même ne sait sûrement pas comment.

« Ils sont venus pour tuer les mères, répète-t-il d'une voix suraiguë et saccadée, comme en proie à une hallucination. Ils étaient trois. Ils tiraient sur tout ce qu'ils voyaient. Ils tiraient sur les bébés. Ils n'étaient pas plus de trois. C'est surtout les mères qu'ils voulaient tuer. Mais ils tuaient aussi les bébés. Tous les bébés. »

À l'intérieur de la maternité, on peut suivre les tueurs à la trace. Ils sont entrés dans chaque chambre pour tirer en rafale sur tous ceux qui s'y trouvaient : nourrissons, mères, sages-femmes. Les lits ont été déchiquetés. Le sang baigne le sol et les murs sont criblés de projectiles. Des touffes de cheveux sont collées jusqu'au plafond. L'odeur de la mort prend à la gorge, avec celle de la cordite et du plastique brûlé. Une odeur écœurante de lait aussi, celui des seins des mères qui ont explosé sous les balles.

Le cadavre de l'un des tueurs, qui ne doit pas avoir vingt ans, est encore sur le sol, à quelques mètres de ses sandales qu'il a perdues lorsque le tir d'un sniper des forces spéciales afghanes l'a foudroyé. Il gît en travers de l'entrée de la salle sécurisée, la pièce conçue pour protéger ses occupants en cas d'explosion ou d'attaque, et qu'il devait s'employer à forcer. Une partie des patientes et du personnel médical a pu s'y réfugier. Une infirmière toute menue, qui a perdu son hidjab, raconte à des journalistes qu'elle a accouché une femme pendant que les assaillants essayaient de défoncer la porte blindée.

« Nous l'avons aidée à mains nues, nous n'avions rien d'autre dans la pièce que du papier toilette et nos foulards. Lorsque le bébé est né, nous avons coupé le cordon ombilical avec nos mains et nos ongles. Nous avons enroulé le bébé et la mère dans les foulards que nous avions sur nos têtes. Et, en même temps, nous priions pour que la porte résiste. Nous avions toutes si peur. »

Je veux m'en aller le plus vite possible. Mais Judith, qui vient de vomir dans un lavabo à moitié fracassé par une rafale, s'accroche à ces lieux comme s'il y avait une vérité à saisir et qu'elle ne l'avait pas encore trouvée. J'insiste :

« Vous n'êtes pas toubib, pas secouriste, pas journaliste. Votre place n'est pas ici. Pas besoin de regarder plus longtemps. »

Elle ne veut toujours pas partir et repousse mon bras.

« Si, j'en ai besoin. Vous ne pouvez pas comprendre. »

Je la laisse errer dans les couloirs pendant une douzaine de minutes. Le sol est un tapis d'immondices, de gravats, de débris de verre, de morceaux de plafond, de chaussures abandonnées, de restes de berceaux pulvérisés, de couveuses déchiquetées, de pansements, de placenta, du contenu des poubelles renversées, de centaines d'objets brisés, qu'elle piétine sans même s'en rendre compte. Parfois, une douille roule sous ses pieds en tintant. Elle veut tout voir. Son foulard a glissé sur ses épaules. Son visage est livide et ses grands yeux exorbités la font ressembler à une démente. Ils ont perdu leur belle couleur. Ses pupilles sont devenues immenses, prenant toute la place, encore plus noires que la nuit afghane. Un filet de morve coule de son nez jusqu'à un coin de ses lèvres. Elle s'est approchée du cadavre du tueur – les deux autres membres du commando ont été abattus à l'extérieur du bâtiment lorsqu'ils tentaient de fuir – pour l'observer. Les balles l'ont disloqué, lui ont crevé les intestins, arraché un bras et fracassé une jambe, dont les os percent le *chalwar*. Sa Kalachnikov baigne dans son propre sang, qui brille comme du verre, à quelques mètres de son moignon, mais son turban est resté enroulé sur sa tête, collé par la crasse. Ce corps désarticulé l'hypnotise jusqu'à ce que je la prenne doucement par les épaules pour la conduire hors de la clinique. Elle se laisse faire mais c'est à reculons qu'elle sort, ses yeux toujours braqués sur le cadavre qui commence à puer salement. Devant les bâtiments, une foule d'hommes, de femmes et d'enfants, totalement muets et hagards, s'épaissit de minute en minute. Tous les yeux sont braqués sur la maternité maudite et nous ignorent. Seules quelques voix nous interpellent pour nous poser des questions que je n'entends pas. J'aperçois Mirwaïs qui a quitté sa voiture pour venir à notre rencontre. Il nous aide à fendre la foule en poussant et rudoyant les gens, leur écrasant résolument les pieds. Une dizaine de minutes plus tard, nous sommes dans le 4 × 4 qui démarre aussitôt.

« On rentre à la maison de Jamshid Agha ? demande-t-il.

– Non, Mirwaïs. Nous continuons vers le Pandjshir. Nous avons besoin de nous laver les yeux. »

Judith

C'est donc *ça*, l'Afghanistan. Et il a fallu que *ça* se produise le lendemain de mon arrivée.

Quelques heures plus tôt, le petit matin s'est approché de la roseraie de Jamshid avec une telle douceur que je ne saurais le décrire. À cause du décalage horaire, et surtout de la nervosité qui m'a gagnée depuis que j'ai quitté Paris, l'aube m'a réveillée un peu avant l'azzam, l'appel à la prière, qui s'exprime ici avec des accents tragiques. Impossible de me rendormir. Alors je me suis levée, courbatue. Il fait froid mais j'ai apporté une bonne doudoune, tu sais laquelle Jean, celle que tu m'avais achetée, la seule fois où nous sommes allés ensemble au ski dans les Pyrénées, et un joli bonnet en laine qui cache jusqu'aux lobes de mes oreilles. Je suis sortie sur la terrasse qui fait face au jardin. Là, j'ai regardé le matin poser délicatement une à une ses couleurs, un peu de rouge, de rose, de mauve, de jaune, une pointe orangée, une nuance violacée, sur les montagnes qui enveloppent Kaboul. Une palette d'artiste, de grand peintre, de délicat coloriste. Dès les premiers rayons, la ville s'est réchauffée. Peu à peu le froid a perdu ses crocs et une douceur a commencé à reconquérir chaque quartier, rue après rue, le chassant des ruelles les plus étroites et obscures. L'air, à cause de l'altitude, est d'une incroyable transparence malgré la pollution. En buvant une première tasse de thé brûlant que le *batcha* m'a très vite apportée, j'ai cherché comment la décrire. Alexandre le Grand l'a forcément ressentie pendant son périple afghan. C'est pourquoi je dois parler dans mon livre de cette tendresse afghane qui contraste tant avec les paysages si âpres, la vie si difficile et misérable des gens, toutes ces horreurs, cette guerre qui ne finira jamais. Je me suis mise à la recherche d'une comparaison ou d'une image pour raconter cette aube naissante. Le vieil Homère, lui aussi réveillé de bonne heure et qui avait sans doute du mal à se rendormir à cause de ses rhumatismes, me l'a soufflée à l'oreille : « Aussitôt que, fille du matin, parut l'aurore aux doigts de rose. » Ce que j'ai trouvé à écrire, Jean, est clicheton, bébête, cucul la praline, c'est pourquoi je ne te le dirai pas. Et puis si, j'assume : j'ai trouvé que cette aube afghane si suave s'entrouvrait comme une paupière de bébé à la tendresse d'un baiser. Hypernunuche, tu dis ? Peut-être bien et, finalement, je m'en fous pas mal. Parce que j'ai toujours rêvé d'embrasser la paupière d'un bébé endormi, le bébé que nous aurions dû faire ensemble. Tu me l'avais promis, n'est-ce pas, Jean ? Je sais que tu as beaucoup pensé à lui quand tu as décidé de te tirer, mais cela n'a rien changé. Tu l'as fait quand même, salaud de fuyard.

Grosse Braguette est arrivé pour le petit déjeuner, une première cigarette au bec, les muscles saillants sous le tee-shirt noir mais le regard en berne, comme après de mauvais rêves. Pour ne pas lui faire voir que mes yeux brillaient, je me suis plongée dans mon thé en lui demandant si c'était possible d'aller au Pandjshir dès aujourd'hui, afin de ne pas lui faire perdre son précieux temps, car il veut revoir ses vignes et sa jument le plus tôt possible. Il a répondu qu'il allait consulter Jamshid. Après quelques hésitations et trois coups de téléphone, ce dernier lui a répondu que le voyage n'était pas trop risqué mais qu'il nous fallait quand même porter des gilets pare-éclats. Nous les avons pris avec nous dans la voiture, sans les porter. Quelques heures plus tard, le bébé auquel je rêvais ce matin, il était devant moi. Il quittait la maternité de Dasht-e Barchi sur une civière et sous un linge blanc.

Que dire ? Homère est dépassé. Eschyle et Sophocle aussi. Reste Euripide. Il avait déjà tout compris quand il a écrit : « Il n'y a plus qu'à hurler parce que les dieux sont partis. » Il aurait pu ajouter qu'ils nous ont laissés seuls avec le Mal.

Maintenant, nous filons à nouveau vers le Pandjshir pour nous laver les yeux, comme dit Grosse Braguette. Ce n'est pas une mauvaise idée. Il n'est pas si macho que cela, finalement. Il exhibe un peu ses muscles, mais il n'a pas la masculinité toxique. À la maternité, il m'a laissé aller et venir, puis il est intervenu au bon moment pour m'emmener. J'étais sur le point de piétiner le cadavre du tueur et de lui écraser sa sale gueule de raie. Si j'avais eu des talons aiguilles, je lui aurais crevé les deux yeux pour l'empêcher de trouver son chemin vers les soixante-douze vierges qui l'attendent au paradis.

Un truc qu'il faut que je te dise, Jean. Un truc incroyable. À la maternité, j'ai vu des horreurs inimaginables : quoi de pire que cette bouillie de bébés badigeonnée sur les murs comme du vulgaire crépi, ce duvet si fin collé aux portes, ces promesses d'éternité avortées dans le sang. Et j'ai senti une odeur d'enfer, de mort, de putréfaction, une odeur sans pareille. Tu le sais, Jean, je ne crois pas beaucoup en Dieu. Mais il y a quelque chose de beau dans l'Évangile, c'est quand il est dit qu'un enfant nous a été donné. L'enfant, le nouveau-né de l'Évangile, je l'ai vu passer devant moi. Le néant l'avait repris, lui et tous les autres bébés. Pourtant, je me suis immergée dans cette maternité de la mort. Et moi, l'antilope, qui ne peut pas aller chercher de l'argent dans un distributeur sans trembler ni prendre un métro seule, même aux heures de pointe, qui sursaute quand la feuille d'un arbre tombe à côté d'elle, je n'ai pas eu peur. Tu as bien entendu, Jean : je n'ai pas eu peur. Je te le répète : ta petite antilope n'a pas eu peur. Sans doute que ses yeux se sont mouillés mais elle n'a pas reculé. Elle a voulu tout voir. Elle n'a pas tremblé. Pas un seul instant. À croire que le massacre des bébés a provoqué chez elle une coupure métaphysique avec l'antilope qu'elle était.

Alors, tu en penses quoi, toi, le fuyard ?

Marc-Antoine

La cérémonie a duré toute la nuit. Puis j'ai retrouvé les venelles fétides du quartier du Khârâbât, le « lieu des ruines », dans l'aube froide. Le soleil n'a pas encore réchauffé le vieux fort de Bala Hissar ni les ruelles en contrebas. Le silence de plus en plus épais me donne l'impression de passer dans un monde parallèle. Lequel est réel ? Celui que je viens de quitter sur la pointe des pieds pour échapper à la musique qui continue dans mon dos, plus faiblement au fur et à mesure que je m'éloigne ?

La musique du Khârâbât rue comme un cheval damné dans le fracas des tablas, des briquettes en bois que l'on frappe l'une contre l'autre, des tambourins que l'on agite frénétiquement et le doum badadoum doum doum du *tambor*, qui ressemble à une contrebasse, tandis que grince et couine un vieil harmonium qui maintient coûte que coûte la ligne mélodique. Elle tonitrue, cette musique *kharabati*, monte au ciel où elle plane avec les aigles et les harmonies plus subtiles des *dehlruba*, des instruments à cordes venus des Indes dont le nom en persan signifie « celui qui vole le cœur ». Ils arrivent à se faire entendre au-dessus des percussions, puis s'en vont très loin, accompagnant une voix de plus en plus haute et des psalmodies qui n'en finissent pas, avant de se perdre dans la nuit profonde mais qui éclaire pourtant, c'est tout le paradoxe, les ombres de la caverne platonicienne.

Elle va, cette voix haut perchée, régner pendant des heures, forçant les portes de la perception et de la mémoire pour remonter le temps jusqu'à sa source, faisant se retourner les yeux dans leurs orbites jusqu'à ce que le regard se fasse intérieur et que l'âme s'envole. Il ne faut surtout pas se laisser ensorceler par cette voix, car les songes qu'elle porte sont ceux de l'autre monde. C'est pourquoi j'ai quitté la maison de la Quête quand les percussions sont revenues, d'abord doucement, puis de plus en plus violemment.

La longue artère étroite et tordue, qui répond au curieux nom, sans doute mystique, de rue des Trois-Boutiques, des Amoureux et des Chercheurs-de-Vérité, fut autrefois avenante. S'y succédaient les demeures de grands compositeurs de musique persane classique. Aujourd'hui qu'elle est devenue sale et poisseuse de misère, c'est une sorte de narthex, de passage vers le deuxième monde. Le quartier est celui des musiciens, des derviches, des fumeurs d'opium, des prostituées et de tous ceux qui suivent la *malamâtiyya*, la voie du blâme, où il s'agit de détruire l'enveloppe charnelle pour mieux exposer l'être intérieur à la Divinité. C'est aussi la voie qui donne la poésie la plus troublante, la musique la plus enivrante, celle où l'on vient admirer Son Reflet dans une coupe de vin rubis. C'est enfin le lieu de la pensée libre.

Si les musiciens sont venus habiter ce que les mystiques appellent le « lieu des ruines », le Khârâbât, c'est parce que l'émir Cher Ali Khan les voulait près de son palais de Bala Hissar, qui surplombe le quartier. Ils les avaient ramenés d'Inde à l'occasion d'un voyage officiel en 1869. Les musiciens étaient venus avec leurs femmes et concubines, souvent des danseuses peu regardantes de la vertu, ce qui avait enragé les mollahs. Mais ici, les musiciens étaient sous la protection du souverain. Ils n'étaient donc jamais repartis. Les riches

Kaboulis venaient les chercher à l'occasion d'une fête ou d'un mariage.

La maison de la Quête, la *Khâneqâh*, n'est pas très loin et je l'ai trouvée sans trop de difficulté, au fond d'une impasse noire et boueuse, jonchée de morceaux de briques et de maçonnerie. C'est une grande et pauvre maison. Elle jaillit des ruines qui l'entourent et, parce qu'elle est éclairée de l'intérieur par des bougies et des lampes à pétrole, on dirait qu'un feu couve dans le secret de ses fondations branlantes. Une haute porte, et c'est l'autre côté : une cour traversée d'ombres que deux braseros allongent sur l'écran lézardé des murs, et un grand foyer où l'on prépare du thé trop sucré. Un escalier raide grimpe jusqu'au premier étage. Dès les premières marches, la musique fait savoir que l'on entre chez elle. Elle ne s'arrêtera qu'avec la prière de l'aube. Aucune interruption entre le crépuscule et l'azzam.

Les musiciens qui occupent l'estrade sont de la confrérie de la Chechtiyya. Ils jouent chaque jeudi soir depuis plus de deux cents ans. Même lorsque les talibans possédaient Kaboul, ils ont continué leurs célébrations, mais sans leurs instruments, qui avaient été bannis. Avec des chants et en tapant sur des récipients qui remplaçaient les percussions.

Que des hommes dans l'assistance, mais de diverses conditions. Beaucoup de pauvres hères, des portefaix du bazar, des porteurs d'eau, qui sont là pour boire le thé qui circule dans des grandes théières en fer-blanc et partager le pain de l'aube, et quelques trognes de faux intellectuels qui ont abusé de la vie et viennent reposer leur âme quand elle est trop triste, l'engloutir dans la musique des derviches au regard halluciné.

Le *pir*, je l'ai aperçu dans l'ombre quand je suis entré, avant que ne commence la cérémonie – on ne peut pas dire « concert », car ces gens prient avant toute chose, que ce soit par le chant ou la musique. C'est un long vieillard à barbe blanche appuyé sur une canne, avec un visage émacié, des rides verticales qui partent du front et sillonnent ses joues comme des canyons, un haut turban en équilibre instable sur son crâne. Je suis allé vers lui, ne sachant comment l'aborder. En même temps qu'un souffle a couché les flammes des bougies et des braseros, faisant danser des reflets dans ses yeux fatigués mais d'un beau vert émeraude, la parole m'est revenue, avec un vers en persan du grand poète Rûmi :

« Qu'a donc à faire la perle fine avec le monde de la poussière ?

– Cherches-tu la perle ou te contentes-tu de la poussière ? m'a demandé le *pir* en mettant la main sur son cœur.

– Je suis indigne de la perle mais j'aimerais quitter le monde de la poussière.

– Que ta maison soit pleine de riz.

– Que la tienne le soit aussi.

– Tu as les rides de ceux qui cherchent Dieu. Veux-tu venir demain chez moi pour quitter le monde de la poussière ?

– Je suis ici pour vous parler, vous demander…

– Pas ce soir. Viens demain, ici, après la prière de midi. Une voiture t'emmènera. »

Dans les ruelles du Khârâbât, la lumière commence à faire briller les murs ocre. Le froid ne s'est pas encore complètement replié et s'attarde dans les rafales qui font frissonner la poussière.

Est-ce que je veux vraiment quitter le monde de la poussière ?

Charles

Le voyage vers le Pandjshir se déroule bien mais l'attaque de la clinique nous a retardés, si bien que nous n'allons pas pouvoir y demeurer longtemps. Nous montons d'abord jusqu'à Bozorak, le village de Massoud, au-dessus duquel se trouve son mausolée. De là, on peut embrasser du regard toute la vallée et suivre les méandres de la rivière. L'édifice est du genre trapu, avec une coupole qui ressemble à un bonnet de cavalier mongol posé sur une sorte de yourte de couleur blanche. À l'intérieur, le marbre s'est invité partout, ce qui rend l'endroit glacial, et ce n'est pas la grande photo en couleur du commandant, déjà fatigué et vieilli, qui réchauffe l'atmosphère. Les routes n'étant plus sûres, peu de gens viennent lui rendre hommage, hormis pour l'anniversaire de sa mort, nous dit le gardien, quand des bus débarquent ici par centaines.

« Je m'attendais à autre chose, dit Judith, dont la voix a une tonalité plus grave à présent. C'est bizarre. Les montagnes sont superbes, surtout sous ce ciel d'un bleu très vif, le village ocre est parfaitement en harmonie avec elles, la rivière n'apporte pas seulement de la fraîcheur mais une sorte de joie primitive, on dirait qu'elle est en pleine forme, heureuse de bondir entre les pierres, qu'elle veut communiquer son bonheur, et ces bruits de cascade font un joli refrain. Mais le mausolée, bof. Pas vraiment top.

– Je ne crois pas que les Afghans connaissent Jean Nouvel. Ni que les gens du Pandjshir auraient eu assez d'argent pour se le payer.

– J'ai quand même le droit de donner mon opinion, non ? Ce gigantesque dôme couleur anis est plutôt moche, tout ce marbre qui dégouline et s'étale partout, ça ne ressemble pas à ce que j'ai pu lire sur Massoud. Tous les articles des journaux reconnaissent qu'il vivait modestement.

– Le marbre, c'est pour témoigner qu'il a été quelqu'un de grand, vous le savez bien. Mais ne vous faites pas de souci, quand les talibans arriveront ici, ils feront sauter le mausolée. Et probablement tout le village, et plutôt deux fois qu'une la maison d'*amir-sâheb*.

– Qui ça ?

– *Amir-sâheb* c'est comme ça que ses hommes appelaient Massoud. Massoud, ce n'est d'ailleurs pas son vrai nom, c'est un pseudonyme, une *kunya*, un nom de guerre. Moi aussi, je l'appelle *amir-sâheb*.

– Et ça veut dire ?

– Difficile à traduire. *Amir* signifie chef militaire et *sâheb*, quelque chose comme maître, y compris dans le sens spirituel, homme de cœur aussi. »

Nous reprenons la voiture et remontons la piste en lacets qui suit la rivière Pandjshir, comme l'avait fait Alexandre le Grand deux mille trois cents ans plus tôt. Le paysage est un enchantement. La première fois où j'ai découvert la vallée, peu après la fin de l'offensive soviétique, tous les villages avaient été écrasés, les ponts coupés, les terrasses des camps et les canaux d'irrigation broyés sous les chenilles des T-74, et les cultures brûlées. En dépit de toutes ces destructions, le paysage respirait l'harmonie.

À chaque nouveau virage, et Dieu sait qu'il y en a, Judith, qui ne semble pas me tenir rigueur de ma nervosité, me pose une nouvelle question. Tantôt sur Massoud, tantôt sur le passage d'Alexandre le Grand.

« On sait qui l'a tué ?

– Massoud ou Alexandre ?

– Massoud, bien sûr. Alexandre, je connais toutes les hypothèses des historiens sur sa mort.

– Vous savez aussi pour Massoud. C'est sûrement écrit dans votre documentation, avec tous les détails.

– Mais j'aimerais avoir votre version.

– Deux kamikazes tunisiens se sont fait passer pour des journalistes et l'ont attendu pendant des semaines afin de pouvoir l'interviewer. Quand il les a finalement reçus, l'un d'eux a fait exploser la charge qu'il cachait dans sa caméra. Terriblement brûlé, Massoud est mort peu après. L'un des deux terroristes a été tué sur le coup, le second abattu en tentant de s'enfuir. On pense, mais sans en être certain, que c'est Ben Laden qui avait confié cette mission aux deux salopards. Cela s'est passé à Khodja Bahuddin, pas très loin d'Aï Khanoum, l'ancienne cité grecque.

– C'était plus qu'une cité grecque. Ce fut même une capitale d'empire, connue sous le nom d'Alexandrie de l'Oxus.

– Fondée par Alexandre ?

– Plutôt par Antiochos 1er, un de ses lieutenants et successeurs. Mais vous n'étiez pas en Afghanistan au moment de la mort de Massoud ?

– Non, en mission à Douchanbé, au Tadjikistan.

– Pour quoi faire ?

– Ça ne vous regarde pas. De toute manière, je ne peux pas en dire plus.

– Vingt ans après ?

– On peut parler d'Alexandre ?

– Une dernière question quand même sur Massoud, pardon, votre *amir-sâheb*. Lui qui tout au long de sa vie périlleuse avait failli mille fois être assassiné, notamment par les Soviétiques qui s'y connaissaient en la matière, ne s'est pas méfié de ces deux Tunisiens ? J'ai lu que tous les signaux étaient au rouge, que la menace était imminente et qu'il en était conscient.

– C'est difficile de savoir ce qu'il y avait dans sa tête. Ce que je peux dire, c'est qu'il est venu quelques mois plus tôt à Paris et à Strasbourg, où il s'est exprimé devant le Parlement européen, et je l'ai accompagné pour faire la liaison avec les services chargés d'assurer sa sécurité. C'est à cette occasion qu'il nous a alertés sur la menace représentée par Ben Laden pour les États-Unis et le monde entier. Il s'est même adressé en public à George W. Bush, qui s'en est foutu royalement, en royal abruti qu'il était. Mais bon, comme il s'était rapproché des États-Unis, que la CIA l'aidait contre les talibans, il se sentait en mauvaise posture vis-à-vis du monde musulman, déjà très anti-américain, et ne voulait pas que celui-ci le juge mal. C'est pourquoi il a accepté de recevoir les deux faux reporters tunisiens. Ils prétendaient travailler pour une télévision arabe, et l'interview aurait été une tribune qui lui aurait permis de se justifier. C'est mon hypothèse. Je n'en sais pas plus. »

Mirwaïs, en chauffeur bien élevé, a attendu que nous terminions notre discussion pour m'avertir que l'heure tournait, qu'il vallait mieux rebrousser chemin afin d'être à Kaboul avant la tombée du soir.

« Bien sûr, Mirwaïs, le temps passe vite. Demi-tour dès que vous pouvez.

– Mais je n'ai quasiment rien vu du chemin suivi par Alexandre le Grand, proteste Judith.

– On reviendra. Mais il nous faudra partir tôt. C'est une petite expédition qui nous prendra deux jours et, à cause de la neige, nous n'arriverons peut-être pas jusqu'au bout du col d'Andjuman. »

Face à son air renfrogné, j'ajoute :

« Vous êtes incroyable ! Vous étiez terrorisée en arrivant à l'aéroport, tremblante comme une feuille. Maintenant, voyager de nuit sur les routes afghanes, sans doute les plus dangereuses du monde, ne vous fait même pas peur. »

Judith

Il y a quelque chose qui cloche au sujet de Massoud. Grosse Braguette n'aime pas que je lui pose des questions le concernant, ça l'énerve vite, mais une fois qu'il est lancé il ne peut pas s'empêcher de raconter les moments qu'ils ont vécus ensemble. Je comprends qu'ils ont partagé de sacrées foutues aventures, que l'adrénaline et la testostérone, ça devait dégager. Mais il y a quelques zones d'ombre.

Comme un bon Afghan, il a pris place à côté de Mirwaïs et m'a laissé la banquette arrière. Encore heureux qu'il ne m'ait pas fait monter dans le coffre. Quand une de mes questions ne lui plaît pas, il se retourne, retire ses lunettes de soleil de super-commando et me regarde de travers pendant quelques secondes. Dans mon manuel de persan-dari, on appelle ça un regard *tchap-tchap*. Sinon, il continue de fixer la route, comme un tigre aux aguets.

Je vois bien que je l'agace en lui disant que le défunt *amir-sâheb* n'était pas un ange. Dans un article, j'ai lu qu'il avait décidé la pendaison de deux de ses hommes, presque des gamins, parce qu'ils avaient commis des pillages. Ils avaient gigoté un bon moment au bout de la corde avant de mourir et il était resté impassible face à la potence, un vrai bloc de marbre. Il avait fait fusiller des déserteurs et rasé des quartiers entiers de Kaboul. Il avait même fait alliance pendant la guerre civile avec un certain Abdoul Rassoul Sayyaf, un chef islamique prosaoudien et criminel de guerre parmi les pires qui soient, dont les hommes, disait ce même article, se plaisaient à couper les seins des Afghanes de confession chiite. Quand je lui demande si c'est vrai, sa réponse claque comme une baffe :

« C'est la guerre et c'est l'Afghanistan. On n'est pas à Saint-Germain-des-Prés. Et vos héros grecs ou votre Alexandre, vous croyez qu'ils ont fait quoi ?

– On n'est pas du tout à la même époque. Ce serait anachronique de faire ce genre de comparaison.

– Ah ! Bon. Vous connaissez un peu la guerre d'Espagne ?

– Un peu. J'ai aussi un master d'histoire contemporaine.

– Bravo. Alors vous connaissez Durruti, le célèbre chef de guerre anarchiste ?

– Évidemment. Je sens que vous allez le comparer à Massoud.

– Certainement pas. Ils n'ont rien à voir. Je veux simplement vous parler de l'épisode du petit phalangiste. Vous connaissez l'histoire ?

– Pas du tout.

– En résumé, c'est l'histoire d'un pauvre môme, un gamin des rues, qui combattait avec les franquistes et a été capturé les armes à la main par les républicains. Durruti lui a proposé un marché : soit tu renies ton camp, soit on te fusille. Le gamin n'a rien voulu savoir. Durruti l'a fait exécuter. C'était pourtant un chef incroyablement généreux. Mais la guerre a ses propres lois et, certaines fois, on ne peut pas faire autrement que se comporter comme un monstre. *Amir-sâheb* n'était pas un salaud, il a fait ce qu'il a pu. Il a même épargné des ennemis infiltrés qui étaient venus le tuer. Il était au moins aussi bon et généreux que Durruti. »

Je laisse le silence retomber et je lui tends la reproduction d'une jolie mosaïque de galets que je trimballe depuis Paris dans mon sac et que je trouve fascinante. Elle représente Alexandre le Grand à la chasse au lion. L'artiste a donné la première place à l'animal, magnifiquement représenté, avec des muscles puissants et bien dessinés, une queue dressée comme un serpent, et, à côté, le héros macédonien s'apprête à le frapper avec une lance. Il est entièrement nu, si l'on excepte une cape transparente sur les épaules qui ne dissimule rien de son anatomie et une espèce de béret à gros bourrelets.

« Ça vous inspire quoi, cette mosaïque ? Vous voyez qui c'est ?

– Alexandre, bien sûr.

– Mais vous ne voyez pas quelque chose de troublant ?

– Il en a une toute petite. Elle est inversement proportionnelle à la taille de son empire. Pour un aussi grand conquérant, ça fait drôle. Roxane a dû être déçue.

– Ne soyez pas obsédé. C'est pour une question d'esthétique qu'il en a une petite, comme vous dites. Pour les Grecs, c'est tout le corps qui était érotisé, pas seulement ce que vous croyez. Ne vous faites pas plus macho que vous êtes et regardez plus haut.

– Je ne vois pas.

– Son bonnet.

– Ah ! Mais c'est incroyable. On dirait…

– On ne dirait pas, c'est ce qu'on appelle en grec la *causia* et en Afghanistan le *pakoul*, n'est-ce pas ? C'est le couvre-chef des Macédoniens, et il a voyagé sur la tête d'Alexandre jusqu'ici pour devenir celui des Afghans, de Massoud en particulier. Si l'on en croit les photos, il ne s'en séparait jamais. Vous aussi, probablement, vous en portiez un quand vous sévissiez dans le coin. Est-ce qu'il y a au moins un Afghan qui sait que son béret est venu sur la tête des Grecs et des Macédoniens, il y a plus de deux mille ans ? »

Charles contemple la mosaïque un bon moment, va pour me répondre mais, après avoir regardé devant lui, s'adresse au chauffeur :

« Mirwaïs, c'est un convoi militaire qui avance devant nous, non ? Il ne faut pas se trouver derrière. Dépassez-le dès que possible. »

Marc-Antoine

Un élève du *pir* m'attend à la maison de la Quête pour m'emmener, sitôt la prière de midi terminée, dans une vieille camionnette Isuzu à la lisière de la ville, en direction du sud.

Je suis tendu en traversant ces quartiers faméliques faits de briques et de planches, aux rues creusées d'ornières et de flaques d'eau, traversées par des bandes de garçons en haillons et nus-pieds, qui crient à tue-tête, jouent avec des ballons crevés sur des décharges ou caillassent des chiens hagards, pelés, dévorés par la vermine, souvent sans oreilles, parfois sans queue, qui se sauvent en couinant. Des hommes graves enveloppés dans leurs *patous* sont plantés à chaque coin de rue ou devant des boutiques minuscules, telles des sentinelles, veillant en se caressant la barbe à ce que la vie demeure immobile. Des fantômes à la marche lente passent en traînant des gosses, lesquels traînent d'autres gosses, portant des sacs en plastique, les unes enfermées dans la forteresse de leurs tchadris bleu vif, qui sont comme un coin de ciel d'été quand elles trempent dans les flaques d'eau, les autres avec un voile moins serré sous lequel un vent maussade cherche à s'engouffrer pour pincer une oreille. L'hiver offre à Kaboul un ciel gris, des bandes de corbeaux croassant et la boue des jours de pluie. Mais c'est la misère qui donne cette impression de froid méchant.

L'Isuzu s'arrête devant la porte d'une cour entourée de hauts murs en pisé. Le compagnon du *pir* m'invite à descendre rapidement sans me faire remarquer.

Une fois à l'intérieur, on m'indique une dizaine d'autres hommes qui attendent, assis, serrés les uns contre les autres, sur une grande nappe fleurie qui recouvre une terrasse en béton. Un *batcha* passe sans cesse remplir des tasses de thé brûlant à la cardamome et distribue des mûres séchées. Quand le *pir* fait son apparition, j'imite les hommes qui le saluent en me levant et m'inclinant. Certains lui baisent la main. Il nous invite à descendre de la terrasse pour nous allonger à même le sol glacé de la cour. Et à fermer les yeux. Surtout ne pas les rouvrir.

Il nous demande de rouler sur nous-mêmes comme on le ferait avec des tapis. Ce que nous faisons d'abord maladroitement. Puis nous gagnons de l'assurance et nous roulons de mieux en mieux. Nous roulons sans fin, les coudes et les avant-bras meurtris par les graviers. Nous roulons encore. Après un long moment, le corps commence à glisser dans la conscience des impressions inédites, un chamboulement du temps et de l'espace, l'entraînant dans une sorte de naufrage, où il est à la fois la barque et la vague. Tout se brouille, tout se mélange. L'espace clos s'ouvre, le temps s'en va. Le corps dérive, et quand il se rapproche d'une autre forme errant dans la poussière, la main ferme du *pir* le guide dans une autre direction et le pousse à rouler encore.

Nous roulons pendant des heures qui ne sont que des minutes. Jusqu'à ce que la main du *pir* se pose sur mon épaule pour m'arrêter, puis m'aider à m'asseoir. Je sens ses doigts effleurer ma colonne vertébrale, puis chercher des passages entre les vertèbres, pressant certains points. Un éclair. D'autres éclairs. Une succession d'éclairs. Il aurait fallu que je m'abandonne aux éclairs comme à une drogue, mais ma conscience me fait ouvrir les yeux.

Le *pir* s'active déjà derrière un autre de ses disciples qui est sur le point lui aussi de terminer son voyage. Je me relève et rejoints en titubant les autres « cheminants », les *sâlek*, sur la terrasse.

Charles

Mirwaïs s'efforce en vain de dépasser le convoi de l'armée afghane. Il a déjà donné une vingtaine de coups d'avertisseur sans que le camion qui nous précède fasse mine de quitter le centre de la route. Cela fait une cinquantaine de minutes que nous avons quitté le Pandjshir, dépassé Djebel Saraj, une des rares bourgades afghanes à avoir un embryon de zone industrielle, avec une cimenterie que les talibans avaient fermée quand ils étaient au pouvoir. À présent, c'est la grande plaine du Chamali qui s'avance à l'horizon. Déjà, le soir commence à tomber. Le vent roule de gros nuages de pluie, peut-être de neige.

« Faut doubler les camions, Mirwaïs. C'est trop dangereux de rester derrière eux.

– Oui, mais les chauffeurs ne veulent pas s'approcher du bord de la route. Ils ont peur des mines que les talibans déposent sur les bas-côtés.

– Je sais bien mais là, nous risquons… »

Pas le temps de finir ma phrase. Le camion que nous suivons s'embrase au beau milieu d'une courbe. Des soldats sautent en marche et roulent sur le sol en hurlant, l'un d'eux s'est transformé en toupie de feu. Claquement des munitions qui explosent, comme si l'écorce du monde craquait. Hypnotisé, Mirwaïs n'a pas ralenti et nous allons percuter le véhicule en flammes. Le volant, lâche le volant, Mirwaïs ! J'attrape le putain de volant, Mirwaïs l'a déjà mouillé de sueur et il me glisse entre les doigts. Coup sec du poignet pour faire dévier le GMC de sa trajectoire. On quitte la route. Heureusement, il n'y a pas de talus le long des voies afghanes. Un militaire se tord sur le sol pour éteindre les flammes qui lui dévorent le dos. Nous passons à moins d'un mètre. Un pylône. Nouveau coup du poignet sur le volant pour l'éviter. Le GMC dérape, finit par s'immobiliser dans un nuage de poussière. Je bondis hors de la voiture, ouvre la porte du chauffeur, pousse brutalement un Mirwaïs pétrifié sur le siège du passager pour prendre sa place en criant « *Boughou*, *boughou* », bouge ton cul. Nouvelle roquette. Un autre camion explose. La torchère est à moins de vingt mètres. Le souffle est brûlant. Des rafales de tous les côtés. Le staccato sec des Kalachnikovs. Les dac-dac-dac plus sourds d'une 12,7 talibane.

Je gueule encore plus fort que les rafales et les explosions :

« Ouvrez les putain de fenêtres ! Toutes les putain de fenêtres ! Et coincez-y les gilets pare-éclats avant de les remonter ! Démerdez-vous pour que ça tienne ! »

Nous regagnons la route. Chaos à droite, chaos qui démarre à gauche, chaos qui déborde jusqu'au milieu de la route. Le convoi est démembré. Des éclairs devant. Des éclairs derrière. Des éclairs de tous les côtés. Trois camions en feu. Les flammes grimpent au ciel qui s'embrase à son tour. Des rouleaux de fumée comme des linceuls noirs. Le monde à son crépuscule. On traverse des brouillards de suie sans rien voir. Les gerbes de flammèches et les tourbillons d'étincelles n'y changent rien. Des plaques de métal en fusion s'arrachent des camions et s'envolent. Des véhicules en travers de la route. Certains tentent d'échapper à l'embuscade en s'extirpant du convoi. Zigzags. Marche arrière. Mes mains tournent le volant à fond sans réfléchir. Marche avant. Braquage et contre-braquage. Tout n'est plus qu'automatisme. La conscience cherche parfois à s'échapper en racontant de sacrées conneries :

« Putain ils pourraient mettre leurs clignotants, ces gros nuls.

– Charles Agha, Charles Agha, crie Mirwaïs. Il faut s'arrêter. Se mettre à l'abri. »

Une jeep se dégage du convoi. Elle sauve sa peau, fonce devant nous, trace un itinéraire assez adroitement au milieu du bordel. Elle a le feu au cul et on se colle à elle. Cent premiers mètres. Deux cents mètres. Trois cents. Elle va arriver à s'en sortir et nous avec. Mais elle entre en collision avec un camion qui s'est mis brutalement à reculer. Coup de frein. Il faut les contourner. Gagner à nouveau les bas-côtés. Hurler encore : Putain, les cons ! Répéter : Putain, encore plus cons ! Font n'importe quoi ! Faut que le mental souffle un peu, retrouve un semblant d'équilibre. Des soldats galopent autour de nous, d'autres tirent dans toutes les directions, certains ont des têtes de fous furieux, d'autres font de grands gestes pour nous supplier de les prendre. Une rafale en foudroie deux. Des corps sont couchés entre les véhicules, morts ou blessés. Un choc sourd secoue le 4 × 4. Putain, je m'en suis fait un.

Je dépasse encore deux autres camions dont les bâches brûlent. Plus rien devant nous. La route. Uniquement la route. Nous sommes passés. Affirmatif, nous avons traversé l'enfer. Deux hélicoptères américains nous survolent et leurs phares blancs balayent l'obscurité. Ils viennent à la rescousse du convoi. Trop tard, toujours trop tard.

Dans le rétroviseur, la fin de l'après-midi brûle comme un bûcher.

Judith

De la lumière filtre sous sa porte. J'hésite un petit moment, de peur qu'il se méprenne sur mes intentions. Puis je retourne à ma chambre et décide de prendre le cahier qui ne me quitte jamais. Je reviens devant sa porte. J'attends encore un moment en me dandinant d'un pied sur l'autre. Je finis par frapper.

Le dîner chez Jamshid a été affreusement triste. Comme la veille, le repas était minutieusement préparé. Mais l'attaque de la maternité et celle du convoi se sont invitées à table. Jamshid était anéanti.

« Ça veut dire que les talibans ont commencé d'encercler Kaboul », a-t-il répété à trois reprises.

J'ai demandé à Charles si on avait roulé sur le corps d'un soldat pendant la fusillade. « Possible », a-t-il répondu sèchement, coupant court à toute autre question.

La vodka a eu plus de succès que le thé. J'en ai bu cinq petits verres pour remonter à la surface. Et trois de plus pour m'encourager à aller le voir. Le fait qu'il m'a sauvé la vie m'empêche de continuer à lui mentir. C'est ce qui m'a convaincue d'aller frapper à la porte de sa chambre aux environs de minuit.

Avant, j'ai pris conseil auprès de Jean. Il s'est montré un peu réticent sur ma démarche, m'assurant qu'il risquait de mal l'interpréter mais, finalement, comme j'ai insisté, il m'a donné son feu vert.

Sa chambre n'est pas aussi bien chauffée que la mienne qui a ce qu'on appelle ici un *boukhari*, un gros poêle à bois. J'ai un traitement de faveur. Le froid ne l'empêche pas d'être torse nu, sous une grosse couette, avec ses écouteurs dans les oreilles. Il a les épaules d'un titan, le torse taurin, et ses biceps ont la taille de mes cuisses mais, signe de l'âge, un peu de peau plisse en haut de ses bras. Je m'attends à ce qu'il la joue gros macho, du genre : Oh ! Quelle belle surprise, bienvenue. Mais non. Il dit simplement, de façon un peu agressive :

« Vous voulez me parler ?

– Oui.

– Il est tard, je suis fatigué. Et j'ai peur de ne pas être si heureux d'entendre ce que vous allez me dire.

– C'est possible.

– Vous êtes venue en Afghanistan avec une idée bien différente de celle dont vous m'avez parlé pour me faire quitter mes vignes. Et, après ce qui s'est passé, vous vous sentez un peu mal de ne m'avoir pas servi la vérité dès le premier plat. Je me trompe ? »

Je ne sais pas quoi lui répondre. Je me contente de hocher la tête et de baisser les yeux. Il continue :

« Ce n'est pas que vous m'ayez menti qui me gêne, mais que vous m'ayez pris pour l'idiot de mon village.

– Ce n'est pas vrai du tout.

– À d'autres.

– Je vous le jure. Je me doutais bien que je ne pourrais pas vous duper longtemps.

– Admettons. Mais qui vous dit que j'ai envie de connaître la vraie raison de votre voyage ? Avant de partir, oui. Cela me démangeait de savoir, cela m'intriguait. À présent, j'en suis moins sûr. Finalement, votre idée de faire raconter Alexandre par Roxane, ça me plaît bien. Elle me parle, votre histoire.

J'ai envie que vous la continuiez et je serai à vos côtés, en faisant attention d'éviter ce qui s'est passé cet après-midi.

– Écoutez-moi cinq minutes. Ce n'est pas moi qui vais vous faire comprendre ce que je suis venue chercher en Afghanistan et pourquoi j'ai tenu à ce que vous soyez avec moi. Je me sens totalement incapable de vous raconter cette histoire qui, effectivement, n'a rien à voir avec celle d'Alexandre le Grand et de Roxane, même si je suis là aussi pour écrire celle-là, ne serait-ce que parce que je la dois à mon éditeur qui m'a fait confiance. C'est ce cahier qui aura la mission de tout vous dire. C'est le cahier de Jean, une sorte de journal intime, où il consignait ses impressions, racontait sa vie, ses enquêtes. Ah, oui, je ne vous ai pas dit qui est Jean. C'est un flic. Et, c'est… aussi mon amoureux. Allez, je vais dire les choses comme elles sont : c'est mon grand amour. Lisez son journal, s'il vous plaît, mais pas toutes les pages, seulement les cinq dernières. Dans les autres, il a écrit des trucs intimes sur nous. Je sais que vous êtes très fatigué. Mais cinq pages, ce n'est pas très long, et Jean écrit de façon parfaitement lisible.

– Pourquoi vous n'avez pas arraché les dernières pages pour me les donner si vous craignez que je lise les précédentes ?

– Ce journal, c'est tout ce qu'il me reste de lui. Je n'allais pas déchirer le peu qu'il m'a… »

Je n'ai pas pu achever ma phrase. J'ai posé le cahier sur le lit et je suis sortie très vite.

4

Les ombres du brouillard

Le journal de Jean

Quelque chose m'échappe. L'impression de mener une enquête dans le brouillard.

Je le suis depuis soixante-douze heures et je ne crois pas qu'il ait remarqué mes filatures. C'est comme ça que j'ai découvert qu'il a un second téléphone mobile, probablement à carte, dans la poche intérieure de sa veste. Il n'a aucune raison de l'avoir puisqu'il possède déjà le téléphone de sa mère. Du second mobile, il se sert très peu. Et les techniciens n'arrivent pas à le craquer. Peut-être que c'est une puce espagnole, et si nous avions une bonne coopération entre services de renseignement européens, nous pourrions savoir ce qu'il dit. Lorsqu'il l'utilise, il regarde autour de lui. Une chance qu'il ne m'ait pas vu quand il a brusquement pivoté sur lui-même pour observer la rue. Son petit téléphone de merde, je le vois comme un mauvais présage.

Mathieu et Ahmed pensent que je fais une connerie et qu'il faut le serrer au plus vite, sans attendre un flag. Ils le voient comme un minable, un voleur de sacs à main, bras cassé, paresseux, petit cogneur à l'occasion et capable de fracasser une femme, versatile parce qu'il a essayé de rejoindre la Légion étrangère, et qui, même s'il s'est ensuite radicalisé, n'a aucune envergure. Ils disent qu'il aime trop sa petite maman pour lui faire du chagrin. Mais ils se gourent, les collègues. Il a cherché à se faire recruter un peu partout. Il est allé en Turquie, en Syrie, au Liban, au Kurdistan, en Algérie, au Tadjikistan, en Afghanistan à deux reprises, au Pakistan. En Algérie, il s'est fait coincer par des soldats au beau milieu du bled et s'en est sorti quand même. Pareil au Kurdistan. À Qandahar, les Américains ont cru à sa version du touriste baba cool un peu paumé. Je crois plutôt qu'il a cherché à se faire capturer par les talibans pour pouvoir les rejoindre et tuer ensuite des soldats français, mais ça n'a pas marché comme il le voulait. En plus, un loulou qui réussit – sans connaissance du terrain, sans parler un traître mot d'anglais, d'ourdou, de dari ou de pachto – à débarquer à Lahore, puis Islamabad, et enfin à gagner je ne sais comment un coin aussi pourri que le Waziristan du Nord, pour arriver dans ce QG des djihadistes qu'est Miram Shah, quasiment sur la frontière avec l'Afghanistan, ça ne peut pas être un petit branleur. Il cache son ambition. Il veut faire mal.

Est-ce qu'il a compris que je cherche à l'utiliser pour remonter sa filière ? C'est pour cette raison que j'ai refusé toute procédure judiciaire contre lui, malgré l'insistance des flics de Toulouse. En réalité, il est beaucoup plus malin qu'il en a l'air. Mathieu, et plus encore Ahmed, dit qu'il n'y a pas de filière. Mais je crois qu'ils se trompent, les copains. Ils sont trop sous l'influence des chefs et du ministère.

Et puis, il sait si bien mentir. Des fois, j'ai l'impression que c'est moi qu'il manipule.

*

Ce matin, nous avions notre rendez-vous dans un parc près du Mirail.

Je le regarde pendant une trentaine de secondes sans lui serrer la main, des fois qu'il la trouve impure. Puis je lance la conversation et l'écoute, sans rien dire, surtout pas de commentaire. Aujourd'hui, il théorise. Tiens, encore un truc qui cloche. Un petit voyou comme lui ne peut pas savoir autant de choses sur la pensée du djihâd. Il m'a sorti comme ça des versets du Coran en arabe, des versets entiers qui s'y rapportent. Pour faire le malin ? Je ne crois pas. Il m'a dit comme s'il parlait de la pluie ou du beau temps :

« Toi, tu luttes contre le terrorisme. T'as raison. Les gens que tu traques, ce sont bien des terroristes. Car le terrorisme est une obligation religieuse. Allah, Il dit quoi, dans le Coran ? Il dit : Et préparez tout ce que vous avez comme cavalerie afin de terroriser les ennemis d'Allah et vos ennemis. Tous les *koufar*, terrorisez-les. Tu vois qu'Allah utilise le mot "terroriser", tout comme toi et les autres keufs. »

Il m'a confié aussi que la chose la plus importante de l'existence, c'est d'avoir rempli son devoir au jour du Jugement dernier, et qu'un vrai musulman non seulement ne pouvait pas avoir peur de la mort mais qu'il devait l'aimer au moins autant que nous aimons la vie.

« Tout ce que vous nous offrez, c'est un plongeon dans une vie merdique, vide et dénuée de sens, avec un boulot minable ou des études pour être de bons *koufar*, alors que tout ce que nous voulons, c'est quelque chose de grand, d'unique. »

Il a ajouté que vivre sa vie, c'était rejoindre « la caravane », l'allégorie du djihâd. Il s'est gardé de me dire s'il l'avait déjà rejointe ou s'il allait le faire. En tout cas, c'est sûr qu'il va céder à la tentation à un moment ou un autre si on n'agit pas à temps. J'ai essayé de le faire parler de son dernier voyage au Waziristan, pourquoi il est allé dans cette petite ville merdique de Miram Shah. Je lui ai même demandé si c'était là-bas qu'il avait appris ce qu'il vient de me raconter. Mais je n'ai pas été assez malin et il m'a vu m'avancer avec mes grosses pompes de flicard. Alors j'ai annoncé la couleur : je lui ai dit que d'autres policiers, ceux d'un autre service, cette fois de Toulouse, pas de Paris, allaient bientôt le serrer, et que sa seule possibilité de ne pas en arriver là, c'était de coopérer avec moi. De me dire deux, trois trucs. Il m'a simplement répondu « Inch'Allah ».

Après un long silence, il s'est lancé dans une grande tirade : « Toi, tu combats Al-Qaïda et ses alliés… Al-Qaïda, sûr que c'est une chose nécessaire, mais on n'a pas besoin d'en faire partie. Pas besoin d'être membre d'Al-Qaïda pour pouvoir opérer en France. Wallah, c'est ça que vous, les *koufar*, vous ne pigez pas, parce que vous croyez que le monde marche d'une seule et même manière, la vôtre. Mais tu sais, Allah châtie durement les orgueilleux. Vous les roumis, vous n'avez pas compris que n'importe quel musulman peut prendre les armes et combattre, en se disant qu'il est avec Al-Qaïda sans que ce soit vrai, parce que, voilà, y a pas besoin d'être avec Al-Qaïda pour combattre au nom d'Allah. Notre émir, notre chef, notre supérieur, c'est Allah, le Seigneur des deux mondes, et personne d'autre. Ce n'est pas Al-Qaïda ni ses chefs. Que tu saches au moins ça. »

J'ai demandé aux collègues de Toulouse de ne pas l'arrêter, pas encore. Il faut lui laisser la laisse longue. À un moment ou un autre, il va sûrement me balancer des trucs ou se trahir. Mais s'ils le coincent, il n'y aura rien dans le dossier et le juge va le libérer très vite, avec la complicité d'un salaud d'avocat qui n'en aura rien à foutre de savoir s'il prépare un attentat. Et qui dira que ce n'est pas interdit d'aller se balader en touriste à Mossoul, Qandahar ou Miram Shah. Ce que je veux, c'est l'amener à travailler pour nous afin qu'on puisse remonter son putain de réseau et, après, le démonter. C'est pourquoi j'ai encore demandé à ce qu'on ne relève pas son « degré de surveillance », afin de ne pas l'effaroucher. Je pense encore y arriver, même si je ne peux pas m'empêcher de me demander s'il n'y a pas une ombre à l'affût, dans le brouillard. Et si c'était une recrue de Moez l'Hypnotiseur, l'un des pivots du recrutement djihadiste en Europe ? Il l'a peut-être rencontré à Miram Shah, dans le Waziristan. À chaque fois qu'un réseau est démantelé, c'est lui qui a mission d'accueillir dans les zones tribales pakistanaises les membres du groupe en fuite.

*

Ça va déraper. Je sens que ça va déraper. Le voici qui roule aujourd'hui en scooter. Mais d'où il sort ce putain de scoot ? On lui a prêté, mais qui ? Ou bien il l'a volé. Non, ça ne m'aurait pas échappé. Sans doute qu'on l'a volé pour lui. Et le casque avec, c'est pour ça qu'il est trop large. Ce scoot, c'est pas bon du tout. On dirait qu'il prépare quelque chose et qu'il n'est pas tout seul dans le coup. En plus, ça lui permet de me larguer quand je le filoche.

D'après mes collègues de Toulouse, il s'est aussi dégoté une Clio. Mais pourquoi ? Pour y planquer des flingues ? Faut que je sache ce qu'il prépare. S'il nous file entre les pattes, ça peut devenir terrible. Putain de chefs, ils nous laissent tout seuls sur ce coup-là. Trois flics, trois flics, en plus pas d'accord entre eux, ce n'est pas assez.

Je crois qu'il surveille quelqu'un car il revient toujours dans le même quartier, qui n'est pas celui du Mirail où il crèche. Mais impossible de savoir ce qu'il mate. C'est peut-être une école. Mais non, il ne va quand même pas kidnapper des gosses. Il faut que je le convoque à nouveau. Son mobile ne répond pas et il n'est pas allé dormir dans sa piaule habituelle. Et l'autre petit téléphone merdique, on ne sait toujours pas à quoi il lui sert. Peut-être à recevoir des instructions. J'ai peur que le compte à rebours ait commencé et que le brouillard s'épaississe encore.

Du coup, j'ai renoncé à regagner Paris. Et je ne sais pas comment le dire à Judith. Elle m'a annoncé l'autre soir qu'elle avait réservé un spectacle et un bon resto pour mon retour. Il faut que je l'appelle. Va pas être contente. Surtout qu'elle a dû se peaufiner la déco, comme elle dit. Les bourgeoises aiment bien parler comme les flics.

*

Il n'est pas venu au rancart. Il était censé me donner des explications sur le scoot et la bagnole. J'hésite encore à lancer la meute des flics, même si, désormais, je désespère d'en faire un informateur. Si j'hésite, c'est peut-être que j'y crois encore un peu. Non, je me trompe. Il faut que je sorte de ce brouillard. Tant pis si j'ai bossé des semaines pour rien.

Je dois retourner d'urgence au bureau. Un collègue vient de m'avertir qu'il s'est acheté une petite caméra. Il risque de passer à l'acte.

*

Mon tendre Amour, ma petite Antilope chérie,

Tu as trouvé, bien sûr, mon cahier dans le tiroir. Facilement, puisque je ne l'ai pas caché. Je l'ai emporté à Toulouse et, après avoir écrit les derniers moments qui ont précédé la tragédie, je suis revenu le déposer pendant ton absence, avant de retourner à mon bureau où tout va se terminer, dès que les collègues seront partis. Comme ça, tu sauras ce qui s'est passé.

Tu dois te dire : mais s'il m'aimait autant que certaines lignes de son cahier le suggèrent, comment a-t-il pu faire ça ? Comme tu dois m'en vouloir. C'est bien normal. Tu dois te dire : il n'a pas pensé à moi, il n'a même pas imaginé que je pourrais l'aider. Peut-être le sauver. Sûrement le sauver. Si tu m'en veux, c'est parce que tu te fais aussi des reproches. Parce que je n'étais pas l'homme fort que tu croyais. Et tu penses bien sûr à l'enfant qu'on aurait dû avoir. Ne crois pas que je n'y ai pas pensé. Je vais y penser jusqu'à la dernière seconde.

Mais au fond de toi, tu sais bien que j'ai raison de partir. Sinon, comment aurais-je vécu ? Tu sais bien que je n'aurais jamais pu trouver la force de me voir dans ton beau regard. Tu sais bien ce que j'y aurais lu. La haine que j'ai pour moi aurait été en permanence dans tes yeux, sans que tu la soupçonnes. Imagine-toi la première fois qu'on aurait refait l'amour. Ton regard plongé dans le mien. J'aurais dû fermer les yeux pour ne pas la voir, alors que j'aimais tant courir après ce qui défilait dans les tiens.

Peut-être que j'aurais pu décider de ne pas partir. Ou pas aussi vite. Ce matin-là, sur le coup de huit heures, devant l'école, il n'a pas fait que tirer. Non, il a tiré et filmé. Tout filmé. En même temps. Il a tout enregistré. Et ce film, son film, j'ai dû le visionner. On ne m'a pas forcé. Comment aurais-je pu refuser de le regarder ? Je ne vais pas te dire ce qu'on y voit. Simplement, pour que tu me comprennes, et que tu me pardonnes si tu le peux, je te dirai que j'ai vu les enfants tomber. Tomber l'un après l'autre. Le premier, le deuxième, le troisième. Et le professeur, aussi.

J'aurais voulu me percer les tympans pour ne pas entendre les détonations. Me crever les yeux. Je les aurais eues quand même, ces images, pour toujours devant moi. Une condamnation à vie à regarder leur mort. Une condamnation à perpétuité à regarder ce que j'aurais pu empêcher. À chaque instant, la nuit, le jour, avec toi, sans toi, avec les copains, dans la rue, au bureau, au café, dans l'ascenseur, dans la chambre, en préparant le petit-déjeuner. Partout. Par temps de pluie ou par grand soleil. Et tu m'imagines, avec notre bébé dans les bras ? Il y aurait en permanence les visages des trois petits en surimpression sur le sien. Puis la vision de leurs corps si frêles, si fragiles, allongés côte à côte. On ne peut pas vivre comme ça. Tu vas dire, redire et redire encore : mais cet enfant qu'on aurait eu, il aurait pu te sauver. Non, il n'aurait pas pu. Et on ne fait pas un bébé pour se sauver. Et dès la crèche ou la maternelle, comme tout se sait aujourd'hui, il y aurait eu des parents bien intentionnés pour murmurer aux autres que ce papa qui attend son môme, c'est celui qui en a laissé mourir trois autres. Et leurs regards m'auraient couvert de haine.

Non, ma chère petite Antilope, je te jure que ni lui ni toi n'auriez pu réussir à me sauver. Les images sont trop fortes, trop violentes. Imagine un instant la vie comme je la vois aujourd'hui, refaisant le chemin de ces derniers jours, avec cette vision qui ne me quitte jamais : un mur de brouillard que je n'arrive pas à franchir. Des ombres. L'une d'elles se distingue, elle est embusquée dans un coin de la nuit. Elle guette trois lumières, frêles, tremblotantes, qui s'approchent. Un projecteur troue brutalement le brouillard. Les trois lumières se métamorphosent, deviennent des cibles. L'ombre sort du brouillard. Rafale. Première cible. Rafale. Deuxième cible. Rafale… Et, enfin, les coups de grâce. Ces trois cibles, les voilà en pleine lumière, chacune d'elles dévoile le visage beau et pur d'un enfant. Si tu savais combien ils étaient beaux ces trois petits juifs, deux petits princes et une petite princesse.

Ce n'est pas la peine que je continue. Ce sont bien plus que des images. Ce sont des images à tête creuse, comme des balles, qui laissent les éclats des meurtres dans tout mon corps.

L'assaut du RAID contre l'appartement où il se terrait était à peine terminé que tous les regards se sont braqués sur moi. Les regards de tout le monde, sans exception. Les potes, les collègues, ceux qui m'aiment et ceux qui m'aiment moins – paradoxalement ce sont les moins insistants, les secrétaires –, les réceptionnistes, le juge d'instruction, le greffier. À Toulouse comme à Paris, où je suis rentré le lendemain en te laissant croire que j'étais toujours là-bas. Il leur faut à tout prix un responsable. Tous les chefs sont hystériques. Personne ne va me défendre. Et j'aurais bientôt eu sur le dos les bœufs-carottes, l'Inspection générale de la police nationale. De sacrés fils de pute qui se prennent pour des justiciers. Ils vont fouiller mon passé à la loupe, te convoquer pour te demander si je ne buvais pas, si je ne prenais pas de coke ou n'importe quelle autre saloperie. Normal. Je suis le coupable parfait, l'homme de la bavure. Je suis celui qui a retardé son arrestation et permis le massacre. J'ai joué avec le feu qui a brûlé les enfants.

Mais que tu saches : j'ai déconné, et c'est bien à cause de ça que les trois petits juifs sont morts. C'est aussi parce qu'il y a quelqu'un, quelque part, en Afghanistan ou au Pakistan, un cerveau, un mentor si tu préfères, auquel il a obéi. Ce type-là a été un meilleur manipulateur que moi. Je crois savoir qui c'est. Et ce dont je suis certain, c'est que ces assassinats sont les premiers d'une longue série à venir. Demain, dans un an, dans cinq ans. Il le laisse entendre dans les notes d'interrogatoire que j'ai transmises au juge. J'ai cru que j'arriverais à le piéger et qu'il allait nous permettre de comprendre et d'anticiper ce qui va tôt ou tard nous arriver. Je ne le verrai pas, mais sois sûr que le pire du pire est en chemin.

C'est lui qui m'a piégé. Il y a bien un réseau derrière lui. Au ministère, ils croient bêtement qu'il s'agit d'un loup solitaire. Les imbéciles. Ils ne savent rien. Ils n'ont jamais été plus loin que la porte de leurs putain de bureaux capitonnés. Les loups solitaires, ça n'existe que dans *Le Petit Chaperon rouge*.

Ma tendre chérie, c'est l'heure des adieux. Sans cérémonie car je n'en mérite aucune. Mais je n'oublie pas tout ce que tu m'as fait découvrir pendant ces belles années passées à tes côtés. Comment tu m'as fait aimer la musique classique, moi qui ne jurais que par le rock, et la poésie, tout particulièrement ces vers de Wystan Hugh Auden, que j'ai appris par cœur sans savoir qu'ils signeraient un jour mes derniers mots :

Mon Nord, mon Sud, mon Est et Ouest,
Mon travail, mon repos,
Mon midi, mon minuit, ma parole, mon chant ;
Je pensais que l'amour durait pour toujours : j'avais tort

Il a suffi qu'un salaud se glisse entre nous.

5

L’ombre d’un peuplier

Judith

Le cahier est posé devant Charles quand je descends pour prendre le petit déjeuner dans le grand salon si harmonieusement décoré de Jamshid. Il m'apparaît comme une frontière entre lui et moi, alors que j'espérais en faire un trait d'union.

J'attends qu'il me parle, mais il semble surtout préoccupé de se faire des tartines en veillant à ce que le miel ne dégouline pas. Il porte toujours le même tee-shirt noir. Il y a déjà trois mégots de cigarette dans le cendrier.

Je retarde le moment de l'aborder en me versant une tasse de thé vert, après avoir hésité à prendre du noir pour me réveiller vraiment.

« En Afghanistan, il y a toujours le choix entre le thé vert ou noir ?

– Toujours.

– Même dans les villages les plus reculés de la montagne ?

– Même.

– Une raison à cela ?

– À quoi ?

– Au fait qu'il y ait toujours deux sortes de thé.

– Le noir vient de l'Inde, le vert plutôt de la Chine, via l'Asie centrale. Et comme l'Afghanistan est aux confins de ces deux empires… Mais je ne suis pas certain de ce que j'avance. Et pas trop sûr non plus que vous vouliez une dissertation sur l'art du thé dans ce pays. Vous n'osez pas me demander ce que je pense des dernières pages du cahier de Jean ?

– Disons que je ne suis pas très fière de vous avoir demandé de les lire.

– Je ne vous vois pas rougir de honte.

– Je comprends que vous m'en vouliez. Le projet de bouquin sur Alexandre le Grand raconté par Roxane, ce n'était pas qu'un prétexte. Je veux aussi l'écrire. Je vous jure que c'est vrai. J'ai un contrat avec mon éditeur…

– Mais ce futur livre, il passe en second. Ce n'est pas lui qui a motivé votre voyage ici.

– Vous croyez que…

– Décidément, vous me prenez pour un gros couillon. Il n'y a pas que les intellos qui soient capables d'être un peu malins.

– Alors, qu'est-ce que vous pensez…

– Je ne pense pas à votre place. Maintenant, vous abattez vos cartes. Toutes vos cartes.

– Je n'en ai pas beaucoup. »

Charles

Je n'aurais jamais imaginé qu'une belle intello comme elle, un brin narcissique, puisse tomber raide dingue d'un flic de l'antiterrorisme. Cela m'a d'abord démangé de le lui dire, pendant ses explications où elle s'embrouille un peu. Mais, comme elle hésite à continuer, je lui pose la question brutalement.

« Une écrivaine à succès, spécialiste de la Grèce antique, et un flic qui bosse sur le terrorisme, est-ce que ça fonctionne ? En tout cas, c'est pas commun.

– En quoi ça vous regarde ? Pourquoi vous me demandez ça ?

– Les cachotteries, ça suffit. J'ai besoin de tout savoir.

– Parce que ça ne rentre pas dans vos cases, qu'une helléniste et un policier de la DCRI puissent avoir une relation amoureuse ? Disons que Jean était beau gosse, grand, bien foutu, élégant, séduisant. Une vraie statue grecque, le sourire ravageur en plus.

– C'est tout ?

– Vous pouvez imaginer que je cherchais à me rassurer. Vous l'avez sûrement remarqué, et puis vous avez lu les dernières pages du cahier : je suis une antilope. Un rien me terrorise et me fait développer une sorte de stress qui me rend la vie difficile. Mes parents disaient déjà que j'avais peur de mon ombre, ils m'ont même poussée à faire des arts martiaux, j'ai une ceinture noire de karaté, mais ça n'a rien changé. Avec lui à mes côtés, je ne craignais plus rien. Un vrai ange gardien. Dans le genre viril, si vous voulez tout savoir. Et puis, j'adorais qu'il m'accompagne dans mes dîners en ville. Il détonnait dans mon milieu littéraire et universitaire, où l'on adore classer les flics juste après les violeurs d'enfants. Mes copines, au début, lui balançaient des vacheries tout en louchant sur ses épaules et en s'imaginant dans ses bras. Sans parler de mes parents, des grands bourgeois, pour lesquels vivre avec un flic était une mésalliance carabinée. Mais Jean se moquait de ce qu'on pensait. Il avait tellement confiance en lui. C'est sans doute ce qui l'a perdu.

– Vous ne m'avez pas dit comment vous vous êtes rencontrés. »

La question la désarçonne. Elle prend une gorgée de thé avant de me répondre.

« Vous connaissez Le Caravage, bien sûr ? Moi, je l'adore. Le Grand Palais lui avait consacré une exposition. J'y suis allée dès l'ouverture et je me suis retrouvée devant la célèbre toile de Judith décapitant Holopherne. Vous situez ?

– Négatif.

– Et l'histoire de Judith et d'Holopherne ?

– Négatif.

– Elle est tirée de l'Ancien Testament. Holopherne était un général assyrien, un chef de l'armée de Nabuchodonosor qui faisait le siège de Béthulie, la ville de Judith, pour la détruire et massacrer la population. Holopherne a repéré Judith, une jeune et belle veuve juive. Elle a accepté de le rejoindre sous sa tente et réussi à l'enivrer, ce qui fait qu'il s'est endormi au lieu de la violer. Alors elle en a profité pour le décapiter, puis, après s'être enfuie, elle a suspendu sa tête aux murailles de la ville, ce qui a saisi d'effroi l'armée assyrienne et l'a fait déguerpir. C'est comme ça qu'elle a sauvé son peuple de l'extermination. Ce que Le Caravage a peint, c'est la scène de décapitation. La toile est extraordinaire de brutalité et de crudité. Une véritable éjaculation de sang. On le voit jaillir et ruisseler sur la couche blanche d'Holopherne pendant qu'elle lui tire la tête en arrière par les cheveux pour dégager le cou. L'impression de voir le sabre trancher la carotide, découper en crissant la chair blanche, d'entendre l'Assyrien, saisi de soubresauts et qui s'accroche de façon désespérée à ses draps, hurler à la mort. Son faciès témoigne de l'effroi qu'il ressent jusqu'au plus profond de ses entrailles. Judith fait presque peur, et la pointe de ses seins est en érection, comme si elle prenait plaisir à cette décapitation. Je n'avais jamais vu ce tableau et me suis mise à trembler de tous mes membres, incapable de me détacher de cette scène de meurtre. Comme si la peinture était maléfique et réveillait en moi toutes sortes d'angoisses. Elle m'a submergé d'émotions les plus noires. Pétrifiée, comme si j'avais rencontré la Méduse. Un homme que je n'avais pas vu s'est alors approché. Il m'a fait pivoter très doucement pour m'éloigner de la toile, et comme je n'arrêtais pas de trembler, il a enlevé sa veste pour la poser délicatement sur mes épaules. Quand j'ai cessé de trembler et redécouvert le monde autour de moi, l'inconnu avait disparu en me laissant sa veste, une élégante veste en tweed d'Écosse. Je l'ai trouvé au bout de dix minutes dans une autre galerie et il m'a accueillie sans étonnement, en souriant. Il ne m'a posé aucune question mais m'a invitée à prendre un verre. Évidemment, je ne savais pas qu'il était flic et, de toute façon, cela n'aurait rien changé. Il était beau mec, je l'ai dit, rassurant, généreux. Pas très cultivé, mais il aimait la peinture sans bien la connaître. Si le Caravage était l'un de ses artistes préférés, c'est peut-être que son côté voyou et bagarreur, mauvais garçon, orgueilleux comme il l'était, lui plaisait et que l'érotisme morbide de ses toiles parlait à son âme de flic. Et il sentait bon la vie. Il était comme du champagne, je le regardais et j'avais envie de pétiller. Ce truc-là, c'est ce qu'on appelle un coup de foudre. La suite, vous pouvez la deviner. »

Étonnante histoire qu'elle n'a pas pu inventer et qu'elle raconte d'une voix froide, même si des larmes lui montent aux yeux.

« À la maternité, hier, vous ne trembliez pas. C'était bien pire que du Caravage. C'est la vie même qui est passée à la moulinette. Des mères et des bébés… Pourtant je ne vous ai pas vue verser une larme.

– À la maternité, disons qu'ils ont tué aussi l'antilope que j'étais. La nouvelle Judith voudrait ressembler un peu à celle de la Bible ou du Caravage, qu'importe. Il me reste à trouver Holopherne. Avec vous… si vous voulez bien m'aider. »

Pour la première fois, je vois une sorte de rictus tordre ses lèvres. Et les beaux paysages qui visitaient ses yeux sont devenus des abîmes.

Je lui demande si Holopherne est bien le Moez, dit l'Hypnotiseur, dont parle le cahier de Jean. Je m'attends à ce qu'elle me réponde qu'elle n'en sait rien. J'ai tort. Elle est sûre qu'il s'agit bien de lui. Et elle a même une idée de l'endroit où il se cache.

Judith

Je ne sais pas si Charles me comprend vraiment. Nous avons parlé toute la matinée en buvant du thé et en mangeant des pistaches et des *kesmech*, des raisins secs très savoureux. Jamshid aurait bien voulu se joindre à nous mais son élégance naturelle l'a contraint à rester à l'écart. Je devine qu'il commence à douter des raisons de ma venue en Afghanistan. J'aimerais bien bavarder avec lui et lui parler de Jean. Il n'y a jamais personne à qui je peux parler de Jean.

Jean était tellement entré dans mon intimité que son départ, je l'ai ressenti à la fois comme un vide et une sorte d'effraction. Il ne m'a pas emmenée avec lui, il m'a laissée seule à Paris, avec tous nos souvenirs. Je sentais l'ombre du tueur rôder autour de moi, avec l'impression qu'il cherchait à prendre la place de Jean. Pareil pour celui qui a monté l'opération, le nouvel Holopherne.

L'instinct de Jean lui a fait comprendre l'enjeu que représentait pour moi le tableau du Grand Palais. Peut-être parce qu'il savait tant de choses sur la violence et l'existence en général. C'était un amoureux fou de la vie et il en aimait chaque seconde. Il traquait ceux qui lui préféraient la mort. Ce que nous avons vu à la maternité Dasht-e Barchi l'aurait complètement dévasté. Tout flic qu'il était, rompu à toutes les horreurs, il aurait eu du mal à accuser le coup. Charles, lui, n'a manifesté aucune émotion. Pendant l'embuscade, il a écrasé un soldat à terre et a simplement dit : « Putain, je m'en suis fait un. » On dirait qu'il a passé la frontière entre la vie et la mort, qu'il a renoncé à s'intéresser aux humains. Pourtant, il a accepté de m'accompagner ici. Sans doute pas pour moi ni pour le fric. Il n'a même pas cherché à négocier ses honoraires ni demandé une avance. On dirait qu'il est hanté par quelque chose qu'il a vu ou fait en Afghanistan, qui rend négligeable tout ce qui peut lui arriver. Pourtant, il a eu le même geste délicat que Jean à l'exposition quand, à la maternité, il m'a prise doucement mais fermement par les épaules pour m'éloigner du carnage.

Le salopard que je lui ai demandé de retrouver s'appelle effectivement Moez al-Faranci, alias l'Hypnotiseur. C'est bien lui qui, depuis l'Afghanistan ou les zones tribales pakistanaises, sans doute depuis la petite ville de Miram Shah, dirigeait et manipulait le voyou que Jean cherchait à transformer en indic. C'est à cause de lui que les enfants sont morts. C'est à cause de lui que Jean s'est tiré une balle dans la bouche.

Charles m'a demandé comment j'étais arrivé jusqu'à Moez al-Faranci. Je lui ai avoué que j'avais été odieuse avec les collègues et les chefs de Jean. Et menacé de tenir une conférence de presse où j'aurais tout déballé, alors que les journaux se posaient beaucoup de questions sur le massacre des enfants et mettaient en cause la version du loup solitaire, défendue par le patron de l'antiterrorisme. Comme le départ de Jean a été soigneusement camouflé, il est bien évident que les journalistes auraient été très intéressés de l'apprendre. J'avais comme arme son cahier, dans lequel on voit qu'il est bien seul, avec une hiérarchie qui ne remplit pas son rôle. Bien sûr, j'ai exagéré les accusations que Jean portait à l'encontre de ses supérieurs. En échange de mon silence, j'ai exigé de tout savoir sur l'enquête en cours. Après tout, je peux être considérée comme une des parties civiles et, à ce titre, je dois être tenue informée. J'ai fini par devenir pote avec des collègues de Jean. Certains m'avaient prise en amitié, d'autres en pitié, d'autres encore auraient bien aimé le remplacer dans mon lit. Et puis il y a eu *Charlie Hebdo* et l'Hyper Casher. Ensuite le Bataclan et les fusillades sur les terrasses. Jean, en bon flic qu'il était, avait reniflé qu'un tsunami de terreur se préparait et qu'il fallait coûte que coûte infiltrer les réseaux en misant sur son indic, en attendant mieux. Il n'imaginait pas échouer, ni que le prix à payer serait aussi inhumain.

Après tous ces attentats, l'image de Jean a changé. Il n'était plus perçu comme celui qui avait déshonoré l'institution mais comme quelqu'un qui avait eu raison trop tôt et n'avait pas été soutenu. Alors, un jour, l'un de ses copains a craqué et m'a permis de consulter le dossier de Moez al-Faranci.

Charles m'a regardée d'un air admiratif.

« Mais comment savez-vous qu'il est à Kaboul ?

– Grâce à l'enquête des services français. Elle remonte jusqu'ici. Ce que le copain de Jean m'a dit, c'est que ce minable petit gouvernement tout pourri de Kaboul a ouvert un canal, qui s'appelle le Haut Conseil pour la paix et la réconciliation, pour permettre aux pires ordures d'avoir l'impunité en échange de leur ralliement, ou simplement leur renoncement à la guérilla et au terrorisme. Moez n'est nullement un kamikaze. Seulement un manipulateur. D'après le dossier, c'est un type très intelligent. Il se doute bien que les services français veulent sa peau et il en a peut-être marre de bouffer de la chèvre mal cuite dans les montagnes pelées de l'Indu Kush. C'est pourquoi il a profité de l'offre de réconciliation et qu'il a pu se mettre au vert à Kaboul. Il y a tant de réfugiés à cause de la guerre que se fondre ensuite dans la population n'est pas si difficile.

– Peut-être que ses anciens amis terroristes, s'il les a trahis, ne l'entendent pas ainsi.

– Charles, vous savez mille fois mieux que moi comment ça se passe ici. J'ai lu dans ma documentation que l'ennemi le plus féroce de Massoud, l'un des pires criminels de guerre islamistes, qui a bombardé Kaboul pendant toute la guerre civile, a été accueilli il y a trois ans en grande pompe à Kaboul par cet inepte président afghan en personne, après qu'il a renoncé à la lutte armée aux côtés des talibans.

– Vous voulez parler de Gulbuddin Hekmatyar ?

– Oui, un nom comme ça. Ses hommes ont pourtant assassiné un humanitaire français dans les années 80, ainsi que les meilleurs officiers du commandant Massoud et, plus tard, une dizaine de soldats français dans l'embuscade d'Uzbin, en août 2008. C'est écrit noir sur blanc dans certains articles. Paris n'a même pas protesté quand il est arrivé à Kaboul avec toute sa clique, où il a été reçu en grande pompe. Sur la photo d'un article publié dans un journal français, on peut voir ce Guldudin, euh… Guldou ?

– Gulbuddin Hekmatyar.

– Oui, on le voit accueilli à bras ouverts par le président afghan, et même, quelle honte, par le docteur Abdullah Abdullah, l'ancien adjoint de Massoud que vous avez dû bien connaître, et tous se marrent comme des bossus. J'avoue que j'ai du mal à comprendre les Afghans. Ils se massacrent tant et plus et puis ils se rabibochent, s'embrassent, se font des manières comme les mémères à chien-chien du XVIe arrondissement. Jusqu'à la prochaine trahison.

– Mais Gulbuddin Hekmatyar est afghan. Pas ce putain de Moez al-Faranci, dont la *kunya* indique qu'il est français.

– Il a rejeté la nationalité française. D'après le dossier que m'a permis de consulter le copain de Jean, la France est à ses yeux le plus pourri de tous les pays du monde. Le même flic m'a dit que sa grand-mère est afghane, c'est pourquoi il a encore des attaches ici. Sans doute qu'il a balancé aussi des infos aux services afghans en échange de sa tranquillité.

– Je vous le dirai bientôt. »

Marc-Antoine

Les peupliers d'Afghanistan sont parmi les plus beaux du monde. Surtout la variété des peupliers noirs. Ils ont une majesté à laquelle je ne m'attendais pas. Avant de venir ici, je les imaginais un peu rabougris, maigrichons en raison de la sécheresse, et poussiéreux, avec des feuilles cuites et recuites par le soleil. Mais pas du tout. Ils sont grands, minces, avec un beau port de tête, des troncs puissants, sans ramification jusqu'au sommet, et la partie qui se trouve en dessous de la couronne est droite, parfaitement cylindrique. Leur écorce est d'un blanc crayeux, lisse et pratiquement sans rhytidome. L'hiver n'est pas encore terminé mais certains commencent à retrouver leur feuillage qui étincelle dans la lumière.

L'invitation à quitter le monde de la poussière et l'initiation qui a suivi ont fait de moi un frère de la Perle, pas tout à fait un vrai frère, plutôt un petit frère. J'ai raconté mon histoire au *pir* qui m'a écouté en silence avant de me bénir longuement. Puis il a parlé aux deux Afghans émaciés et édentés qui m'avaient accompagné. Les deux hommes m'ont invité à monter dans la même camionnette qui est repartie. Avant de démarrer, ils m'ont fait cadeau d'un turban beige rayé de bandes marron tellement poussiéreux qu'il tient tout seul en équilibre sur ma petite calotte blanche. C'est pratique, je n'ai pas besoin de l'entortiller savamment autour de ma tête. Ils m'ont aussi donné un *patou* dans lequel je me suis enveloppé, comme le froid l'exige encore à cette époque de l'année, et dans lequel je vais pouvoir me cacher si besoin. À cette idée, mon cœur se met à battre très vite et très fort.

C'est en quittant Kaboul que je découvre les premières lignes de peupliers noirs. Ils sont comme un trait d'union entre le ciel et la terre, entre ce monde et celui d'Anne-Castille, ma chère petite sœur.

Tu avais raison, sœurette, ton arbre, c'était bien un peuplier d'Italie, dont la lignée remonte à celle des peupliers noirs d'Afghanistan. Des arbres nobles, des seigneurs à la taille élancée, avec une écorce épaisse et des troncs vraiment magnifiques, tu préférais dire des torses musclés, et un houppier fastigié que tu comparais à une chevelure évasée. Tu disais, ce peuplier, ce sera lui mon seul amant, car je ne pourrai jamais en avoir d'autre. Je ne cherchais même pas à te contredire.

La circulation est particulièrement dense cet après-midi. Tout roule : des camions bancals, des camionnettes au châssis maintes fois tordu, des bus à ce point surchargés que leur cul traîne par terre, des charrettes maigrichonnes tirées par des ânes épuisés, des carrioles rafistolées de toutes les manières derrière des chevaux faméliques, des motocyclettes qui crachent autant de fumée qu'un croiseur. Tu sais, petite sœur chérie, la guerre n'a jamais empêché les Afghans de se déplacer et de faire du commerce. Il y a sur la route des milliers de camionnettes comme celle où j'ai pris place, si sales et déglinguées qu'on n'en voudrait pas pour un dollar symbolique. Je ne vois pas les talibans faire un barrage pour contrôler les identités des voyageurs, sous peine de provoquer un gigantesque embouteillage. C'est quand nous prendrons une route moins importante, pour gagner la vallée de la Kunar, que les choses sérieuses vont commencer. Je ne vais pas te mentir : j'ai peur.

Charles

Shafiqullah a beaucoup forci depuis qu'il a rejoint le Directoire national de la sécurité, où il a un bureau un peu moins pourri que ceux de l'administration afghane en général. Sans doute que mettre son poing dans la gueule des prisonniers pendant les interrogatoires, quand ce n'est pas leur broyer les couilles, n'est pas suffisant pour entretenir la forme. Trois grands sillons sont apparus au milieu de son front et quantité de ridules autour de ses yeux d'un noir éclatant. Mais il a gardé sa belle chevelure de jais, qu'il doit faire teindre, son sourire jailli d'un tube de dentifrice made in Hollywood et son optimisme qui lui fait croire qu'il peut gagner la guerre quand tous les signaux disent le contraire. Son français, appris au lycée français de Kaboul et perfectionné dans une ONG, où il s'est occupé pendant quelques années de la sécurité, est demeuré globalement bon, en dépit d'une faible pratique depuis qu'il a intégré les services secrets afghans.

« *Khosh amadi*. Sois le bienvenu. Je ne croyais plus qu'on te reverrait par ici.

– Moi non plus, je ne croyais pas revenir.

– *Khosh amadi*. Mais fais bien attention quand tu circules à Kaboul. Tu as vu ce qu'il s'est passé à la maternité. Tu y es même allé, d'après ce qu'on m'a rapporté.

– Oui. J'avais besoin de voir… Sinon, je n'y aurais pas cru. Ce n'était pas les talibans. Plutôt Wilayat Khorasan, la branche afghane de l'État islamique, non ?

– Sans doute. Mais rien n'est jamais clair. Ils se font la guerre entre eux, puis s'entendent, font des opérations communes et se refont la guerre. En ce moment, ils cherchent à s'exterminer mutuellement, tant mieux pour nous. Mais pourquoi as-tu attendu aussi longtemps avant de revenir à Kaboul ? Tu as pourtant de bons amis, ici. Jamshid, quand il vient discuter avec moi, me parle de temps en temps de toi. Il dit que vous êtes restés en contact par mail. Il m'a raconté que tu faisais du vin, que la jument d'Amir Sâheb t'a donné une merveilleuse pouliche.

– Et toi, tu lui as dit que j'avais abandonné Massoud à cause d'une fille. »

Le visage de Shafiqullah se renfrogne. Finis les grands sourires. Son regard semble remonter le temps. Jusqu'au 9 septembre 2001, date de l'assassinat de Massoud.

« Ami, ne revenons pas là-dessus. Cela fait trop longtemps qu'Amir Sâheb nous a quittés. Oui, c'est vrai, nous t'avons détesté après sa mort. Pourtant, ce n'était pas ton rôle de le protéger. C'est nous qui aurions dû mieux assurer sa sécurité. Et nous n'oublierons jamais combien tu l'as aidé, et nous tous, du temps des Soviétiques.

– Mais tu as quand même fait circuler cette histoire de fille.

– Pas moi, l'enquête du Directoire. Moi, je ne m'occupe que de la lutte antiterroriste, à Kaboul. Et c'est pour cela, j'imagine, que tu es venu me voir. Pas au nom de notre vieille amitié de la vallée du Pandjshir.

– Je n'ai plus cherché à te joindre parce que je sais que vous m'aviez maudit. Mais tu as raison, je suis venu te voir parce que je cherche quelqu'un.

– Qui ?

– Moez al-Faranci, dit aussi l'Hypnotiseur. »

Shafiqullah fait une drôle de tête en attendant ce nom.

« Je ne comprends pas. Tu ne travailles plus pour les services français. Pourquoi tu veux le retrouver ?

– Tu sais ce qu'il a fait ?

– J'ai déjà eu une demande d'extradition de ton pays à son sujet.

– Ah ! Bon. Et alors ?

– Je leur ai demandé de s'adresser aux Américains.

– Parce que ce sont eux qui…

– En Afghanistan, c'est toujours compliqué, tu le sais bien. Moez al-Faranci a demandé à bénéficier du programme mis en place par le gouvernement afghan pour rallier ceux qui voulaient renoncer au terrorisme. Le Haut Conseil pour la paix et la réconciliation a accepté et lui a promis qu'il ne serait pas jugé. On ne pouvait donc pas l'arrêter, même si l'envie de le faire cuire à petit feu ne nous a jamais lâchés, tu peux me croire. On a respecté le marché. C'était sans compter avec les trous du cul grands ouverts de la CIA qui l'avaient eux aussi sur leurs listes. Ils voulaient l'interroger et, eux, ils se moquent pas mal de savoir s'il est protégé par le foutu Haut Conseil pour la paix. Donc, il y a eu une seconde transaction entre l'Agence américaine et le gouvernement afghan à la suite de quoi, après l'avoir bien cuisiné, ils ont jeté en prison Moez al-Farançi, mais avec un régime de faveur. Une sorte de semi-liberté qui lui permet de se balader dehors, à condition de demeurer à proximité de la prison et de rentrer le soir. Et bientôt, il sera complètement libre. En attendant, les types de l'Agence vont le voir régulièrement pour l'interroger, en particulier quand ils repèrent un nouveau chef terroriste, pour savoir ce qu'il sait sur lui. Il a fréquenté beaucoup de salopards.

– C'est possible, une prison comme ça, en Afghanistan ?

– Seulement dans une seule région. Celle que tu connais le mieux : le Pandjshir.

– Pas de risque qu'il s'échappe ?

– Tu sais qu'il est quasiment impossible de s'enfuir de la vallée. Et puis, ses anciens amis d'Al-Qaïda qu'il a balancés aimeraient bien lui faire la peau. Au Pandjshir, il est protégé, à commencer par les montagnes. Donc, aucun risque.

– Je ne crois pas que Massoud aurait aimé ce genre de marchandage.

– Les temps ont changé, cher ami. »

Judith

Charles est revenu du Directoire national de la sécurité avec un visage complètement fermé, quasiment hostile. Il s'est aussitôt entretenu avec Jamshid pendant un long moment. Ils doivent s'engueuler un peu, car j'entends des éclats de voix.

J'attends que Charles vienne me rejoindre dans la roseraie en essayant de lire la bio d'Alexandre le Grand et en me laissant bercer par les mille et un bruits de la circulation de Kaboul. Difficile, en même temps, de ne pas repenser à ce que j'ai vu à la maternité et pendant l'embuscade.

Une ombre se pose sur les pages du livre. À voir sa tête, je devine qu'il va m'agresser. Le ton de sa voix est rogue et il est passé au tutoiement :

« Est-ce que Jean t'a appris à tirer ?

– Non, bien sûr que non.

– Il aurait dû. On ne va pas partir à la recherche de ce putain de Moez al-Faranci si tu ne sais pas te servir d'un flingue. On commencera avec un Glock 17, un semi-automatique. Comme pas mal d'armées de l'Otan l'ont reçu en dotation, on doit le trouver sans difficulté à Kaboul. Facile à utiliser, même s'il secoue un peu le poignet, précis, fiable, avec un magasin de dix-sept cartouches. Il tire du 9 mm Para qui fait des trous dans les costards pas faciles à repriser. Après, on passera à la Kalachnikov. Ça tire tout seul. »

Jamshid, qui s'est approché discrètement, intervient :

« Mais Charles, tu ne peux pas demander à Mlle Judith une chose pareille. Tu te rends compte qu'elle n'est que depuis trois jours en Afghanistan. Et tout ce qu'elle a déjà enduré : la maternité, l'embuscade… Et tu voudrais qu'elle…

– C'est bien la première fois que j'entends un Afghan conseiller de renoncer à la vengeance. »

Jamshid élève un peu la voix :

« Arrête, Charles, tu exagères. Si tu veux à tout prix l'arrêter, ce damné Moez, vas-y seul. Ou au moins, laisse-moi te trouver quelques Pandjshiris fiables pour t'accompagner.

– Comme ça, tout l'Afghanistan sera au courant. Les Pandjshiris sont bavards comme de vieilles pies. Ce qui fera que les Américains me tomberont dessus dès demain. Et en apprenant qu'on le cherche, l'autre salopard va chercher à s'enfuir. Mlle Judith n'est pas ici pour faire tapisserie. Elle sait pourquoi elle est venue. Si elle veut l'avoir dans sa ligne de mire, il va falloir qu'elle mouille sa petite culotte.

– Charles, ça suffit. On ne parle pas comme ça dans la maison d'un Afghan. Je te rappelle que tu es sous mon toit. »

J'interviens en adressant mon plus beau sourire à Jamshid, décidément un modèle de gentilhomme. La sortie de Charles l'a rendu livide et un geste de colère le fait ébouriffer sa belle chevelure blanche, qu'il doit peigner soigneusement chaque matin.

« Ce n'est pas grave, Jamshid. Je viendrai avec lui coûte que coûte. Pour retrouver la paix, par fidélité, pour être la Judith que je veux être. Mais vous avez raison : même si Charles nous a sauvé la vie, cela ne l'autorise pas à me parler avec un vocabulaire de soudard et dire des injures dans votre maison. »

Charles me fixe avec un regard glacial. Puis, tournant le dos à Jamshid, il me jette à la figure des mots que je n'aurais jamais imaginé entendre de sa part :

« Si on va ensemble chercher Moez al-Faranci, il n'y aura que moi pour décider de tout. Et je te parlerai comme je veux. Ce n'est pas négociable. Sinon, je repars m'occuper de mes vignes et de ma jument. Allez, l'écrivaine, on sort. On va se chercher des flingues. Va prendre ton hidjab et ton manteau. Et magne-toi la touffe. »

Charles

Elle fait la gueule. Tant mieux. Pas aimé qu'elle m'entraîne à la poursuite d'un tueur avec un tel palmarès en me prévenant une fois arrivé sur son territoire. Pas envie non plus qu'elle pinaille lorsqu'on fera face à une situation critique. Je veux qu'elle obéisse comme un petit soldat, tel un bleu-bite pendant ses classes. Ce n'est déjà plus la même fille qu'à son arrivée à l'aéroport de Kaboul, où elle rasait les murs. Après l'embuscade, je l'ai observée dans le rétroviseur : elle était calme. Anormalement calme. Cela peut devenir un problème.

Je lui en veux un peu, beaucoup, certainement plus qu'un peu, je ne sais pas au juste. Je n'aurais jamais imaginé qu'une femme si chic et si peureuse puisse m'embarquer dans une putain de chasse à l'homme.

Shafiqullah, mon copain du Directoire national de la sécurité, m'a fait le portrait de Moez al-Faranci. Il est né à Dreux, d'un père algérien travaillant dans le bâtiment, et d'une mère franco-afghane, dont la propre mère était venue en France faire des études d'infirmière du temps du roi Zaher, qui avait envoyé nombre de jeunes Afghans à l'étranger dans l'espoir qu'ils reviennent moderniser son pays. Dès ses quinze ans, sans que l'on sache trop comment, il s'est radicalisé. Il a vite interdit à sa mère de travailler et filé des raclées à ses sœurs quand elles portaient mal leur hidjab, avant de dévisser complètement. Il a renié la nationalité française et rejoint le GIA pendant la guerre civile algérienne. Ensuite, un grand blanc, on perd sa trace. Quand on la retrouve, il est dans l'est de l'Afghanistan, du côté des camps de Ben Laden, où il est chargé de recruter des combattants pour les pousser à entreprendre des opérations en France. Tout ce qui s'est passé à Toulouse, c'est lui qui l'a orchestré.

Putain, qu'est-ce qu'on va faire de ce Moez, au cas où on arriverait à le coincer ? Le refiler à la DGSE ? Le gouvernement afghan, prêt à tout pardonner aux pires salauds, s'y opposera. Et les Américains qui essayent de se servir de lui, on ne sait pas comment ils réagiront. Alors, faudra-t-il le tuer ? Et si oui, qui fera le sale boulot ?

Shafiqullah m'a aussi indiqué l'origine de son surnom, l'Hypnotiseur. À cause de ses yeux d'un bleu magnétique. Comme il n'y a pas de mot persan qui corresponde, les Afghans utilisent celui de *Djâdougar,* qui signifie le Magicien.

De retour à la maison, je vois qu'il n'y pas que Judith qui me fait la gueule. Jamshid aussi. Et même Mirwaïs, qui n'a pas accepté la façon dont je l'ai rabroué lors de l'embuscade. Ils me crèvent le cul, les Afghans, avec leur putain d'orgueil, quand ce n'est pas leur putain d'honneur.

Je prends la voiture sans même demander la permission à Jamshid. Judith s'installe derrière. Elle est devenue muette.

Les embouteillages ont un peu faibli. Ils sont la hantise de Kaboul. Une voiture immobilisée, c'est prendre le risque qu'un pauvre type à qui on a promis le paradis à la place de sa vie de merde s'approche avec une veste piégée. En une seconde, la voiture est remplacée par un amas de tôle tordue, et ceux qui étaient à l'intérieur, hommes, femmes, enfants, sont transformés en pantins noirs recroquevillés avec des têtes réduites de Jivaros. Du coup, la ville est devenue sinistre. Pas mal de rues sont bordées par de longs murs en béton surmontés de barbelés censés protéger un ministère, des bureaux ou un supermarché.

La société Enforcing World Security est au fond d'une longue impasse de Wazir Akbar Khan, un quartier de villas qui devient de plus en plus moche au fur et à mesure que l'on en construit de nouvelles. Un premier contrôle bloque l'entrée de la voie privée. Des Gurkhas népalais, avec le doigt sur la détente et un kriss dans la ceinture, inspectent minutieusement le châssis de la voiture à l'aide de miroirs fixés sur de longues perches. J'avance ensuite lentement jusqu'à un pavillon protégé par une enceinte de gabions. Jeremy McCullin, dit le Grand Rouquin, ou encore FFF pour Fout-le-feu-à-la-Forêt, que j'ai prévenu par téléphone de notre arrivée, nous attend sur la terrasse. Avec un M-16 à portée de main et une bière australienne Forster's dans la poche de sa vareuse kaki. La guerre ne fait pas vraiment maigrir, car lui aussi a pris des kilos, qui lui donnent un air repu. Il a également perdu pas mal de cheveux : ce qui fut une tignasse rougeoyante, capable d'embraser une forêt primaire, ne parviendrait même plus à griller un cigarillo. Mais il a gardé sa voix écorchée de cornemuse écossaise avec un accent si rugueux qu'on a envie de le raboter à la scie égoïne.

« Mais qui voilà ? Un revenant. Un *fucking* revenant. Un *bloody fucking* revenant. Peut-être que mes yeux déconnent ? », lance-t-il en me regardant à peine.

C'est surtout Judith qu'il examine, des pieds à la tête, si intensément que ses sourcils ont l'air de s'enflammer.

Le Rouquin voudrait bien hasarder un baiser de bienvenue à Judith mais elle le tient à distance d'une main qu'elle lui tend comme si c'était une canne à pêche.

On s'assoit sur des charpoys, ces lits tressés sur quatre hautes pattes, qui doivent rappeler à notre hôte l'empire des Indes d'antan. Un *batcha* apporte d'autres bières bien fraîches.

« T'es finalement revenu. Incroyable.

– Ce qui est incroyable, c'est que tu sois toujours là. Pas marre ? Quand on reste trop longtemps, ça finit par devenir de plus en plus dangereux, non ?

– Bah ! Comme personne ne m'attend dans ma *fucking* Écosse, même pas une vieille maman, je m'en fous pas mal de crever ici, pourvu qu'on ne m'y enterre pas. Rien ne vaut une bonne vieille terre chrétienne pour le sommeil éternel. Mais pour y acheter le château de mes rêves, il me manque encore un peu de fric.

– Prends un manoir hanté, paraît que c'est moins cher.

– Pas envie que les fantômes écossais se bagarrent avec ceux que je ramènerai de ce *bloody fucking* pays. T'es revenu accompagné ?

– Miss Judith est en Afghanistan pour écrire un livre sur les amours d'Alexander avec la *beautiful* Roxane.

– *Yeah*. Tu veux que je croie à des conneries pareilles ? C'est effectivement le meilleur moment pour écrire sur l'amour. D'ici peu, les talibans viendront renifler les lèvres de tout le monde pour savoir si elles n'ont pas donné ne serait-ce qu'une bise. Même celles des gosses. »

Judith, qui n'a encore rien dit, lui demande si les insurgés seront bientôt à Kaboul.

« Miss Judith, ils sont déjà là. Partout. Ils font leurs courses dans les bazars, rançonnent les boutiquiers, menacent les femmes mal voilées dans la rue, ils sont à la porte des casernes pour filer la trouille aux soldats, leur piquer leurs armes ou les acheter pour trois fois rien, et leurs chefs font déjà les listes de ceux qui disparaîtront vite fait bien fait quand ils auront pris Kaboul. Peut-être qu'ils rampent en ce moment sous mon lit, qui sait ?

– Mais alors quand…

– Quand est-ce qu'ils vont conquérir pour de bon Kaboul, c'est ça votre question ? Demain s'ils le veulent. Ils ont terminé leurs négociations au Qatar avec les *fucking bloody*

Ricains qui, parce qu'ils voulaient se tirer sans risque du pays, leur ont tout accordé, même ce qu'ils ne demandaient pas. La honte absolue, les Ricains. Peux pas croire que ce sont les mêmes qui ont débarqué en Normandie.

– Et vous restez quand même à Kaboul ?

– Tant qu'il y a du fric à se faire, ma boîte me maintient ici. Mais c'est de moins en moins simple. La semaine dernière, vous auriez vu ça ! J'escortais un convoi de camions civils dans le Paghman quand ils nous sont tombés dessus à plus de cinquante. Putain, le cambouis dans lequel on a plongé ! Ils nous plombaient de partout, nous arrosaient à la 12,7. J'ai réussi à… »

Une fois qu'il est lancé dans ses histoires, c'est difficile d'arrêter Jeremy. Je le laisse nous balancer son aventure, puis celles d'avant, raconter qu'il a frôlé la mort pas moins de neuf fois en trois mois. À la fin, il guette un assentiment de ma part, que je lui dise : Bravo, mec, tu t'en es superbement bien sorti, t'es un seigneur. Un truc comme ça. Il attend. Ça ne sort pas. Il insiste :

« Quand même, tout ce que j'ai fait, c'est pas mal, non ?

– Ben quoi, Rouquino ! On ne va pas se montrer nos couilles ni les peser devant miss Judith, ça serait pas poli.

– Je te croyais plus élégant, Charles. Ce doit être agréable pour la jeune dame de voyager avec quelqu'un à ce point galant. Au fait, à part retrouver Alexandre et Roxane, t'es venu faire quoi, au juste, en Afghanistan ? »

Pas facile d'éluder la question. J'y parviens en insistant sur le bouquin de Judith, faisant valoir qu'il pourrait être un best-seller, surtout qu'il va mêler le passé au présent, parler à la fois du conquérant macédonien et des talibans, et que le succès qu'il promet mérite que l'on prenne quelques risques. Comme Jeremy n'est pas convaincu, je passe à la question des armes, ce qui, cette fois, le rend totalement incrédule. Il se contente de ricaner quand je lui demande combien pour une bonne kalach ? Combien pour un Glock 17 pas trop fatigué, ou un 19 qui n'a pas trop servi, si possible avec un chargeur de 45 ?

« Et tu vas nous faire des prix, en souvenir du bon vieux temps. Tu me dois bien ça, mon Rouquino. »

Marc-Antoine

Sur la route, les peupliers sont davantage espacés. Ils forment des bouquets, signe que l'eau se fait plus rare ou que la neige est moins abondante en hiver. Puis ils deviennent solitaires. Peut-être que bientôt on n'en verra plus.

Chacun d'eux m'évoque l'histoire familiale, qui commence avec mon grand-père paternel. André, qu'il s'appelait. Avant de partir, j'ai fait quelques recherches pour compléter ce que m'a dit mon père sur lui. À vingt ans, il a été brigadiste pendant la guerre d'Espagne. Dans le 3e bataillon, appelé aussi le bataillon Garibaldi, de la XIIe brigade, celui qui a défendu Madrid en novembre 1936. Son unité s'est durement battue le long de la rivière Manzanares pour empêcher Franco de prendre la ville. Les nationalistes l'ont fait prisonnier plus tard dans la sierra de Pancorbo, une montagne de la province de Burgos, aussi glaciale que l'Afghanistan. Il a eu de la chance, car les autres combattants républicains capturés lors de cette bataille, des Espagnols ceux-là, ont été attachés à des peupliers, de grands peupliers noirs en guise de poteaux d'exécution, et fusillés par les *regulares*. Lui, parce qu'il était français, a été épargné. Mais pour être emprisonné dans le camp de concentration de Miranda de Ebro, l'un des pires de l'Espagne franquiste, où les détenus crevaient de faim, de froid et de misère. Il était costaud, il a survécu. En janvier 1943, il a même été l'un des meneurs de la grève de la faim décidée par les prisonniers pour obtenir de meilleures conditions. À cette époque, Franco voyait bien que l'Allemagne nazie risquait de ne pas gagner la guerre, et qu'il lui fallait prendre quelques distances avec Hitler et sa clique. C'est pourquoi une partie des détenus, pour la plupart des étrangers, ont été libérés peu après. Il en faisait partie.

Sitôt revenu en France, il a fait un gosse à sa femme, Colette, ma grand-mère. Ils s'étaient mariés quelques années auparavant, juste avant le front espagnol. Puis il a rejoint la résistance et servi d'agent de liaison entre différents mouvements. En juin 1944, il a été arrêté par les Allemands dans le Doubs, près de Pontarlier, et, cette fois, la chance n'était plus de son côté. Les soldats l'ont fusillé au bord d'un chemin forestier. Comme il a beaucoup parlé à Colette de ses copains espagnols attachés à des peupliers, puis exécutés, et que cette image le hantait – « Voir tous mes potes finir au poteau, qu'est-ce qu'il y a de pire ? », répétait-il –, ma grand-mère a bâti la légende qu'il avait lui aussi été fusillé dans les mêmes conditions. C'est-à-dire, lié à un peuplier. Une mort quasiment christique. Je n'en ai jamais trouvé la preuve.

André, d'après ma grand-mère, voyait dans le peuplier noir l'arbre de la mort. Dans les papiers familiaux, j'ai même retrouvé quelques vers du grand poète espagnol Rafael Alberti, communiste fervent comme l'avait été mon grand-père, qui avait peut-être semé en lui cette idée. Ce court poème s'appelle *En passant*, mais il est sous-titré, précisément, *Le peuplier noir de la mort*.

Ils les ont tués, ici, ma vie,
ils les ont tués, ici.

C'étaient mes bons amis,
ma vie,
et ils les ont tués ici.

Ma grand-mère, Colette, avait été passionnément amoureuse de son mari au point que la petite catho fervente qu'elle était – elle avait été une enfant de Marie de sa paroisse – a changé sa foi pour embrasser le communisme avec la même ardeur. Elle ne s'est jamais remariée. Le peuplier allait entrer dans la famille et incarner à la fois le héros, le mari et le père absent. La résurrection, aussi, chère à la chrétienne qu'elle avait été. Sans compter que sa verticalité exprime une certaine transcendance, l'aspiration à un idéal, à dépasser l'humaine condition, à rejoindre le ciel des idées.

Mon père avait un an au moment de l'exécution d'André. Il ne l'a donc pas connu, mais toute son enfance s'est déroulée dans l'ombre de ce héros. Ce n'était pas qu'une métaphore. Grâce à l'aide que le Parti fournissait aux épouses de fusillés, Colette a trouvé du travail à la mairie communiste d'une petite ville du nom de Morsang-sur-Orge, dans la grande banlieue parisienne. Et, quelques années plus tard, après l'obtention d'un prêt, elle a pu y acheter une maisonnette en pierre meulière, avec un ancien jardin maraîcher au fond duquel étaient plantés quelques arbres et, un peu à l'écart, comme pour marquer sa différence, un jeune peuplier noir qui allait devenir splendide au fil du temps. L'arbre n'a pu remplacer le mari ni le père, mais il a empêché que la page du deuil soit jamais tournée. Ma grand-mère a été plusieurs fois surprise à lui parler. Le peuplier poussait aussi dans le jardin de sa raison.

Mon père, Lucien, même s'il ne s'en est jamais plaint, a sans doute souffert d'une situation familiale brouillée par ce deuil impossible. Rien n'a été facile pour lui. Une mère fragile, assez déséquilibrée, éternellement endeuillée et contemplative, des fins de mois difficiles. Et un père absent qui ne lui a rien laissé, pas même le legs de son énergie aventureuse et combattive, mais qui lui infligeait cependant une présence fantomatique et hantait les souvenirs de sa mère. Les seuls moments heureux de l'existence de ma grand-mère, c'est à André qu'elle les devait. Aussi, des années après sa mort tragique, son absence écrase toujours notre petite famille.

Mon père a été un enfant empoté, timide, souvent malade, et souffrant d'un léger bégaiement.

L'aéroport tout proche d'Orly s'étant développé, il y a trouvé un travail stable comme chef bagagiste. Si son père avait la rébellion dans la peau et la bourlingue dans l'âme, lui se contentait de voir les avions décoller. Toujours maladroit et mal dans sa peau, très casanier, il a vécu auprès de ma grand-mère jusqu'à ce que celle-ci parte dans une maison de retraite. Peu après, vers l'âge de cinquante ans, il a rencontré Simone, qui est venue vivre avec lui dans la maisonnette au grand peuplier. C'était une professeure de latin, mais sans Capes, aussi gagnait-elle peu et était-elle astreinte à faire des remplacements. Elle était plus jeune que lui et voulait des enfants. Le temps pressait, ils en ont fait deux fissa-fissa, ma petite frangine et moi. C'est sans doute sous l'influence occulte de ma grand-mère que ma sœur s'est appelée Anne-Castille, la seconde partie de son prénom faisant référence à la province espagnole où André s'est battu et a tant souffert. Le prénom de Marc-Antoine n'est pas facile à porter, lui non plus.

C'est vers dix ans qu'Anne-Castille, ma petite sœur adorée, tant elle était mignonne, gracieuse, affectueuse, douce mais un peu effrontée tout de même, s'est mise à aller mal. Une forme de sclérose en plaques, affreusement vicieuse, qui progressait vite. Comme cette maladie est plutôt rare chez l'enfant, les premiers symptômes ont été pris à la légère et elle a été diagnostiquée tardivement. Mes parents galéraient pour joindre les deux bouts et ne se précipitaient pas chez les grands spécialistes. Le programme d'éducation thérapeutique a commencé alors que les dégâts provoqués par la maladie étaient déjà irréparables. C'est à ce moment que le peuplier est revenu dans l'histoire.

Maintenant, il faut que j'oublie mes souvenirs pour être attentif à l'itinéraire. La camionnette vient de quitter la route principale pour prendre un chemin poudreux qui file en direction de la Kunar. Je ne vois plus beaucoup de peupliers, si ce n'est quand on s'approche d'un village.

Judith

J'ai aimé la séance de tir au fond de la propriété de Jeremy, où se trouve un petit stand. Finalement, ce n'est pas si difficile de manier une arme et, avec un casque, on n'a pas mal aux oreilles. Je n'imaginais pas préférer la Kalachnikov au pistolet, du moins quand on tire au coup par coup ; par rafales, c'est moins évident.

Charles a encore été abominable en me disant que si je tenais le Glock 17 comme un tube de rouge à lèvres, le départ du coup allait me casser le poignet. En me voyant enlever mon foulard tout en gardant mon arme à la main, il m'a engueulée :

« La manipulation d'une arme est exclusive de toute autre action exécutée de façon simultanée. »

Comme si je pouvais le savoir. Puis j'ai eu le malheur d'employer le mot gâchette, ce qui l'a mis à nouveau en rogne :

« C'est la queue de détente, ce truc-là, pas la gâchette, comme l'écrivent les putain de romanciers qui n'ont jamais tenu une putain d'arme dans leur putain de vie. »

Le pompon, c'est qu'il s'est permis un commentaire des plus déplacés sur ma poitrine :

« Sois contente d'avoir des petites loches, elles ne vont pas te gêner pour rafaler. »

Mais je m'en moque. Je sais qu'il n'a pas encore digéré la ruse que j'ai employée pour l'attirer en Afghanistan.

Il m'a appris à nettoyer les armes et à les charger, y compris d'une seule main. Au moment de partir, il a donné au Rouquin quelques-unes des grosses liasses de dollars que j'ai apportées de Paris. Après les avoir démontés, il a pris les flingues qu'il a planqués sous les sièges du 4 × 4. Comme les deux compères, qui ont sûrement été frères d'armes, n'arrivaient pas à se quitter, ils se sont resservi des bières. Puis ils sont passés au whisky et ont terminé au gin tonic. Fallait les voir, éméchés et égrillards, balançant des histoires qu'ils croyaient drôles. Je crois même qu'ils se sont enfilé discrètement quelques lignes de coke dans la cuisine. Charles était encore bourré quand il m'a emmenée peu après dans un supermarché pour que je puisse m'acheter un tchadri bleu, l'équivalent afghan de la burqa. De retour chez Jamshid, il lui a demandé s'il voulait bien lui prêter sa voiture pour plusieurs jours. C'est après-demain le grand départ.

Le vieil Afghan est venu m'apporter dans la roseraie une tasse d'un très bon thé vert avec une coupelle remplie de *shâh tout*, des grosses mûres séchées.

« Charles m'a raconté ce qui s'est passé avec votre…

– Vous pouvez dire mon mari, si cela vous gêne de dire mon ami ou mon compagnon.

– Oui, votre mari. C'est tellement triste. Je suis désolé pour vous. »

Ses yeux sont à la limite de verser des larmes. Les Afghans seraient donc des sentimentaux ? Son beau visage de patricien se plisse davantage et des rides profondes, que je n'avais pas encore remarquées, lui griffent le front et les joues. Il reprend, en cherchant à donner davantage de gravité à sa voix pour cacher son émotion :

« Charles ne veut pas me dire ce que vous projetez mais je crois l'avoir deviné. La vengeance, chez nous, relève plutôt de la vendetta. Elle s'appelle *badal*. Vous ne savez peut-être pas, Mlle Judith, qu'en Afghanistan elle se transmet de père en fils, qu'elle traverse les générations les unes après les autres tant qu'elle n'est pas satisfaite. Elle s'étend à toute la famille, au village, au clan, parfois à la tribu tout entière. Et elle peut provoquer des ravages terribles. Les Afghans communistes haïssaient la famille royale et quand ils ont pris le pouvoir en 1978, pour se venger de je ne sais quoi, ils ont assassiné une cinquantaine de membres de ma famille en quelques jours. Moi, je faisais des études de droit en France, ce qui m'a sauvé. Du jour au lendemain, je n'avais plus de père, quasiment plus aucun neveu, plus aucun oncle ni grand-oncle, et la plupart des cousins avec qui j'avais joué pendant mon enfance avaient été exécutés. Heureusement, le roi Zaher, qui était l'un de mes parents, vivait déjà en exil à Rome, sinon ils l'auraient tué aussi, alors que c'est sous son règne que le Peuple et le Drapeau ont été légalisés.

– Le Peuple et le Drapeau ?

– Oui, pardon, c'est le nom des deux partis communistes afghans. Après le départ des Soviétiques, suivi quelques années plus tard par la chute du régime qu'ils avaient laissé derrière eux, j'ai songé à me venger. Comme les communistes avaient été vaincus, cela m'aurait été facile. Finalement, j'y ai renoncé.

– Charles pense que vous êtes un Afghan atypique.

– Je ne sais plus qui je suis depuis bien longtemps. Mais je sais que mon pays ne s'en sortira pas en restant archaïque. Je partirai avant de voir l'Afghanistan des trois Z disparaître.

– L'Afghanistan des trois Z ?

– J'allais vous l'expliquer. Ce sont trois mots qui commencent par Z *: zar, zamin, zan. Zar* signifie l'or. *Zamin*, c'est la terre. *Zan,* la femme. Avec *zar,* on achète *zamin,* la terre. Et avec *zamin,* on peut avoir *zan,* la femme. Tout cela est d'un autre âge, il faut que l'Afghanistan évolue. Pareil pour le *badal*, l'une des traditions les plus exécrables de mon pays, que pourtant j'adore, puisque je vis toujours ici, malgré toutes les menaces.

– Et donc…

– N'allez pas dans le Pandjshir. Vous n'y serez pas à votre place.

– Alexandre le Grand l'a traversé, et comme je suis ses pas, je me dois de voir par où il est passé. C'était à la fin de l'hiver, je crois.

– Au début du printemps, d'après ce que l'on sait. Mais, dans les hautes vallées afghanes, cette période est encore atrocement dure pour une armée en campagne. Il y a perdu une grande partie de ses troupes, qui étaient pourtant on ne peut plus aguerries. Lui aussi voulait coûte que coûte se venger. C'est pourquoi il courait après…

– Bessus, le satrape traître.

– Bien sûr, suis-je bête, vous le savez.

– Plutarque parle beaucoup de lui.

– Vous voyez, tous ces jeunes soldats macédoniens et grecs, et même leurs officiers, qui sont morts de froid, de faim, d'épuisement, qui ont enduré d'effroyables conditions, à cause d'une vengeance, ils sont morts pour rien. Iskander a perdu des régiments entiers à cause de cette stupide vengeance.

– Charles est là pour me protéger. Il n'est pas toujours galant avec moi, comme vous l'avez remarqué, mais je n'ai pas de doute qu'il fera son boulot, ce pour quoi je l'ai embauché : veiller sur ma sécurité.

– Charles a vieilli, Mlle Judith. Ce n'est plus le commando des forces spéciales d'autrefois.

– Il nous a sauvés dans l'embuscade. Ses réflexes sont extraordinaires.

– Oui, sans doute. C'est ce que m'a rapporté Mirwaïs. Mais il a fait une erreur qui aurait pu vous être fatale, celle de vouloir regagner Kaboul en reprenant la route après seize heures. Il était déjà trop tard. Vous auriez dû passer la nuit dans le Pandjshir. Vous y auriez été en sécurité. Une autre chose que vous devez savoir : Charles, lui aussi, a voulu se venger. C'était il y a une vingtaine d'années, et cela ne lui a pas réussi.

– Et, bien sûr, vous ne voulez pas m'en dire plus ?

– C'est à Charles de le faire, s'il le juge nécessaire. Sachez que, même s'il peut se montrer brutal, comme ce matin, je vous confirme que c'est quelqu'un de loyal. Il sera à vos côtés. Et si je peux me permettre ce conseil, ce n'est pas la peine de répliquer à ses provocations. Maintenant, reposez-vous. Je sais que mes avertissements n'ont servi à rien, que vous partirez quand même, que vous n'irez pas seulement sur les pas d'Iskander mais aussi sur le chemin du *badal*, de la vengeance. Alors, reposez-vous bien car, après-demain, vous aurez une longue route. Demain, si vous le souhaitez, je vous donnerai une leçon de dari pour que vous soyez un peu plus à l'aise durant ce voyage. »

Une minute plus tard, Jamshid est de retour avec un mouchoir blanc brodé d'or et quelques pièces d'argent anciennes.

« Remontez s'il vous plaît votre manche, la droite de préférence. »

Avec toute la délicatesse dont ses vieux doigts crochus d'arthrose sont encore capables, il place les pièces dans le mouchoir qu'il replie et noue délicatement autour de mon bras, en évitant de frôler ma peau. Puis ses yeux se plissent, s'embuent de larmes et, s'adressant à moi comme si j'étais sa petite fille, il murmure :

« Quand vous reviendrez, vous les donnerez aux mendiants. En attendant de les recevoir, ces pauvres gens veilleront sur vous et votre voyage. »

Charles

J'ai retrouvé sur la Toile des critiques sur l'exposition au Grand Palais consacrée au Caravage et aux caravagesques. La fameuse toile sur Judith et Holopherne n'en faisait pas partie, plusieurs critiques d'art ont d'ailleurs déploré son absence. En revanche, la même scène y figurait, représentée par Artemisia Gentileschi, une grande artiste de Florence dont je n'ai jamais entendu parler. D'après les articles des journaux, elle a eu de son vivant un immense succès chez les Médicis et à la cour d'Angleterre, mais sa vie avait été irrémédiablement bouleversée par le viol dont elle avait été victime, quand elle n'était qu'une toute jeune fille. Aussi, dans son tableau, a-t-elle donné à Holopherne les traits de son violeur, un peintre renommé, de sorte que l'on peut lire la décapitation du général assyrien comme l'écho de la vengeance dont elle a rêvé, après avoir échoué à l'obtenir devant un tribunal.

Judith m'a encore menti, mais je ne lui en veux pas. Je comprends mieux son effroi devant la toile. Les démons qu'elle chasse ne sont pas apparus avec la mort de son amoureux. Il y en a probablement d'autres, qui datent d'avant leur rencontre, et que son flic tenait à distance. Maintenant, elle est seule avec les fantômes d'hier et d'aujourd'hui. Je veux bien l'aider à débusquer Moez al-Faranci, le démoniaque Hypnotiseur, mais s'il y a eu auparavant un autre Holopherne, je ne veux pas le savoir.

Depuis qu'on a quitté Kaboul, elle n'a pas dit un mot. Elle a mis sans protester son tchadri et s'est installée à l'arrière du véhicule, avec les provisions du voyage. Les armes sont toujours cachées dans la crainte d'un contrôle de l'armée afghane. Jamshid était visiblement ému de nous voir partir mais il s'est abstenu de toute recommandation. Mirwaïs a proposé de nous accompagner, j'ai décliné son offre. Je pouvais voir dans ses yeux qu'il n'en avait aucune envie.

À présent, nous avons atteint la plaine bocagère du Chomali. Les carcasses calcinées du convoi et les crevasses provoquées par les roquettes nous obligent à de petits zigzags. Je m'attends à ce que Judith rompe le silence. Pas un mot de sa part.

Nous traversons Djebel Saraj sous un vent glacé, les pakouls descendus très bas sur les oreilles et le nez planqué sous l'étoffe un peu rêche des *patou*s. Peu de passants dans les rues à l'exception de celles du bazar qui demeure très animé. Cris, supplications, menaces, discussions phénoménales pour faire baisser un prix de quelques afghanis. Caquètement des poules dans leurs paniers, roucoulement des colombes, cacabement des cailles et des perdrix, les mâles et les femelles strictement séparés dans leurs cages d'osier, ce qui énerve leurs chants et les rend plus tragiques. Un peu plus loin, trois chèvres que l'on traîne par des cordelettes bêlent d'une horrible façon. Le froid n'a pas complètement caché les visages qui, lorsqu'ils émergent des châles, le temps d'un achat ou d'un marchandage, racontent toutes sortes d'histoires. On déchiffre certaines trognes comme autant de paysages bouleversés par les frimas et les incandescences des étés, les gueules de brigands hirsutes aux longues barbes roussies et aux fringues crasseuses, les faces camuses et imberbes des cavaliers des steppes aux yeux fatigués d'avoir été cravachés par des nuées de poussière. Certaines têtes dévoilent des regards perçants et malins, d'autres sont paisibles comme les vieux sages dans les contes, ou ont la distance impassible des personnages de miniatures. Parfois, se faufile entre les étals un loup déguisé en homme par la magie d'un turban. On découvre ses crocs acérés, ceux qui ne sont pas ébréchés ou cassés, quand il s'esclaffe méchamment en réponse à un marchand qui, imprudemment, lui vend trop cher une botte d'oignons, un sac en plastique de pommes rouges ou une caisse de patates. L'Afghanistan a mis de la ferveur dans ses bazars, pas seulement dans la guerre et son obstination à cacher les femmes. Celles-ci ne sont pas complètement absentes. Accompagnant un mari ou un frère, sans lequel elles ne sauraient quitter leur domicile, quelques-unes traversent le marché, tels des fantômes bleus ou ocre, alourdis par les multiples voiles de leurs tchadris, mais juchés sur de frêles chaussures à hauts talons, mauvaise pacotille pakistanaise ou chinoise, foncièrement inadaptées aux rues bosselées et creusées de flaques de glace mais qui témoignent, fût-ce contre l'Histoire, qu'elles ne renonceront jamais à être coquettes.

Je me suis arrêté en bordure du bazar pour acheter des *jelabi*, des tortillons de graisse et de sucre que le pâtissier ambulant vient de sortir d'une bassine fumante. Judith fait non de la tête quand je lui en propose.

Nous arrivons peu après dans le Pandjshir, qui commence par un défilé étroit. Massoud en a fait exploser le seuil pour empêcher les talibans d'avancer dans la vallée après avoir perdu Kaboul, en septembre 1996.

La neige, tombée pendant la nuit dernière, commence peu après Bozorak, mais la route est dégagée.

Le tchadri de Judith vient de faire entendre un froissement par-dessus le ronflement du moteur. Dans le rétroviseur, je vois qu'elle s'emploie à le retirer. Elle n'en a plus besoin dans le Pandjshir, qui est un endroit sûr, mais elle ne m'a pas demandé si elle pouvait l'enlever.

Marc-Antoine

La camionnette s'arrête dans un hameau et le conducteur me fait signe de me coucher sur la banquette. Comme il l'a fait dans les villages précédents, son copain sort pour aller voir un parent, un ami ou un membre de leur confrérie qui saura lui dire si des talibans rôdent dans les environs et s'ils tiennent des barrages en amont de la petite route. Ce ne sont pas des renseignements très fiables mais c'est mieux que rien. Il revient quelques minutes plus tard avec une théière, trois tasses et des raisins séchés. Il a aussi un grand sourire. La route est libre.

Les peupliers nous escortent sur une partie du chemin, sans doute parce que nous longeons une rivière.

La maladie s'aggravant, ma sœur, qui ne pouvait plus aller à l'école et que les autres enfants, sur instructions de leurs parents, ne venaient voir que rarement, s'est trouvée à la fois un ami et une raison de vivre dans le peuplier du jardin. Elle répétait à sa manière l'attitude de notre grand-mère, qu'elle a pourtant peu connue. Dès les premiers beaux jours du printemps et jusqu'à ce que l'automne la chasse du jardin, elle demandait à mes parents de lui installer une chaise longue en face du grand arbre pour qu'elle puisse le contempler, s'emmitouflant sous des couvertures ou un plaid quand il faisait trop frais. Elle a commencé à prendre des leçons de piano dès l'âge de cinq ans, ce qui coûtait cher à mes parents, mais ils aimaient tellement Anne-Castille qu'ils ne pouvaient rien lui refuser, et quand ses doigts n'ont plus eu la force nécessaire pour s'imposer au clavier, elle s'est mise à interpréter le feuillage du peuplier comme s'il s'agissait d'une immense partition. Elle la déchiffrait pendant des journées entières, et le chuchotement des feuilles, leur frémissement au moindre souffle du vent, leurs mélodies secrètes, leur murmure qui, disait-elle, était celui des vagues lointaines, elle le transcrivait en autant de notes sur des portées et créait ainsi des sonates et des arias. Quand elle ne composait pas, elle lisait toutes sortes de livres. À quinze ans, elle a découvert Nietzsche, le philosophe qui, quoique très malade et perpétuellement migraineux, n'avait pourtant cessé de proclamer son grand « oui » à la vie. Il n'allait plus jamais la quitter.

Mais le destin n'aimait décidément pas ma petite sœur. La maisonnette de mes parents avait pour voisine une résidence d'immeubles faussement bourgeois, dont les copropriétaires ont exigé que le peuplier soit coupé au prétexte qu'il était trop proche du muret qui séparait les deux propriétés et que ses robustes racines le fissuraient. Ces voisins, Anne-Castille les a surnommés « les petits hommes », ayant reconnu en eux ces gens que Nietzsche désignait ainsi en raison de leurs passions médiocres. Mes parents se sont battus comme ils ont pu pour sauver le grand arbre, sans doute pas autant qu'il le fallait, mon père se montrant bien trop timoré face au juge. Au tribunal de Juvisy-sur-Orge, nos voisins ont pleurniché tant et plus, comme si ce petit mur était à la fois leur horizon et leur patrie intérieure, au point qu'ils ont ému le président. À l'inverse, Anne-Castille a interdit à mon père d'évoquer sa maladie. « Nous ne sommes pas de petits hommes comme eux. Que dirait, tout là-haut, grand-père André s'il apprenait que nous nous sommes abaissés à leur ressembler ? »

La justice, encore ignorante à cette époque que l'arbre est le meilleur allié de l'humanité pour lutter contre le réchauffement climatique, nous a donné tort. Le peuplier a été condamné à être exécuté rapidement. C'est pourtant grâce à lui que l'état de ma sœur s'était stabilisé. Ses compositions lui ont permis de répondre, malgré ses handicaps, à l'injonction nietzschéenne de « n'être rien d'autre, en n'importe quelle circonstance, que quelqu'un qui dit oui ». Après la destruction de l'arbre, sa santé a recommencé à se détériorer. Elle a perdu son « amant-piano », comme elle l'appelait. Elle ne pouvait plus jouer la partition infinie du feuillage et du vent qu'il lui soufflait à l'oreille.

Ses recherches sur le peuplier noir l'avaient amenée à découvrir qu'il était originaire de Perse ; l'Iran et l'Afghanistan d'aujourd'hui. Et comme sa maladie l'empêchait de voyager, elle m'a fait promettre d'aller un jour dans l'un ou l'autre de ces pays pour y recueillir des histoires qui la transporteraient loin des « petits hommes », des horizons gris et bouchés de Morsang-sur-Orge.

Sur la route de la Kunar, avec Hamid et Luttfullah, les deux frères de la Perle, les deux *sâlek*, qui risquent leur vie en acceptant de me conduire jusqu'à la cachette d'un manuscrit dont ils ignorent tout, nous sommes effectivement à des milliers de kilomètres « des petits hommes » qui avaient sacrifié ma sœur à leur petit bout de mur.

Hamid et Luttfullah ont des têtes bosselées, ravinées, avec des réseaux de rides labyrinthiques. Hamid louche un peu et son copain est vaguement bossu. Leurs dents en râteau feraient peur aux arracheurs du bazar. Mais ils ont une âme immense qui déborde largement leurs corps décharnés, enveloppés dans des hardes douteuses, et embrasse le monde dont ils s'émerveillent à chaque instant. Une feuille d'arbre, une goutte d'eau, un simple caillou est pour eux un infini. Et s'ils ont peu voyagé, ce sont quand même des *sâlek*, des chemineaux qui connaissent la voie qui sort l'âme de l'obscurité pour la conduire à la Lumière. Ainsi, la Lumière est-elle en eux comme ils sont dans la Lumière. Eux-mêmes se comparent à des roseaux en quête du Souffle qui traversera leur corps comme s'il s'agissait d'un nay, une flûte des marais, et les réunira enfin à la Divinité. Ce sont les personnages les plus vrais qu'il m'a été donné de voir et même si nos conversations sont limitées, il m'arrive de souhaiter les accompagner dans leurs quêtes. Quand je les regarde, les vers du grand poète Rûmi viennent aussitôt à mes lèvres :

Avec en vous l'éternité
La mort ne peut vous inquiéter

S'ils l'avaient rencontrée, ils auraient redonné à ma sœur le courage de continuer à vivre.

Judith

Éclatant le Pandjshir sous la neige, le soleil et le ciel bleu. Une invitation à venir ici pour écrire dans la solitude de l'hiver quand la guerre sera terminée. Mais le sera-t-elle jamais ?

Au fur et à mesure que nous grimpons en suivant la route à présent enneigée où la voiture patine, la terre devient plus rare et les champs se font plus étroits. Les villages s'agrippent aux versants pentus dans un équilibre précaire, et leurs maisons ocre et brun, transies et funambules, percées de portes basses et de fenêtres minces, chacune s'emboîtant à celle qu'elle surplombe, dessinent de gros escaliers dont les marches irrégulières sont balayées par un vent tout blanc. Comme sont ratissées les montagnes, les chemins qui traversent des futaies échevelées par le givre et les sentiers où s'impriment les messages codés de quelques pas indéchiffrables partis pour affronter des cols introuvables. Une fois la tempête apaisée, le silence, tout blanc lui aussi, se couche sur la campagne pour l'endormir. Elle se réveille avec le vent qui se remet à souffler et la fait vibrer dans l'air pur. Le monde s'élève alors à la beauté d'un chant grégorien.

Sur cette partition, parfois, une note toute noire, bleue ou ocre, celle d'une femme qui chemine sur le bas-côté. Le vent, en s'engouffrant sous ses voiles et en faisant danser son tchadri, l'aide à composer un accord secret, une poésie âpre sur deux vers improvisés, souvent érotique, qui murmure sa révolte impossible, son malheur d'être née femme, d'être accablée par les corvées et la servitude, sa haine d'être mariée de force à un individu qu'elle exècre et d'être obligée de coucher avec un vieillard qui s'endort aussitôt au lieu de l'étreindre. C'est Jamshid qui m'a parlé de cette tradition poétique orale unique au monde qui a nom *landay*, et qui traduit l'horizon totalement clos des femmes pachtounes et leurs rêves, quitte à se damner, d'amours défendues. Ces landays, il m'en a copié quelques-uns avec sa belle écriture sur mon cahier de route et je les apprends par cœur.

Mon amour, ouvre ma tombe et vois
La poussière qui couvre la belle ivresse de mes yeux

Et ces deux autres, tellement tragiques, me font monter les larmes. L'un dit :

Ô mon Dieu ! Tu m'envoies de nouveau la nuit sombre
Et de nouveau je tremble de la tête aux pieds, car je dois monter dans le lit que je hais.

Le second est plus terrible encore :

Gens cruels, vous voyez qu'un vieillard m'entraîne vers sa couche
Et demandez pourquoi je pleure et m'arrache les cheveux !

Du coup, j'enlève le tchadri qui m'oppresse, m'étouffe et dont le grillage m'empêche de voir le paysage. Et, hop, je redeviens une femme. Charles me lance un regard *tchap-tchap* que je surprends dans le rétroviseur. Mais, depuis qu'il a accepté de m'accompagner dans ma traque, je peux tout lui pardonner, même ses grossièretés et son virilisme. Charles, t'es un sacré mec, comme tu l'as montré pendant l'embuscade, mais je vais quand même te faire la gueule pendant un bon moment pour t'apprendre à être moins macho et grossier. Le voilà, justement, qui se manifeste avec une question que je n'ai pas envie d'entendre.

« Une fois qu'on sera à la prison, on fait quoi avec l'Hypnotiseur ?

– On va d'abord l'interroger. Après, on décidera.

– Négatif. Ça ne marche jamais comme ça. Toute mission doit avoir un objectif clair et précis, sinon c'est l'échec garanti. Les États-Unis et l'Otan sont venus faire la guerre en Afghanistan sans que leurs forces armées se soient vu assigner un but bien défini. Elles ne savaient pas ce qu'elles foutaient là. Liquider Ben Laden puis repartir, anéantir les talibans ou les contenir, négocier avec eux pour les intégrer dans un processus de réconciliation nationale, construire un État afghan en faisant du *nation building* sur du long terme, former l'armée afghane ou que sais-je ? Rien n'était clair. L'absence de stratégie a conduit à leur échec militaire et au chaos actuel. Donc, je repose ma question : qu'est-ce qu'on va foutre du salopard ? Le ramener à Kaboul et le filer aux Français, s'ils en veulent ? Le flinguer en douce ?

– Il aurait dû être éliminé depuis un bon moment.

– Tu veux le buter, c'est ça ?

– Vous savez bien que je n'aurai pas une once de ce courage.

– Tu comptes sur moi pour le job ? Si c'est le cas, oublie. Un soldat, ce n'est pas une barbouze. Jamais tué un prisonnier. Je ne vais pas commencer à mon âge.

– Charles ! Je ne vous demanderais jamais une chose pareille.

– Donc ?

– Est-ce qu'on a un autre choix que de le ramener avec nous à Kaboul et de le livrer à la DGSE ?

– Et si elle n'en veut pas ?

– Je ne sais pas quoi faire, Charles. Je ne sais pas. Tout paraissait plus simple depuis Paris. »

En fin d'après-midi, nous nous arrêtons à l'orée d'un village devant une *tchaïkhana*, une « maison de thé ». Celle-ci ne comprend qu'une salle tout en longueur, une sorte de travée, avec, à l'entrée, un *boukhari,* l'indispensable poêle à bois, et un bon gros samovar. Le toit de l'auberge a été confectionné à partir de caisses de munitions datant de l'invasion soviétique. Charles prend les bagages, les miens et les siens, quelle galanterie, pendant que j'ajuste un foulard. Puis, nous entrons pour nous asseoir sur des *kilim* cent fois ravaudés et élimés par des milliers de postérieurs, face à une tapisserie grossière, provenant sans doute du Tadjikistan, coloriée à la diable, représentant un jeune cavalier enlevant au triple galop sa bien-aimée. Celle-ci apparaît peu voilée au regard des conventions afghanes. Pire, la main de l'amant frôle ses fesses et elle n'a pas l'air de s'en plaindre. Le Pandjshir, c'est vraiment le pays de la luxure.

En savourant le premier thé servi dans des verres Duralex, bonjour l'exotisme, je cherche où peuvent être les chambres.

« Il n'y a pas de chambres, dit Charles, devançant ma question. On va dormir sur cette estrade dans un coin de la galerie. Il y a des tapis épais et de grosses couvertures à ne surtout pas secouer. La première poussière date d'Alexandre le Grand et n'a cessé de s'accumuler depuis. Les puces, elles, ont quelques années de moins.

– Des poux ?

– Il n'y en a plus. Gengis Khan les a exterminés lors de son passage.

– Et les toilettes, elles sont de quelle époque ? Si jamais il y en a.

– Que pour les hommes et elles sont à l'extérieur. Mais je peux monter la garde devant la porte. Il n'y a certainement pas de papier.

– Délicates vacances.

– J'oubliais : on fait comme si nous étions mari et femme, cela va de soi. »

Cela va de soi aussi que je laisse Charles composer le menu puisque c'est sans doute une prérogative masculine. Nous avons le choix entre un plat de riz bien graisseux aux raisins secs et trois brochettes de kebab agrémentées de quelques rondelles d'oignons et de petits morceaux de gras. Cela va de soi qu'il y a aussi du thé vert ou noir, accompagné de gâteaux secs. Le tout est servi par un *batcha* qui n'a pas douze ans et se démène comme un bon petit diable, vêtu d'un pull-over trois fois trop grand sur lequel Mickey nous offre son sourire niais. C'est lui qui nous apporte les galettes de pain brûlantes au fur et à mesure qu'elles sortent du four, allume les lampes à pétrole pour éclairer la pièce, encaisse la monnaie, nettoie les tapis à la main, va chercher de l'eau à la rivière dans des seaux presque aussi gros que lui et la fait chauffer. Je me demande s'il n'a jamais entendu parler de l'école. Le patron, bien rondouillard, assis à la porte devant un feu de charbon de bois, fait cuire ses viandes, calcule les additions, salue et complimente les clients.

Quelques voyageurs, pour l'essentiel des camionneurs, nous rejoignent bientôt. À chaque fois, Charles se lève pour les saluer, leur serrer la main et glisser, comme je l'ai vu faire à Kaboul, sa main droite sur son cœur, ce à quoi ils s'emploient en retour, chacun semblant vérifier s'il palpite encore. Ils inclinent ensuite poliment leur tête dans ma direction mais sans retirer leur *pakoul*. Pendant le repas, qui ne dure pas plus de quinze minutes, et après avoir commandé de nouvelles théières au *batcha*, ils engagent la discussion avec Charles. Ils sont curieux de savoir où nous allons et il me semble qu'ils aimeraient bien que je me joigne à la conversation. Hélas ! Je n'ai reçu que des rudiments de dari de la part de Jamshid et ne je n'en suis qu'à la leçon six de mon manuel d'apprentissage, celle où les talibans ont violé la jeune fille avant de la noyer dans le lac. Je sais donc dire violer et noyer. Mais pas encore comment leur demander : et vous, que faites-vous dans la vie et où habitez-vous ? Je comprends tout de même que Charles cherche à les faire parler de la prison qui est un peu plus haut dans la vallée, pas très loin d'ici.

Charles

On est partis à l'aube après avoir avalé du pain, du miel et de l'omelette, accompagnés de quelques tasses de thé. Dehors, le froid est si sec qu'il rend l'air tranchant. Heureusement, il n'a pas neigé pendant la nuit. Le soleil n'a pas encore inondé la vallée mais les premiers rayons cherchent déjà à se faufiler à travers les cimes. Bientôt, ils les feront étinceler.

Judith me demande si elle peut monter à l'avant du 4 × 4. Elle prend mon hésitation pour un acquiescement. Étrange fille, incernable. Je m'attendais à ce qu'elle fasse la délicate lorsque nous sommes allés dormir au fond de la *tchaïkhana* poussiéreuse. Mais non, aucune plainte, à peine un commentaire regrettant que les autres voyageurs s'installent pour la nuit dans la même pièce, tout près de nous.

« Ils vont vraiment rester ici ?

– Tu veux les faire dormir dehors ?

– Peut-être pas. Ils vont se mettre en pyjama ?

– Leur *chalwar kamiz*, c'est déjà une sorte de pyjama. Mais t'en fais pas, ta vertu sera sauve. Quand tu enfileras ta nuisette, je leur dirai de tourner la tête de l'autre côté.

– Le peu que j'ai à montrer ne devrait pas leur faire pas perdre la vue, n'est-ce pas ? Demandez-leur plutôt de la tourner, leur tête, quand ils commenceront à s'endormir. Je parie qu'ils vont ronfler d'enfer. »

Avant de se coucher, elle a vaporisé les tapis et les couvertures avec son parfum épicé qui doit coûter plusieurs années de salaire d'un métayer du Pandjshir. Auparavant, elle a supporté stoïquement la rude épreuve des toilettes où elle est allée seule, traversant sans rechigner un bon bout de terrain enneigé, sûrement hanté par des loups-garous, dans la nuit glaciale percée de rares étoiles frigorifiées. Je lui ai proposé ma frontale qu'elle a acceptée en me gratifiant d'un tout petit merci. Une fois de retour, elle s'est allongée rapidement dans le nid de puces et de poussière après avoir enlevé sa doudoune, défait son foulard et dégrafé son soutien-gorge. Elle a murmuré un « bonne nuit » à peine audible avant de s'endormir. À quelques mètres de nous, les ronflements ont aussitôt démarré. On aurait dit des tracteurs en compétition pour les 24 Heures du Mans. Même les puces, que l'on voyait sauter d'une couche à l'autre, se sont enfuies.

Il est près de neuf heures quand nous arrivons à la prison, bâtie sur un lit de galets et située dans une boucle de la rivière, de l'autre côté de la route. On peut s'y rendre par un pont en bois que nous franchissons à pied, laissant la voiture sur l'autre rive. Drôle de prison composée d'une douzaine de dortoirs brunâtres avec des toits de tôles ondulées, ce qui doit aggraver le froid en hiver et les rendre torrides en été, de quelques bâtisses, probablement des bureaux, et d'une étroite mosquée blanche, un peu à l'écart, entourée d'un minuscule cimetière. Pas de hauts murs ni même de barbelés. C'est la rivière, passablement large et furieuse à cet endroit, qui sert d'enceinte. De l'autre côté, l'à-pic de la montagne empêche toute fuite et étend sur ce petit territoire misérable son ombre glacée.

Les prisonniers se promènent pendant la journée le long de la rivière, où ils peuvent se laver avant chaque prière. Certains nous regardent nous approcher avec curiosité. Les gardes, tous vêtus d'uniformes verdâtres bien trop larges, nous observent aussi en braquant vaguement leurs armes dans notre direction.

« Ils ont le doigt sur la… gâchette, ah ! non, la détente. La détente, c'est bien ça », chuchote Judith, faisant de l'ironie pour masquer sa nervosité.

Elle s'est mise à l'aise, portant son voile très en arrière, et sa nouvelle tunique – elle a réussi à se changer sans qu'on la voie – est bien trop colorée, échancrée et moulante. Mais cela joue en notre faveur : les gardiens sont d'emblée aimables et peu méfiants et, s'ils me fouillent rapidement, ils n'osent pas s'approcher d'elle. Je dois quand même palabrer un bon moment avant que deux d'entre eux nous conduisent, à travers un espace sans arbre où se mêlent boue, cailloux et détritus, jusqu'à la maison du directeur, tout aussi modeste que les masures des prisonniers, si ce n'est qu'il faut grimper deux marches pour y accéder. Après les salutations de rigueur, Hadji Agha Salehi, un homme gras et boiteux, sans doute à cause d'une ancienne blessure, coiffé d'une toque en astrakan qui doit dater du roi Amanullah, avec une barbe mal soignée et des vêtements tachés de graisse, nous offre d'emblée un thé noir brûlant, accompagné d'une soucoupe de mûres enrobées de pâte d'amande qu'il pose sur son bureau en bois bancal. Je lui montre une lettre rédigée en dari et couverte de tampons officiels que Jamshid a fait confectionner avant notre départ. Le document nous présente comme des juges français et demande à ce que les autorités compétentes nous laissent librement interroger Moez al-Faranci. L'Afghanistan est dans un tel état de désorganisation que n'importe quel bout de papier pas trop chiffonné avec quelques signatures boursouflées fait l'affaire. Mais il est plus difficile de demander au directeur de nous laisser seuls avec le prisonnier après que les gardiens nous ont conduits dans la pièce réservée aux interrogatoires. Je dois m'énerver pour qu'il s'en aille.

« Hadji Agha, si c'était des agents de la CIA qui étaient venus le voir, la question ne se poserait même pas. Ils vous auraient déjà envoyé à Guantanamo pour obstruction à la justice fédérale. »

Quelques minutes plus tard, la porte s'ouvre et il est là. Très grand, maigre, un visage ascétique aux traits fins, excepté un menton proéminent et un front évasé, la barbe immense et roussie au henné, des cheveux bruns tombant sur les épaules. Ses yeux d'un bleu sidérant confèrent à son regard le magnétisme d'un cobra royal. Malgré la vie sordide en prison, l'absence évidente de hammam et de la plus élémentaire salle de bains, il respire la propreté, comme en témoigne son *chalwar kamiz* marron absolument impeccable. Il croyait avoir affaire à des Américains, c'est pourquoi il est venu dans la pièce sans difficulté. Instinctivement, il comprend que nous sommes français. Après avoir toisé longuement Judith, dont le foulard a glissé sur ses épaules, il nous tourne le dos en nous lançant :

« Je ne parle pas à une femme nue. Une femme nue et une putain. Il n'y a que les putains qui s'habillent comme ça. »

Il s'apprête à franchir le seuil de la pièce quand je l'attrape par les épaules pour le plaquer contre un mur. Comme j'ai du mal à retourner l'un de ses bras pour l'immobiliser, je le lâche, faisant mine de reculer, pour mieux lui lancer mon coude au niveau de la pomme d'Adam quand il fait volte-face. Il tombe à genoux, puis s'écroule sur le sol tandis que la douleur le fait hoqueter. Je le redresse en lui tirant les cheveux et lui cogne la tête contre le mur jusqu'à ce que Judith me tire en arrière.

« Charles, ça suffit. Sinon, il ne pourra plus parler. »

La minute d'après, c'est elle qui se jette sur lui.

Marc-Antoine

Avec son dôme en forme d'ogive, le *ziarat*, le petit sanctuaire soufi, apparaît comme une navette spatiale posée sur une colline pelée. Hamid, le conducteur de la vieille camionnette, a essayé de trouver un chemin pour contourner le village. Faute de l'avoir trouvé, il traverse à vive allure la rue principale, noyant sous la poussière les étals des quelques marchands du petit bazar et attirant tous les regards.

Le véhicule est trop fatigué pour grimper jusqu'au sommet de la butte, il patine dans la boue laissée par la dernière neige. Après avoir fait ronfler en vain une dizaine de fois le moteur, Hamid me demande de l'accompagner à pied. Luttfullah surveille la camionnette.

Le *ziarat* n'a pas de gardien. Il suffit de pousser la porte et d'entrer. Le compagnon de voyage de Majrouh m'a indiqué où pourrait se trouver le manuscrit, sans certitude toutefois, car leur fuite en direction du Pakistan remonte à une quarantaine d'années.

La lumière, accompagnée d'un halo de poussière, pénètre avec nous dans le sanctuaire sans fenêtre. Elle nous dévoile un énorme tronc d'arbre, émondé et décapité, autour duquel le petit temple a été bâti. Il est tapissé de morceaux de tissus grisâtres, accrochés pêle-mêle sur toute sa circonférence. Il y en a des dizaines et des dizaines. Une fois le regard habitué à la pénombre, on voit que ce sont des lambeaux de papier. Chacun d'eux est traversé par un clou fiché dans le bois.

« Ce sont les femmes des villages qui font ça, murmure Hamid. Elles plantent des clous pour demander des enfants quand elles n'arrivent pas en avoir, pour qu'ils guérissent quand ils sont malades, ou des garçons pour celles qui n'ont que des filles. D'autres font ça pour avoir de bons maris.

– Je sais à quoi servent les clous. Mais pourquoi ces bouts de papier ? »

Le feuillet que j'essaye de déchiffrer, difficilement parce qu'il est déchiré et que l'encre est en partie effacée, me semble écrit en pachto. En regardant plusieurs autres pages, je parviens à deviner qu'il s'agit des fragments d'un livre. Est-ce possible que… Oui, bien sûr. Ce sont les feuillets perdus de Sayd Bahodine Majrouh.

« Ce sont les pages du livre que vous cherchez, confirme Hamid, comme s'il lisait dans mes pensées. Les femmes ont dû trouver sa cachette. Elles ne savent pas lire et ont sûrement cru qu'il s'agissait d'un livre sacré. C'est pour ça qu'elles ont accroché les pages aux clous. Pour qu'elles leur portent bonheur. »

Judith

C'est donc lui. Quand il est entré et s'est tenu sur le pas de la porte, je crois avoir arrêté de respirer. Mon sang a même cessé de circuler. Je me suis reprise en contrôlant mon souffle, comme me l'a appris Jean : inspirer pendant cinq secondes, bloquer la respiration, expirer pendant dix.

C'est donc lui. Grand, plutôt beau, enveloppé dans son *patou* noir à bordure dorée, campé dans une attitude solennelle. Il respire la propreté, sa peau, sa barbe, ses cheveux et même ses ongles sont soignés. Ses yeux sont fascinants. Ils sont d'un bleu très pâle, quasiment translucide. Pourtant, on les dirait capables de vous emporter en enfer pour vous brûler vif. Quand il m'a balancé qu'il ne parlait pas à une femme nue et que je n'étais qu'une putain, j'ai eu envie de le foutre complètement à poil, pour voir ce qu'il dirait. Mais Charles a fait le boulot. Et là, je n'ai pas aimé. Enfin, c'est compliqué. J'ai apprécié le coup de coude à la carotide pour l'empêcher de sortir, mais pas la dérouillée qu'il lui a mise ensuite. Je n'aime pas qu'on frappe un homme à terre, quoi qu'il ait pu faire. En plus, s'il le fallait, c'était à moi de le faire.

Sur le chemin de la prison, on a discuté avec Charles de la façon dont nous allions procéder pour l'emmener avec nous sans que cela apparaisse comme un kidnapping.

« Il y a un vieil adage militaire qui dit que la première victime du plan de bataille, c'est le plan de bataille », m'a lancé Charles.

Comment l'emmener, sachant qu'il pourrait résister, que le directeur de la prison s'en mêlerait certainement, risquerait d'appeler les Américains. Tenter le coup en se faisant aider des grosses liasses de dollars que Charles cache dans son sac ? Mais ça, c'est la phase deux de l'opération. La phase un, c'est de donner le change en lui posant toutes les questions possibles, en particulier celles qui m'obsèdent. Lui demander où, quand et dans quelles circonstances il a rencontré le tueur de Toulouse. Puis, comment il a pu l'emporter sur Jean, qui tentait de le soustraire à son influence, et avait pour réussir une sacrée expérience.

À présent, même à genoux, le visage transformé en pâte à modeler sanguinolente, l'Hypnotiseur a la ressource de m'insulter dès ma première question.

« Je t'ai dit que je ne parle pas à une pute à poil. Une sale pute à poil et une bâtarde kafir dont mes frères ne voudraient même pas comme butin. »

Là, une digue se rompt. Le cône d'un cratère intérieur explose et laisse déferler une lave brûlante où se mêlent les souvenirs des trois petits juifs de Toulouse, des bébés de la maternité Dasht-e Barchi – même si son groupe n'est sans doute pas impliqué dans l'attaque –, et celui de Jean, bien sûr. C'est moi qui frappe. À coups de pied. Avec mes grosses godasses. Durement. Salement. Le visage, les reins, le bas-ventre, les doigts des mains, tout. Les années karaté, que je croyais avoir laissées loin derrière moi, sont revenues pour armer mes coups. Je cherche à lui piétiner la figure comme je voulais déjà le faire avec le tueur de la maternité. C'est au tour de Charles de me retenir en criant : « Ça suffit, non ? »

On se regarde, Charles et moi. Est-ce qu'on est honteux ? Un peu, quand même. Moi, en tout cas. Charles, je ne sais pas. L'Hypnotiseur s'est recroquevillé dans un coin de la pièce. Il n'a laissé échapper aucune plainte, aucun râle. Lorsqu'il arrive péniblement à se redresser sur un coude, je vois qu'on l'a sérieusement démoli. Il a la bouche en sang, une ou plusieurs dents cassées, une arcade sourcilière éclatée, une pommette explosée et un œil complètement fermé. Mais son autre œil, tel celui du cyclope Polyphène, continue de me darder un regard intense. Quand il parvient à articuler quelques mots, c'est pour me cracher à la figure de nouvelles menaces :

« Sorcière bâtarde, sale pute, maudite kafir et fille de butin, un jour, mes frères te brûleront vive dans une cage. »

C'est en le regardant, à moitié broyé, la tête déformée par les coups, les doigts écrasés, mais nullement vaincu, que j'ai compris que c'est nous qui avions perdu.

Charles

Je ne m'attendais pas à une telle violence de sa part. La petite agrégée de grec ancien, écrivaine à la page, qui était venue me voir à Saint-Romain, un peu tremblotante, arrogante à l'occasion pour cacher son appréhension, a disparu. L'antilope est devenue une divinité infernale. J'aimerais bien savoir s'il y a dans la mythologie grecque une déesse capable d'une telle métamorphose.

Après avoir tabassé l'Hypnotiseur, on s'en va, l'abandonnant dans un coin de la pièce. Même en le frappant davantage, nous n'aurions rien tiré de lui. Hadji Agha Salehi, le directeur de la prison, est surpris de nous voir repartir aussi rapidement. Nous lui disons que nous reviendrons demain poursuivre l'interrogatoire. Il insiste pour que nous buvions un thé avant de reprendre la route et, pour ne pas le froisser, nous acceptons. Ce qui nous permet aussi de lui poser des questions sur le détenu, qu'il qualifie de modèle.

« Il ne rate jamais aucune de ses prières et incite les autres à les faire, surtout celle de l'aube. Car, même quand il fait très froid, elle annonce la journée. La *namaz,* ce n'est pas le mollah de la prison mais bien lui qui la dirige. L'autre matin, il faisait quinze degrés en dessous de zéro quand il est allé faire ses ablutions au torrent. »

L'Hypnotiseur a la permission d'aller se promener dans les alentours et de faire quelques emplettes dans les boutiques du village tout proche. Là encore, aucun reproche à lui faire. Il rentre à l'heure et même en avance. Et il n'oublie jamais de rapporter des fruits et des légumes qu'il partage avec les autres détenus et certains gardiens.

« Est-ce qu'il ne va pas au village pour téléphoner ? demande Judith.

– Pas besoin. Tous les prisonniers ont des téléphones à cartes. Sans doute qu'il leur en rapporte de nouvelles qu'il achète dans un magasin du village.

– C'est permis, ça ?

– C'est comme ça dans toutes les prisons. Nos prisonniers sont plus libres que nous. Si nous les traitons mal, si nous les offensons, ils préviennent les talibans, qui peuvent venir nous battre, nous tuer, s'en prendre à notre famille ou brûler nos maisons.

– Même au Pandjshir ?

– Je ne suis pas du Pandjshir mais du Nangahrar. Et presque tous les gardiens ont de la famille à Kaboul. C'est facile pour les talibans de mener des représailles. Ils sont toujours très bien renseignés. »

Nous repartons au moment où un gardien, affolé, entre dans le bureau du directeur pour lui annoncer que nous avons refait le portrait de Moez. Je lis la panique dans ses yeux. Je lui coupe la parole alors qu'il se met à gémir que les Américains ne seront pas contents et qu'il se doit de les alerter.

« Attendez demain. On va revenir pour fignoler le travail. Vous les préviendrez après. »

Il me regarde, interloqué, mais sa main accepte la grosse liasse de billets que je lui tends ouvertement.

Marc-Antoine

C'est en suivant les cours de dari, de pachto et de civilisation persane à l'Inalco que j'ai découvert l'œuvre de Sayd Bahodine Majrouh. *Le Rire des amants*, le livre que son assassinat a laissé inachevé, m'a bouleversé, et ma petite sœur, à qui j'ai lu l'histoire, aussi. C'est un parcours initiatique qui arrache l'un après l'autre les masques de la tyrannie, dénonce la coercition des esprits et des corps. Il raconte l'histoire tragique de Gulandam et de Delazad, deux amants absolus, deux amoureux condamnés à la lapidation par les autorités de la foi parce qu'ils ne peuvent pas ne pas s'aimer. Je n'ai jamais oublié le récit du Voyageur de Minuit lorsqu'il parvient sur les lieux du supplice de ses deux amis ; trop tard et, de toute façon, il aurait été impuissant à les sauver.

> À son arrivée, tout était déjà joué. Le tumulte avait pris fin. La foule se désunissait lentement.
> À l'écart, quelques dignitaires religieux arboraient des barbes lugubres. Leurs turbans et leurs tuniques noires les enveloppaient d'une aura plus funèbre encore que de coutume.
> Le Voyageur parvient au centre de la place.
> À demi enseveli sous un monticule de pierres gisaient une jeune femme et un jeune homme couverts de boue et de sang.
> Le Voyageur se figea.

C'était Gulandam, et c'était Delazad.
Longtemps, il resta là, seul, immobile.
La foule de meurtre et de haine avait regagné ses tanières.
Quelques vautours commençaient leur approche.
Perchés sur les rochers alentour, ils dévoraient de leur œil fixe les pierres ensanglantées.[1]

Les clous brillent faiblement dans la pénombre. Les pages, bousculées par un léger courant d'air qui a profité de la porte ouverte, volètent comme des ailes de moineaux. L'une d'elle s'échappe et tombe sur le sol. Je veux la ramasser pour l'emporter mais Hamid s'y oppose.

« Non, Antoine Agha. La page appartient à l'arbre sacré. Il faut la remettre à sa place. »

Au même moment, la voix essoufflée de Luttfullah, qui a couru de la camionnette jusqu'au sanctuaire, se fait entendre :

« Sortez vite. Il faut partir. Les talibans arrivent. Vite, vite. »

1. *Le Rire des amants*, texte français de Serge Sautreau, Phébus, 1991.

Judith

Il a neigé pendant la nuit. À dix heures du matin, la route n'est toujours pas dégagée et les quatre roues motrices du GMC patinent dans les fortes pentes.

Nous avons longuement discuté du sort de l'Hypnotiseur. Nous allons l'emmener à Kaboul. Les papiers préparés par Jamshid devraient suffire à convaincre le directeur de la prison. Et nous avons aussi un argument des plus convaincants : d'autres liasses de dollars. Charles a appelé le chef d'antenne de la DGSE en Afghanistan pour le prévenir, mais à cause de la neige et des montagnes, la communication ne passait pas. Si jamais les services français, dans la crainte d'une réaction de Kaboul et des Américains, se refusaient à l'exfiltrer, que ferait-on de lui ? Charles ne va pas changer d'avis : il est incapable de le tuer de sang-froid. Mais si jamais il cherchait à s'enfuir…

Il nous faut trois heures pour rejoindre à nouveau la prison. Mauvais présage, Hadji Agha Salehi n'est pas là, du moins les gardiens le prétendent. Ils se montrent beaucoup moins aimables et plus méfiants que la dernière fois. Lorsque nous leur demandons de nous amener Moez l'Hypnotiseur dans la pièce des interrogatoires, nous l'attendons cette fois pendant longtemps.

C'est à ce moment-là qu'on s'engueule, Charles m'ayant fait savoir que si la DGSE ne le prenait pas, on serait contraint de le reconduire à la prison où il retrouverait son régime de semi-liberté.

« Charles, c'est impossible. Après tout ce qu'il a fait, imaginer qu'il se balade toute la journée dans la montagne, fasse ses petites courses au village, téléphone quand il veut à ses potes, menace les gardiens quand il n'obtient pas ce qu'il veut, et qu'il sera complètement libre d'ici quelques semaines ou quelques mois, je ne peux pas l'accepter. On ne pourrait pas laisser une porte ouverte pour qu'il s'échappe ? Et à ce moment-là…

– T'en serais capable ?

– À présent, je crois que oui.

– Pas question. T'as toujours pas compris un truc : il y a les lois de la guerre. Je ne flinguerai pas un prisonnier, quoi qu'il ait fait. Même les criminels de guerre nazis ont eu droit à des procès. »

La dispute dure un bon moment et on ne voit pas le temps passer. Quand on y met fin, on se rend compte que les gardiens ne nous ont toujours pas amené l'Hypnotiseur. On fonce à l'entrée du camp pour apprendre qu'il a demandé à aller chercher des pansements pour ses plaies à la pharmacie du petit village voisin et qu'il reviendra d'ici quelques heures.

« Putain de bordel, s'il n'est plus dans la taule, c'est qu'il cherche à se tirer », s'inquiète aussitôt Charles.

La minute d'après, nous sommes dans la voiture de Jamshid en direction du village, posé au bord de la route, le dos collé à la montagne. Les ruelles, tortueuses et boueuses, certaines pas du tout déneigées, avec des rochers qui affleurent ici et là, partent dans toutes les directions. Elles cassent l'impression de beauté et d'harmonie que l'on ressent en regardant de loin la petite localité. C'est un rebut de masures brunâtres aux murs de pisé plus hauts que ceux de la prison et aux toits recouverts de fourrage. À l'entrée, comme une sentinelle pétrifiée, une carcasse d'autobus est posée sur un assemblage de pierres et de briques. Le cimetière éparpille ses tombes autour des habitations et plante des fanions déchirés ou des étoffes multicolores sur quelques petits mausolées tout blancs, pour signifier la valeur au combat d'un guerrier ou la piété d'un *cheikh*. La rue principale se confond avec la route. Elle compte trois *tchaïkhana* enfumées et quatre boutiques transies, dont deux font aussi pharmacie.

Je reste dans la voiture pendant que Charles va de l'une à l'autre en posant des questions. Quand il revient, je devine à son visage que les nouvelles sont mauvaises.

Profitant du passage d'un camion dont le chauffeur s'était arrêté ici pour prendre un thé, l'Hypnotiseur est parti avec lui, monnayant son voyage d'une poignée d'afghanis. Auparavant, il a acheté des pansements, des médicaments et de la nourriture. Cela s'est passé il y a moins d'une heure. Le poids lourd est ensuite reparti vers le nord, via la vallée voisine d'Andarab qui est séparée du Pandjshir par l'interminable col d'Anjuman. J'essaye de cacher combien je suis furieuse de notre échec.

« Charles, on continue. On ne va pas laisser s'enfuir ce salopard.

– Pas si simple. La voiture de Jamshid ne parviendra pas à grimper le col. Il a trop neigé. Il nous faudrait au minimum des chaînes. Pas sûr qu'on en trouve ici.

– On le tenait ! Il ne va quand même pas s'en tirer parce qu'il y a de la neige. S'il arrive à franchir ce col, nous pouvons le faire aussi.

– Négatif. On ne va pas jouer avec l'hiver afghan, il est trop vicieux, trop dangereux. On va rentrer sagement à Kaboul. Et on essayera de retrouver l'Hypnotiseur avec l'aide des services secrets afghans.

– Non, ça ne marchera jamais. Je continue seule. Je vais attendre que passent d'autres camions. Il y en aura certainement. J'ai lu que la vallée d'Andarab doit être ravitaillée même en hiver. Et c'est le seul chemin pour y accéder. Maintenant, pouvez-vous me donner une des armes ? Avec des munitions. »

Je devine qu'il se dit : Ça y est ! Elle est passée de l'autre côté. Peut-être qu'il a raison. Peut-être est-ce arrivé parce que je me suis sali les mains en frappant l'Hypnotiseur, et que la honte que j'ai ressentie n'était finalement pas ennemie du plaisir que j'y ai pris. Le plaisir d'avoir les mains crasseuses. Un plaisir de sale gosse, non ? Un plaisir que je n'ai pas eu quand j'étais gamine, parce que mes parents voulaient uniquement que j'étudie, surtout pas que je sorte, que je me mêle aux autres enfants, si ce n'est ceux de leurs amis, tous élèves à Henri-IV ou Louis-le-Grand. Une grande gosse bien élevée, trop gâtée, voilà ce que j'étais. Maigrelette, un peu voûtée, plate comme une limande au point que je ne voulais pas me mettre en maillot de bain et que je glissais des serviettes en papier roulées en boule dans mon soutien-gorge. Tellement timide, bêtement naïve et stupidement crédule. Assez gourde, donc. « La gosse », c'est comme ça que mon père m'appelait, même à l'adolescence, alors que je pouvais déjà apparaître aux yeux de certains comme la promesse d'une jolie jeune fille. Mon père avait raison, j'étais totalement immature, c'est pourquoi certains se sont plus à abuser de mon innocence et à m'humilier. C'est Jean qui s'est employé à chasser « la gosse » qui continuait de se tapir en moi. L'attentat à la maternité Dash-e Barchi, l'embuscade et, enfin, hier, quand j'ai découvert ce que j'étais capable de faire à la prison du Pandjshir, ont achevé ma métamorphose. Alors, « la gosse » qui ne l'est plus du tout, elle va en profiter. De préférence avec un flingue.

Charles

Je lui donne le Glock 17, avec trois chargeurs, qu'elle cache dans son sac de voyage sous quelques vêtements. Puis Judith s'en va attendre un hypothétique camion dans une des *tchaïkhana* en lâchant d'un ton faussement serein :

« On se reverra à Kaboul, chez Jamshid, ou, si vous avez quitté l'Afghanistan, je passerai vous voir à St Romain. Et on boira un bon coup. »

Elle n'a plus rien de la Judith qui esquissait des entrechats dans la cour de ma ferme pour éviter de tremper ses escarpins hors de prix dans les flaques d'eau. Elle avance désormais à grandes enjambées, de vrais pas de fantassin, enfonçant ses godasses dans la neige et la boue qui l'éclabousse. Il n'est pas question que je la laisse partir seule, mais j'ai envie de voir si elle va se dégonfler. Je lui crie :

« Je vais les attendre avec toi. Je ne suis pas pressé de regagner Kaboul. »

On en est au cinquième thé que l'on boit sans rien se dire, chacun immergé dans ses songes et ses ressentiments, quand trois vieux camions, des Kamaz russes, se manifestent en grondant dans la rue.

« Pouvez-vous les arrêter et payer le thé ? J'en ai trop bu et il faut que j'aille à tout prix faire pipi avant de partir. Mais où peuvent bien être les toilettes ? »

Lorsque Judith revient dix minutes plus tard, j'ai déjà négocié avec l'un des chauffeurs le prix pour traverser le col, soit trois cents dollars, une somme considérable pour l'Afghanistan. J'ai aussi appelé Jamshid pour qu'il envoie Mirwaïs chercher le GMC. Et j'ai démonté les Kalachnikovs que j'ai planquées dans mon grand sac marin.

Lorsqu'elle s'apprête à monter dans la cabine du Kamaz, je lui brûle la politesse en m'installant sur le siège défoncé du passager. La stupéfaction lui fait ouvrir la bouche toute grande.

« Il vaut mieux que tu te poses derrière. La banquette est beaucoup plus confortable et le conducteur ne sera pas tenté de loucher dans ta direction. Surtout que ton foulard a tendance à se tirer.

– Mais vous aviez décidé de ne pas…

– L'appât du gain. Je ne vais pas abandonner mon gagne-pain, même s'il ne m'a pas encore rapporté un kopeck depuis qu'on est partis. »

Elle me traite de rapiat, de vieux grigou et de grippe-sou. Mais, pour la première fois, elle m'adresse un sourire qui n'est pas forcé du tout. Un très beau sourire.

Le col commence peu après le village. C'est Massoud qui l'a ouvert en 1996. Ayant dû abandonner Kaboul aux talibans, il continuait de résister dans le Pandjshir. Il lui fallait absolument recevoir des armes et des munitions, et même des vivres, qui lui venaient du nord et du Tadjikistan. Avant, il n'y avait qu'une sente fréquentée par des muletiers et des bergers. Franchir le col n'en reste pas moins une entreprise risquée, de l'automne au printemps. Il n'y a guère que les Kamaz, ces camions russes capables d'affronter les pires hivers, pour tenter l'aventure.

La vallée se resserre. La piste épouse un flanc de montagne pour franchir un défilé, s'élevant au-dessus de la rivière devenue un torrent hargneux. Les hameaux sont de plus en plus rabougris, les maisons plus trapues, plus basses, leurs fenêtres plus étroites, elles se serrent les unes contre les autres tout en dressant des murs pour éviter que les voisins surprennent les femmes dans les courettes. Les champs se réduisent à des lopins accrochés à des terrasses, elles-mêmes perchées sur des murs de cailloux hauts de plusieurs mètres qui dessinent de longues traînes gris et blanc. Bientôt, il n'y aura plus que le ciel immense, la montagne infinie, la neige, sans autre horizon qu'elle-même, et le silence intense, à peine brouillé par la scansion des pistons des trois minuscules Kamaz qu'un aigle surveille du haut d'un pic.

Nouvelle gorge sur laquelle les champs, qui vont bientôt être remplacés par des pâtures à chèvres, se penchent au risque de basculer. Les arbres deviennent rares. Un char précipité au fond d'un ravin témoigne que l'armée soviétique a poussé jusqu'ici lors d'une de ses offensives, dans les années 80. Les dernières fermes ressemblent à des bunkers. Un peu plus loin, un bulldozer jaune, utilisé comme chasse-neige, a fini au fond de la rivière.

La neige a fait disparaître toute trace de la piste. La pente s'étire doucement. Le défilé cède la place à un haut plateau semé de gros rochers noirs. Les Kamaz, dont les moteurs semblent à présent muets, sont entrés en apesanteur. On dirait qu'ils glissent sur un long tapis roulant qui les entraîne dans un interminable songe blanc, fait de l'écharpe de soie d'un brouillard blême qui s'enroule autour des blocs de pierre déchiquetés, voile les sommets, les découvre puis les masque à nouveau.

Pareil que le passé. Le présent le cache, le fait disparaître dans ses brumes mais, à cause d'un incident quelconque, d'un coup de vent, d'une rencontre, d'une trouée dans le brouillard, le voilà qui revient. On le retrouve devant soi comme il l'a toujours été, même si on a cru l'avoir perdu en chemin. Il ne s'est même pas usé avec les années. Il étincelle. Il irradie.

Je ne l'ai jamais confessé, il le faudrait pourtant. Mais qui serait mon confesseur ? Judith ne m'a pas embauché pour que je lui raconte ma vie.

Cela s'est passé dans un pauvre village comme ceux que nous venons de rencontrer. Avait-il un nom ? Sûrement, mais je ne le connais pas. Pour son malheur, il était situé le long de la grande route qui réunit le nord et le sud de l'Afghanistan, grâce au tunnel du Salang. C'est par cette voie que les troupes soviétiques se sont retirées d'Afghanistan, en février 1989, après s'y être embourbées pendant près de dix ans.

Une trêve avait été négociée avec la résistance afghane pour permettre leur retrait en bon ordre. Les convois de camions et de porte-chars remontaient vers le nord et la frontière ouzbek en de longues files qui pouvaient s'étirer sur des dizaines de kilomètres. La guerre froide n'était pas encore finie et les forces du pacte de Varsovie faisaient toujours peur. C'est pourquoi mes supérieurs m'ont demandé d'observer attentivement ce retrait, de noter le numéro des régiments et tout particulièrement l'état des véhicules. Les yeux vissés dans mes jumelles, je m'y employais depuis le sommet d'un monticule, caché dans un taillis près de la petite ville de Pul-i Khumri, en compagnie d'un groupe des commandos de Massoud qui surveillaient eux aussi la retraite sans gloire de leurs ennemis. Même défaite, l'armée soviétique restait bien tenue. Du moins, elle donnait cette impression.

Dans l'après-midi du 14 février 1989 est tombée la nouvelle qu'une embuscade avait été tendue à un petit convoi de bérets rouges de l'armée soviétique. Plusieurs camions avaient été foudroyés, des soldats tués, d'autres blessés par des tirs de roquettes et de mitrailleuses, en violation de la trêve. Soit les guérilleros qui avaient perpétré l'attaque ignoraient qu'il y avait eu un cessez-le-feu, soit ils appartenaient à un groupe de moudjahidines radicaux qui ne se sentait pas engagé par celui-ci. Les représailles ont été terribles. Elles se sont abattues sur un petit village tout proche qui n'avait pourtant aucune responsabilité dans l'embuscade. Il a été entièrement brûlé. Si les hommes ont pu s'enfuir à l'arrivée de la colonne, les femmes et les jeunes filles ont été la proie des soldats. Cela s'est passé sous le regard des enfants et des vieillards terrorisés.

Nous sommes arrivés le lendemain matin après une éprouvante marche de nuit. Les maisons incendiées fumaient encore. La petite mosquée avait été écrasée à coups de roquettes, le puits comblé par des gravats, les grands mûriers détruits à la grenade. Les hommes étaient revenus. Ils semblaient abasourdis par l'anéantissement de leurs pauvres maisons et, assis à même la poussière, formaient un demi-cercle muet qui contemplait le désastre. Beaucoup serraient leurs enfants, grands et petits, dans leurs bras comme s'ils craignaient qu'ils ne se sauvent. Une fillette sanglotait toute seule, assise par terre, à l'écart des autres gamins. Sans doute qu'elle n'avait plus de père. Quand elle s'arrêtait, c'était pour répéter d'une toute petite voix criarde : « Moi, je veux ma maman. »

C'est à ce moment-là que l'évidence m'a sauté aux yeux. Les femmes étaient absentes, excepté les plus vieilles qui se cachaient dans leurs voiles à l'autre bout du village et auxquelles on avait confié les plus petits enfants. Mais les femmes plus jeunes avaient toutes disparu.

J'ai demandé à Hafizullah, le chef des commandos de Massoud :

« Tu sais où elles sont, les femmes ? J'aimerais les interroger. Il y a eu un crime de guerre et elles en ont été témoins.

– Elles sont allées se réfugier dans un autre village.

– Loin d'ici ?

– Oui.

– Sans leurs enfants ? »

Hafizullah baissa la tête, caressa sa barbe et murmura :

« Oui, je crois. »

La fillette continuait de pleurer en répétant qu'elle voulait sa maman. Elle l'a redit encore et encore en tordant ses petites mains toutes noires quand je me suis assis près d'elle. Ses yeux, agrandis par le khôl, dévoraient tout son visage. Ses nattes étaient grises de poussière. Sur ses joues, les larmes avaient tracé deux sillons clairs dans la crasse. J'aurais voulu la prendre dans mes bras mais je ne savais pas comment faire. J'avais peur d'être maladroit et qu'elle se mette à crier encore plus fort. J'ai suivi son regard qui partait en direction du petit cimetière à la lisière des dernières maisons brûlées, derrière le groupe des vieilles femmes que j'entendais sangloter. Ce n'était pas la peine de leur parler, je savais qu'elles ne me répondraient pas.

Personne n'a essayé de me retenir quand je me suis approché du cimetière. Le mollah du village m'a simplement regardé m'éloigner d'un air sinistre en tirant sur sa barbiche.

Les cimetières afghans sont toujours intensément mélancoliques. Peut-être parce qu'ils sont intégrés aux villages, frôlent les maisons et se fondent dans le paysage. Ou à cause des étoffes fichées sur des bambous qui flanquent les tombes comme autant d'arpèges de couleurs que le vent joue sans fin. Dans ce coin du cimetière, aucune oriflamme, aucun fanion, que des rangées de fosses étroites collées les unes aux autres, comme si elles partageaient une malédiction commune. La malédiction d'être femme. J'en ai compté une vingtaine, toutes fraîchement creusées et refermées.

La voix de la fillette s'est agrippée à mes oreilles et ne les a plus lâchées : « Moi, je veux ma maman. »

Marc-Antoine

« *Zoud, zoud.* »
C'est ce que n'arrête pas de répéter Luttfullah pendant que nous courrons vers la vieille fourgonnette arrêtée à mi-pente.

« Vite, vite. »

Les talibans, on les aperçoit tout en bas de la butte. Ils sont une quinzaine environ. Alertés probablement par des villageois, ils grimpent dans notre direction en criant et en faisant de grands gestes.

« *Zoud, zoud.* »

Hamid démarre en même temps que la première rafale.

Son moteur poussé à fond, la fourgonnette parvient par miracle à gravir une centaine de mètres. Puis Hamid la précipite sur un mauvais chemin de traverse, surtout fréquenté par des chèvres et des bourricots. Des balles claquent contre la carrosserie et les secousses, qui sont terribles, nous fracassent la tête contre le toit du véhicule. Après quelques kilomètres, la piste s'arrête au milieu de nulle part. Il faut abandonner la petite Isuzu et continuer à pied.

Au cœur du pays taliban.

Judith

Sur les vitres du camion, le givre écrit des messages mystérieux et dessine des pays mouvants. Je ne sais même pas depuis combien de temps nous roulons. Personne ne parle. Le chauffeur s'appelle Khan Mohammad. Il conduit son bahut avec deux doigts. Charles vient de lui offrir une nouvelle cigarette. Tous deux fument sans relâche depuis que nous sommes partis sans se soucier des difficultés que j'ai à respirer avec les vitres fermées. Je ne suis pas encore mûre pour intégrer les forces spéciales.

L'altitude doit approcher les quatre mille mètres et les sommets qui nous entourent sont sûrement à plus de cinq mille mètres. Dehors, il neige un peu. De tout petits flocons frileux.

Au milieu de l'après-midi, les trois camions s'arrêtent devant une minuscule auberge, la dernière avant le col. C'est un refuge aux allures de caverne. Des murs de grosses pierres et un toit plat, percé d'un simple trou par lequel s'échappe une fumée légère et grise. Une porte en bois, un très vieux poêle, et une seule meurtrière en guise de fenêtre. C'est là que nous allons passer la nuit. Il y a une flopée de couvertures, toutes plus sales les unes que les autres, et encore plus poussiéreuses que dans la précédente *tchaïkhana*. Mais pas de puces, apparemment. Est-ce le froid qui les a foudroyées, ou l'oxyde de carbone craché par le poêle ?

Le repas est des plus succincts. Pain sec, riz poisseux, mûres séchées et thé trop sucré.

Charles et moi, nous ne savons plus quoi nous dire. L'épisode de la prison pèse encore lourd dans nos mémoires. Il doit s'interroger sur ce dont je suis capable. Pour faire diversion, on revient à la mythologie grecque. Brusquement, il me demande s'il y a un dieu de la vengeance.

« C'est une déesse. Elle s'appelle Némésis. Pourquoi cette question ? Vous pensez toujours que je cherche à me venger ?

– C'est flagrant, non ?

– C'est votre façon de voir. Je vous l'ai déjà dit, je veux simplement que justice soit rendue. Franchement, qu'est-ce qu'ils ont foutu, vos amis des forces spéciales ? Pour en revenir à Némésis, elle s'attaque en priorité à ceux qui ont cédé à l'hubris.

– L'hubris ?

– La démesure. L'excès. La volonté de défier les dieux.

– Comme Prométhée ?

– Et comme Alexandre le Grand.

– Mais lui n'a jamais été puni.

– Bien sûr que si. En voulant franchir ce même col en dépit de la neige et des terribles intempéries, il a fait preuve de cette hubris dont nous parlons. Les dieux l'ont puni en lui faisant perdre une partie des meilleures unités de son armée, ses forces spéciales, si vous préférez. Lui-même, qui montrait l'exemple à ses hommes en cheminant à leurs côtés, a sans doute beaucoup souffert pendant cette traversée. Jamshid me l'a rappelé avant que nous partions pour me dissuader d'entreprendre ce voyage.

– Il aurait pu te dire que nous sommes nous aussi tombés dans l'hubris. »

Après le repas, on a le choix de s'allonger près du poêle et de risquer l'asphyxie, ou bien de s'en éloigner et de crever de froid. Les trois chauffeurs choisissent la première option, Charles et moi la seconde. Dorment aussi avec nous quelques cantonniers qui travaillent sur le col. À entendre les ronflements des uns et les grognements de bêtes préhistoriques des autres, c'est bien dans une antique caverne que nous nous trouvons.

Le lendemain, assez tard dans la matinée, les chauffeurs mettent des chaînes à leurs camions, puis les réchauffent en enflammant sous les moteurs des chiffons imbibés de pétrole.

La piste a été abolie par la neige qui est tombée pendant la nuit. Après un long virage, la pente devient de plus en plus rude et s'annonce interminable. Les trois Kamaz l'attaquent frontalement, l'un derrière l'autre. Et progressent doucement, sans à-coups. Au loin, on distingue un second refuge encore plus minuscule, tapi au fond d'un vallon. Le ciel s'est éclairci comme s'il voulait nous regarder passer.

Le versant n'en finit toujours pas de grimper. Et il devient encore plus raide. Lorsque nous parvenons sur un replat, les trois Kamaz s'arrêtent et se serrent les uns contre les autres, au point qu'il devient difficile d'ouvrir les portières. Khan Mohammad, le chauffeur, dit à Charles qu'ils ne repartiront pas aujourd'hui. La tempête va bientôt déferler.

Charles insiste pour que nous continuions en direction du col, dont nous ne sommes plus très loin, pour essayer de le franchir avant la nuit. Il se souvient qu'il y a une *tchaïkhana* de l'autre côté. Alors qu'il essaye de faire plier le chauffeur, le blizzard s'abat d'un seul coup sur les camions. C'est un grand coup de sabre que nous balance le ciel, suivi par d'autres pas moins violents. Aucun relief pour servir de bouclier, aucune barrière rocheuse, aucun sommet. Les coups qu'il donne ébranlent les Kamaz tandis que la température commence à chuter dans la cabine dépourvue de chauffage. L'altimètre de la montre de Charles indique que nous sommes à quatre mille trois cent cinquante-huit mètres, ce qui laisse penser que le thermomètre va descendre en dessous de moins vingt pendant la nuit. Les vitres commencent à geler. Le pare-brise est déjà tout blanc.

Khan Mohammad a rejoint le camion qui est au centre. Il est le mieux protégé et dispose d'un petit poêle à essence. Nous n'aurons pas à nous disputer la couchette. Charles me demande ma serviette de toilette qu'il joint à la sienne afin de barricader la vitre latérale la plus exposée au vent. Déjà, par ses interstices, la neige réussit à s'immiscer dans la cabine. Puis nous enfilons l'un sur l'autre tous les vêtements dont nous disposons. Charles remet, sans doute pour la première fois après tant d'années, son béret noir de commando. Nous avons une fin d'après-midi et une nuit entière à passer ensemble dans la tempête.

Je suis obligée de faire une rapide incursion dehors. Même accroupie entre deux camions, le *bâd*, ce damné vent, manque de me culbuter cul par-dessus tête. Pour que je puisse remonter dans le Kamaz, Charles doit me tirer par le bras.

« Installe-toi sur la banquette, enlève tes chaussures, empile tes chaussettes les unes sur les autres et replie tes jambes sous toi. La nuit va être longue. Il ne faut surtout pas que tu t'endormes. Le meilleur moyen pour rester éveillé, c'est de parler à haute voix. Quand la nuit sera là, ne t'arrête jamais.

– Je risque d'être ennuyeuse.

– Essaie de te rappeler le nom de tous les dieux et déesses grecs et, pour chacun d'eux, raconte son histoire.

– Un sacré monologue. Si vous me parliez de tous les crus de Bourgogne, cela ferait une alternance plutôt sympa, non ? Les dieux et les grands vins devraient nous permettre de tenir jusqu'au matin.

– Si ce n'est pas le cas, tu pourras toujours nous raconter la guerre de Troie.

– D'accord. Mais, en échange, je veux tout savoir de Massoud. Il m'intéresse beaucoup. J'aimerais que vous me parliez de l'homme, de ses rapports avec les femmes, s'il laissait la sienne libre. J'ai lu qu'il était très conservateur, qu'il la voulait bien voilée, ne la laissait guère sortir et qu'on ne la voyait jamais. Est-ce qu'il avait des enfants ? »

Charles

La nuit est interminable. Il n'est que minuit et j'ai l'impression que nous sommes dans le bahut depuis déjà une dizaine d'heures. Le siège, de plus en plus inconfortable, m'oblige à me tortiller pour atténuer mon mal de dos. La température est descendue bien en dessous de zéro dans la cabine. Le vent donne de grands coups de massue qui font trembler le camion. De temps à autre, j'embrase une allumette et nous nous brûlons le bout des doigts pour avoir l'impression d'avoir moins froid et, tandis qu'elle se consume, nous nous regardons intensément dans les yeux, ce qui est une façon d'échapper à la tempête. Peut-être aussi de se réchauffer intérieurement.

« Vous pouvez fumer, dit-elle brusquement. Au point où nous en sommes, ça ne me dérange plus. »

Depuis la couchette, elle a déjà longuement évoqué les divinités grecques, en particulier les déesses auxquelles elle voue un culte. J'ai beaucoup parlé des grands crus, même si je n'ai jamais goûté la plupart d'entre eux. À présent, on fait des mariages entre les vins et les dieux, ce qui nous donne l'occasion de nous chamailler. Quand je veux associer un romanée-conti à Zeus, elle s'insurge :

« Non, c'est nul, d'une banalité absolue. Zeus est incapable d'apprécier un nectar. C'est un gros plouc à la braguette baissée, qui tire tout ce qui bouge. Si un romanée-conti arrivait jusqu'à l'Olympe, il se l'enfilerait comme un beaujolais nouveau. C'est plutôt le nectar d'Apollon. À la suprême saveur doit correspondre la suprême beauté. C'est d'ailleurs une idée grecque. Quand les sculpteurs qui accompagnaient Alexandre ont découvert l'Afghanistan, enfin la Bactriane, celle-ci était largement bouddhiste. Mais l'Éveillé n'avait pas encore de visage. Alors, ils lui ont donné celui d'Apollon pour la même raison : à la suprême sagesse devait être associée la suprême beauté.

– Et pour le meursault ?

– Je le verrais bien dans la coupe d'Artémis, la sœur jumelle d'Apollon. Et pour Athéna, ce serait plutôt un grand chablis, plus minéral, qui reflète la lumière dans les verres comme le fait son casque avec le soleil. »

Je vais répliquer avec un autre choix quand elle lance de façon impromptue :

« Au fait, Massoud, on en parle ?

– Ce n'est pas un héros grec, que je sache.

– Votre première rencontre, comment ça s'est passé ?

– C'était dans une grotte creusée dans une falaise, quasiment invisible de l'extérieur, après une effroyable offensive soviétique contre le Pandjshir. Il me semblait que la bataille était perdue, que ses maquisards étaient en pleine débâcle, mais je me trompais. Massoud avait simplement refusé le combat frontal, sachant que ses forces ne faisaient pas le poids. Il a donc organisé leur repli dans le haut de la vallée et celles adjacentes, ce qui conduisait les Soviétiques à étirer leurs lignes de communication et de ravitaillement. C'est à ce moment-là qu'il leur tendait des embuscades, les prenant à revers, attaquant leurs convois sur leurs arrières, rendant la situation intenable. Avec Yvon, mon copain commando, on avait échappé à leurs hélicoptères et on se planquait dans une caverne en partageant les derniers cachets de glucose qu'il nous restait. On se sentait assez accablés par leur défaite, du moins on voyait les choses comme ça. C'est alors que le héros est apparu. Un conte de fées. Propre, élégant, la vareuse impeccable, un chèche autour du cou à la palestinienne, à peine quelques grains de poussière sur ses rangers, un peu fatigué alors que nous étions épuisés et affamés. En plus, il nous souriait. Il a aussitôt donné des ordres pour que l'on nous apporte du thé et à manger. Le courant entre nous est tout de suite passé. On est restés ensemble quelques jours dans sa tanière, une autre grotte, elle aussi invisible de l'extérieur. On a marché ensuite avec lui dans la montagne. Une rude épreuve : il avalait littéralement les cols. Après plusieurs jours, les forces soviétiques se sont retirées de la vallée, laissant derrière elles un paysage de terre brûlée.

– Après, vous l'avez souvent revu ?

– J'ai fait d'autres missions dans le Pandjshir pendant les dix années qu'a duré l'occupation soviétique. J'ai continué pendant la guerre civile qui a suivi leur départ et, enfin, sous les talibans. Quand mes chefs ont décidé qu'il était plus que temps que je dégage du terrain afghan, j'ai démissionné. Je ne me voyais pas compter les munitions ou m'occuper des permissions dans une caserne, à Paris, en Bretagne ou ailleurs. Cela tombait bien : Massoud cherchait un conseiller étranger, de préférence français, car il nous aimait bien depuis son passage au lycée français de Kaboul, pour l'aider dans ses démarches avec les états-majors occidentaux et russe. Il leur fallait les convaincre d'accroître leur soutien politique et leurs livraisons d'armes pour qu'il puisse poursuivre la lutte contre les talibans qui contrôlaient à cette époque l'essentiel du pays. Je séjournais régulièrement dans sa base arrière au Tadjikistan. Et même si j'avais quitté l'armée, je continuais d'informer les services français sur ce qui passait en Afghanistan, devenue une tache blanche sur la carte en matière de renseignement.

Eux me signalaient en retour toutes les menaces contre Massoud, et Dieu sait s'il y en avait.

– Mais, si je ne me trompe pas, vous n'étiez pas avec Massoud le jour où il a été assassiné ? »

Sa question, elle l'a posée avec la même innocence parfaitement feinte que la première fois où elle a débarqué chez moi. Nous ne sommes plus à Saint-Romain mais en pleine montagne, pas n'importe laquelle, l'Hindu Kush, une chaîne de l'Himalaya, et au beau milieu d'une sacrée putain de tempête de neige. Alors, cette fois, je m'efforce de lui répondre sans agressivité.

« Qui t'as dit ça ?

– Personne. Le soir de notre arrivée à Kaboul, j'ai entendu Jamshid vous en parler après le dîner, quand vous étiez tous les deux et que j'étais montée dans ma chambre.

– Tu écoutais aux portes ?

– Pas du tout. La chambre était froide et je suis redescendue chercher mon manteau qui était resté dans le salon. C'est à ce moment que j'ai entendu…

– Jamshid me demander si ce n'était pas à cause d'une femme que je n'avais pas protégé Massoud. Quelle que soit la réponse, je ne vois pas en quoi cela te concerne.

– Peut-être que cela vous ferait du bien d'en parler. Moi, je ne regrette pas du tout que vous ayez lu le cahier de Jean. Peut-être que vous me comprenez mieux maintenant. Alors ? »

Judith

Alors il finit par tout déballer. Par dire ce qu'il n'a jamais dit, même à son vieux pote Jamshid. Sa grosse voix est devenue un murmure dans la nuit glacée du camion, guère plus qu'un souffle de grand brûlé et, parfois, quand les coups de boule du vent sont trop forts contre la carrosserie, je dois reconstituer ses phrases. Ce n'est plus Grosse Braguette qui est à côté de moi, assis sur un siège pourri qu'il feint de ne pas trouver trop éprouvant pour son dos. C'est Charles, autrefois grand baroudeur mais qui a mordu la poussière, qui aimerait bien pleurer mais qui ne peut pas parce qu'un commando marine, fût-il à la retraite, ne pleure jamais devant une femme. Devenu petit vigneron parce que la vigne ne lui rappelle aucun mauvais souvenir, et cavalier pour que sa belle jument l'emporte à tout instant quand sa mémoire se met à déborder.

Dans ma tête repasse en boucle l'histoire qu'il vient de me confier, celle d'un tout petit village à la sortie du col du Salang. L'embuscade contre le convoi soviétique. Les représailles contre le hameau le plus proche. Les paysans qui se sauvent, croyant que les soldats ne s'en prendront pas aux femmes, aux enfants et aux vieillards. Sauf qu'ils obligeront les enfants à regarder ce qu'ils font à leurs mères et à leurs grandes sœurs si elles ont plus de douze ans. Les barbes blanches verront leurs filles et leurs petites filles traîner par terre, déshabillées et violées à la chaîne. Le village est brûlé, les vergers détruits à coups d'explosifs, les canaux d'irrigation écrasés par les blindés.

Les villageois sont de retour dès le départ des soldats. Le désastre est sous leurs yeux. Ce n'est pas le village incendié ; les maisons en pisé se reconstruisent assez facilement. Ce ne sont pas les grands mûriers décapités ; même s'ils ont la taille d'un arbre, ils repousseront en quelques années. Ce ne sont pas les canaux défoncés ; c'est une coutume que tous les envahisseurs ont prisé depuis Gengis Khan. Le désastre, c'est l'honneur profané du village et des clans. Cet honneur, le *ghairat*, a été perdu quand les soldats soviétiques s'en sont pris aux femmes. Car, si elles n'ont pas d'identité propre, pas d'autonomie et si on néglige leur prénom pour parler d'elles comme la fille d'un père ou l'épouse d'un mari, c'est pourtant sur elles que repose le *ghairat*. Alors, il revient à chaque père, à chaque mari ou à chaque frère de venger l'honneur perdu en les punissant, sans quoi ils s'exposeraient à être eux-mêmes châtiés par le clan ou la tribu.

Charles est arrivé trop tard. Et même s'il était arrivé plus tôt, qu'aurait-il pu faire ? À quoi bon entrer en conflit avec un clan et entraîner un cycle de vengeance sans fin ? En a-t-il parlé à Massoud ? Je n'ai pas osé l'interrompre pour le lui demander.

Cependant, il a enquêté sur la colonne soviétique. Il sait à quel régiment appartiennent les soldats qui ont brûlé le village. Et il connaît le nom de leur chef, le colonel Arkadi Mazarof. Il l'a retrouvé une dizaine d'années plus tard, à Douchanbé, au Tadjikistan, où il venait régulièrement discuter des approvisionnements du commandant Massoud avec les Américains et les Russes.

D'ennemi irréductible des Soviétiques, le héros du Pandjshir était devenu l'allié des généraux russes. Après la désintégration de l'URSS, la prise de Kaboul par les talibans a beaucoup inquiété le Kremlin, qui conservait l'Asie centrale dans son arrière-cour, le « lointain proche », comme l'appelle l'état-major russe. Son devoir accompli en Afghanistan, le colonel Arkadi a préféré quitter l'armée et ses piètres soldes pour devenir le patron d'une boîte de nuit dans la capitale tadjike. Charles, qui a découvert son existence, s'est juré d'avoir un face-à-face avec lui, pour comprendre comment un officier d'une armée régulière avait pu laisser s'accomplir unc parcille barbarie. Sans doute aurait-il aimé le tuer, mais il n'était pas certain d'avoir ce courage. C'est alors qu'il se préparait à cette confrontation que Niyusha a surgi dans sa vie.

Après avoir mentionné ce nom, Charles se tait, comme si l'aveu allait devenir trop lourd, et me demande de prendre le relais en lui racontant quelques épisodes de l'*Iliade*.

Avant de commencer, je regarde ma montre. Deux heures du matin. La température baisse encore et Charles a de plus en plus de mal à se tenir sur le siège défoncé. Il a sorti sa fiasque de bourbon. Il m'avait pourtant assuré que l'alcool est déconseillé pour lutter contre le froid. J'en bois aussi quelques longues gorgées, ce qui fait un bien fou. Puis je l'invite à partager la couchette avec moi.

« À deux, on aura un peu moins froid. Attention quand même où vous mettez les mains, même si je sais bien que mes petites loches, comme vous dites, n'intéressent pas vos grosses pattes. »

Marc-Antoine

Hamid et Luttfullah ont les poches pleines de mûres séchées, d'amandes et de noix, qui n'apaisent pas vraiment la faim mais nous permettent de continuer à avancer à travers un relief assez bas en altitude, de plus en plus sauvage, rocailleux et sans arbre. Les montagnes qui nous entourent sont à ce point blanches et déchiquetées qu'elles ressemblent à des carcasses après le passage des vautours. Hamid marche en éclaireur, et si, d'aventure, il perçoit un danger, il sifflera aussitôt dans ses doigts. Luttfullah, lui, met ses pas dans les miens, ce qui me dissuade de ralentir. Cela fait des heures que nous marchons ainsi, avec la soif qui commence à craqueler la gorge et rend difficile toute déglutition.

Au fil des kilomètres, j'ai acquis une certitude : les frères de la Perle, mes nouveaux amis, n'ont aucun sens de l'orientation. C'est le propre de la plupart des Afghans qui, contrairement à la légende, ne connaissent de leur pays que les alentours de leur village, leur vallée et le chemin qui mène à la grande ville la plus proche.

Impossible d'appeler au téléphone qui que ce soit. Aucun réseau, et la batterie de mon petit téléphone local vit ses derniers instants. À qui pourrais-je adresser mon dernier appel ? À l'ambassade de France ? Quelle humiliation ce serait, puisque j'ai négligé leur interdiction d'aller chercher le manuscrit de Majrouh, quand bien même ils m'assuraient qu'il était depuis longtemps dispersé aux quatre vents. Peut-être pourrais-je appeler Jamshid, même si lui aussi m'avait totalement déconseillé ce voyage ? Non, c'est un moderniste, et il n'a pas cherché à comprendre les raisons de ma quête.

Le sentier grimpe et descend sans cesse, à croire que ce pays n'est constitué que de montagnes et de bosses. Le plus éprouvant, c'est de n'avoir aucune idée de notre destination, et de ne pas savoir si les talibans nous ont donné la chasse. Nous n'avons d'autre choix que de continuer sur le même itinéraire qui longe une succession de collines toutes plus arides les unes que les autres. Les ampoules ont déjà pris mes deux talons et s'attaquent à présent à chaque doigt de pied. Hamid et Luttfullah, avec leurs sandales en plastique qu'ils portent sans chaussettes, n'ont apparemment pas ce problème. Ou alors ils s'en moquent.

Nous finissons par croiser un petit berger flanqué de deux chèvres maigrelettes. Il nous assure que son village est à moins d'une heure – mais il n'a sans doute aucune notion du temps – dans une vallée adjacente. Comme il ne parle que pachto, je peux m'adresser à Hamid en dari sans qu'il me comprenne, pour lui suggérer de lui demander s'il y a des talibans dans les parages. Le *sâlek* fait une grimace qui montre toutes ses dents déchaussées.

« Non, Antoine Agha, il ne faut pas. Il va s'imaginer que nous avons peur d'eux et va courir nous dénoncer.

– Et si nous prétextons que nous voulons aller les rejoindre pour combattre avec eux ?

– Oh ! Non, Antoine Agha. Dire cela serait mentir.

– Il n'y a pas moyen de savoir où sont les talibans ?

– Mais, Antoine Agha, ça ne marche pas comme vous le croyez. Les gens ici peuvent être talibans un jour et le lendemain avec le gouvernement, puis à nouveau talibans, le matin proaméricain et l'après-midi antiaméricain. Avant sa mort, certains étaient avec Massoud ou contre lui plusieurs fois par jour. Parmi ceux qui souhaitaient sa mort, il y en a qui l'appellent à présent le *shahid*, le martyr. Les opinions dépendent des circonstances. Ce n'est pas comme à Kaboul. »

Le gamin nous indique la direction d'une falaise où se cache une petite source, ce qui nous demande de marcher encore deux bonnes heures. En chemin, Luttfullah cueille des herbes sauvages qu'il veut appliquer sur mes ampoules dès la prochaine halte.

En longeant le ruisselet, on découvre un abri de berger où nous allons passer la nuit après l'avoir nettoyé, tant bien que mal, de ses crottes de biques. Si je n'avais pas aussi faim, aussi froid et autant d'ampoules, je crois que je serais pleinement heureux. Bien que la Kunar ne soit pas la sierra Pancorbo ni les montagnes du Jura, j'avance quand même, à ma manière, sur les pas de mon grand-père André.

6

L’ombre de la beauté

Charles

Régulièrement, je secoue un peu Judith pour l'empêcher de s'endormir. Et je lui demande de continuer à parler et à remuer ses extrémités.

« Le nez aussi, tire dessus pour faire circuler le sang. Pareil avec les lobes des oreilles. Même si elles sont protégées par ton bonnet, elles peuvent geler. »

Comme la couchette n'est pas très large, on a du mal à trouver une position qui nous permette de ne pas trop nous toucher. Au bout d'une dizaine de minutes, je l'entends chuchoter :

« Si vous me prenez dans vos bras, on gagnera de la place. Mais comme un grand frère avec sa petite sœur. Et je n'en peux plus de parler. Laissez-moi dormir quelques minutes. Mais non, je ne vais pas mourir de froid. J'ai même un peu chaud à présent. Continuez de parler, cela me fera comme une berceuse. Vous n'allez pas vous endormir ? »

Aucun risque. La suite de l'histoire, que je continue de raconter à voix basse, attise dans ma poitrine des braises mal éteintes.

Après la dislocation de l'Union soviétique, le Tadjikistan est demeuré proche de la Russie. Si bien que l'armée de Moscou a continué de veiller sur les frontières, en particulier celles avec l'Afghanistan. Douchanbé demeurait encore le prototype d'une ville soviétique d'Asie centrale. Des immeubles hideux, déglingués, hormis ceux qui bordaient quelques larges avenues du centre et se voyaient ripolinés deux fois par an à l'initiative du gouvernement, ce qui leur donnait une allure pimpante de ville nouvelle.

Au début des années 2000, il n'y avait que deux boîtes de nuit à Douchanbé. L'une tenue par la mafia russe et l'autre, le Pamir, contrôlée par le FSB qui a succédé au KGB. C'était celle qui était dirigée par le colonel Arkadi Mazarof. Même s'il avait quitté l'uniforme, il restait proche des services russes. Car on ne venait pas seulement au Pamir pour boire, danser ou chercher des filles, mais aussi dans l'espoir d'avoir des infos sur cette poudrière que risquait de devenir l'Asie centrale depuis que les talibans avaient pris Kaboul quelques années plus tôt. La boîte se voulait l'équivalent du Burlington Arms de Londres, où le monde du renseignement se donne volontiers rendez-vous aujourd'hui encore. J'y allais à chacun de mes passages dans la capitale tadjike. C'est là qu'un interlocuteur américain, un officier de la DIA, les renseignements militaires, m'a appris, le temps d'une conversation feutrée et alcoolisée au bourbon, que le patron du Pamir était l'homme qui avait supervisé la retraite de la colonne infernale soviétique. Ses services avaient intercepté les liaisons téléphoniques des officiers et il savait même que c'était lui qui avait autorisé ses hommes à anéantir le hameau afghan. Il a ajouté, en baissant encore la voix :

« Mais la vraie question porte sur ce qu'il faisait pendant que ses hommes brûlaient le village et foutaient les Afghanes à poil. Il n'était pas dans le coin, ni encore rentré au Tadjikistan. Il avait tout simplement disparu. »

Depuis, s'il m'arrivait de consacrer mes journées à négocier quelques livraisons d'armes pour le compte de Massoud dans une caserne ou une ambassade, toutes mes soirées, je les passais au Pamir. Mais le colonel Arkadi ne se montrait quasiment jamais.

Toutes sortes de filles traînaient ou travaillaient dans la boîte, certaines vêtues de minijupes qui cachaient à peine leur nombril. À côté des professionnelles, on trouvait des occasionnelles et des étudiantes qui cherchaient un mari étranger pour se tirer de leur pays. Et puis, il y avait Niyusha. Sa mère était une Russe qui avait bossé pour le KGB, avec le grade de colonel. Elle était restée sur place, craignant de ne pas trouver d'appartement si elle rentrait en Russie, profitant de son logement de fonction dans un immeuble certes miteux mais qu'on ne lui demandait pas de quitter. Son grade et ses accointances avec le milieu du renseignement lui avaient sans doute permis de faire embaucher Niyusha au Pamir. Comme son mari, un Tatar alcoolique, s'était sauvé à la naissance de sa fille et que les pensions des officiers, même ceux des services de sécurité, étaient ridicules dans l'ex-URSS, c'est Niyusha qui faisait vivre la famille. Au Pamir, elle tenait le bar où elle aimantait tous les regards. J'ai eu le sentiment que le monde était vraiment pourri quand j'ai appris qu'elle était la favorite d'Arkadi. Le soir, à la fermeture de la boîte, je me planquais dans ma Land Rover et j'attendais qu'elle sorte. Elle patientait quelques minutes sur le trottoir défoncé en virevoltant comme une ballerine. L'ancien officier la rejoignait et elle grimpait avec lui dans sa voiture de m'as-tu-vu, une grosse Lada noire. Il m'arrivait de les suivre jusqu'au domicile de l'ancien colonel.

Judith a lancé, quand nous avons marié les dieux grecs aux nectars de Bourgogne, que l'arôme suprême devait être associé à la suprême beauté. Ce genre de correspondance ne marchait pas avec Arkadi et Niyusha : ils étaient l'exact opposé l'un de l'autre. Lui suintait le vice, la brutalité et la vulgarité, avec un visage en lame de couteau, une bouche aux lèvres tranchantes, un nez bosselé, un regard avide porté par de petits yeux tout ronds, une mâchoire excessivement carrée et des manières de petit voyou prétendant au statut de gangster, arborant des cravates aux couleurs aussi aveuglantes qu'un projecteur du KGB dans les yeux d'un prisonnier ; et Niyusha venait tout simplement d'ailleurs. Son Tatar de père lui avait transmis une peau mate, des pommettes saillantes, des joues creuses et une épaisse crinière noire. Sans doute devait-elle à sa mère ses yeux effilés d'un vert émeraude sous l'arc parfait des sourcils, un nez droit, à peine trop pointu, et une bouche charnue et gourmande. Ses longues jambes s'étiraient comme des compas sous sa robe en lamé fendue et leur galbe était divin. Par l'échancrure du corset asymétrique, dont la minuscule bretelle se posait comme les ailes d'un papillon sur l'horizon de ses épaules, sa poitrine dévoilait sa majesté, promettant, chaque fois qu'elle se penchait pour préparer un cocktail, de venir foutre le feu au bar. Quand elle marchait, elle ondulait comme une panthère. Elle aurait été parfaite pour un rôle d'espionne fatale dans un film sur la guerre froide qui se serait déroulé entre Saint-Pétersbourg, Sébastopol et Samarkand.

Quand Arkadi et Niyusha se montraient ensemble, on aurait dit que le Mal et la Beauté se tenaient par la main.

L'ex-colonel passait l'essentiel de ses journées au premier étage de sa boîte, sans doute derrière les écrans de contrôle ou à remplir de la paperasse. Je n'avais pas beaucoup de choix si je voulais accéder à lui. Il me fallait passer par Niyusha. Sachant que les akhal-tekés font l'objet d'une vénération dans toute l'Asie centrale, pas seulement au Turkménistan, j'avais un atout dans ma manche, un seul : Noor, la monture au pelage d'or que m'avait donnée Massoud, la mère de mon actuelle jument.

Au début des années 1990, je m'étais déjà occupé d'un autre magnifique akhal-teké, nommé Gend Jim, cadeau du chef de l'État turkmène à François Mitterand lors d'un voyage officiel. Cet étalon, le président français l'avait aussitôt donné en secret à sa fille cachée, Mazarine, et j'avais été chargé de superviser le transfert de l'animal, une opération qui devait rester hautement confidentielle. C'est à cette occasion que j'avais découvert combien les akhal-teké pouvaient fasciner les jeunes filles.

J'espérais que Niyusha serait elle-aussi ensorcelée par Noor. Dans son attitude altière et sa cambrure, j'avais cru discerner la marque d'une ancienne cavalière. Et, derrière le bar où elle officiait, il y avait la photo d'un magnifique étalon noir saisi en pleine action lors d'une compétition de saut d'obstacles. Qu'elle ait pratiqué l'équitation était fort possible, au regard du statut privilégié de sa mère. Je misais donc qu'elle allait craquer pour Noor.

Un soir, dès l'ouverture de la discothèque, profitant de ce qu'il n'y avait encore aucun client, j'ai étalé sur le comptoir une série de photos en couleur que j'avais prises de ma jument. Lorsque Niyusha m'a servi un premier bourbon, elle s'est inclinée pour les regarder. L'instant d'après, elle m'a demandé dans un anglais médiocre teinté d'un fort accent russe :

« Mais c'est un akhal-teké ! Une fille. Incroyable ce qu'elle est belle. Elle est à vous ? Vraiment à vous ? Oui ? Comment s'appelle-t-elle ? »

Je lui ai répondu en dari, une langue proche du tadjik qu'elle parlait aussi. Quelques minutes plus tard, elle acceptait avec un immense sourire que je vienne la chercher le prochain vendredi, sa journée de congé, pour aller ensemble au haras qui accueillait Noor en bordure de la ville.

Le jour venu, elle trépignait devant le vieil immeuble tout pourri où sa mère habitait. J'avais volontairement pris un peu de retard pour mesurer son enthousiasme. Elle avait abandonné sa robe pour un jean, des bottes d'équitation, un chemisier blanc et une vieille veste d'officier russe avec des boutons nacrés et des épaulettes dorées qu'elle avait dû emprunter à sa mère. Elle n'en était pas moins superbe. Une fois dans le box de Noor, elle a passé ses bras autour de son encolure et l'a embrassée sur les naseaux, un baiser d'amoureuse, en lui parlant doucement en russe. Puis elle a demandé la permission de lui nettoyer les sabots et d'étriller sa *bulanaya*, sa robe dorée.

Dès leur premier galop, elles ont emporté le souvenir du village brûlé et des femmes disparues. Quelques instants plus tard, elles étaient déjà loin, et j'ai craint pendant un instant ne jamais les revoir. Une pointe de jalousie s'est fichée au creux de mon ventre tandis que je restais planté sur le bord de la piste tel un point d'exclamation.

Je les ai attendues en fumant. Elles sont revenues une heure plus tard. Quand elle est descendue de la jument, j'ai caché mon énervement en voyant qu'elle était émue aux larmes.

Judith

Charles me laisse dormir pendant un bon quart d'heure. Il ne me réveille que parce qu'il a senti que mon corps se refroidissait. Il me fait remuer les orteils et les doigts des deux mains. Mais il n'a plus envie de reprendre son histoire. La fin apparaît comme un tabou qu'il a du mal à surmonter. Alors on attend en silence le point du jour. Je reste allongée dans ses grands bras.

Vers quatre heures, le blizzard commence à faiblir. La température est remontée de plusieurs degrés mais demeure largement en dessous de zéro. À six heures, le chauffeur réapparaît pour dégager la neige qui bloque les roues de son camion et allumer des chiffons de pétrole sous le moteur. Deux heures plus tard, les cantonniers, sans qu'on sache comment ils ont pu arriver à pied jusqu'ici, sont de retour pour essayer de tracer un chemin vers le haut de la passe. Aux environs de midi, les trois camions se placent en file indienne pour en finir avec le col. C'est Khan Mohammad qui démarre le premier.

Il prend un peu d'élan pour avaler la pente. L'épaisse croûte de neige gelée le freine vite. Il tient à franchir le sommet du col coûte que coûte, ses doigts s'agrippent au volant comme s'il voulait l'arracher. Bientôt, le Kamaz ne progresse plus que mètre après mètre, donnant l'impression de brouter le sol glacé. Les cantonniers arrivent une nouvelle fois à la rescousse et, aidés de leurs seules pelles et pioches, font des merveilles pour dégager ses roues. Le camion repart en laissant derrière lui un épais nuage de fumée noire qui dissimule le reste du convoi. Il lui faut bientôt quitter la piste pour emprunter la ligne de crête parce qu'un véhicule abandonné, encore un Kamaz, s'est enfoncé jusqu'aux essieux dans la neige et bloque l'accès au col. Est-ce celui qui a pris à son bord l'Hypnotiseur ? Dans ce cas, il a dû continuer à pied.

Sur la crête, le cheminement est plus facile mais les précipices, de chaque côté, ne permettent pas la moindre erreur. À plusieurs reprises, le camion chasse de l'arrière mais le chauffeur parvient à le redresser après l'avoir laissé gîter.

Nous sommes presque à la hauteur du camion abandonné. Le passage sur le fil de la crête est encore plus étroit et de grosses pierres bloquent toute avancée. Impossible de reculer. Khan Mohammad a le choix entre la pente de droite, plus dégagée mais plus raide, et la voie de gauche qui apparaît moins risquée, mais plus difficile à franchir en raison d'une cassure du terrain.

Le chauffeur choisit d'aller à gauche et nous demande de descendre du véhicule. Il repart aussitôt, escorté de la poignée de cantonniers qui esquissent péniblement un chemin dans la neige. Quand il s'engage lentement dans la pente, son camion commence à perdre l'équilibre. Les roues de gauche s'enfoncent dans le sol poudreux et il apparaît vite que le Kamaz ne pourra que difficilement s'en sortir. De hautes nuées commencent à tourmenter le ciel. Charles retourne à la cabine prendre nos bagages et décide d'abandonner le camionneur. Inquiets du retour du blizzard, les pelleteurs s'apprêtent à faire de même.

« On ne va pas laisser ce pauvre chauffeur tout seul ici ?

– On va se gêner. Pas le choix, et il saura se débrouiller. La nuit dernière, il nous a laissés crever de froid. En plus, il nous a demandé beaucoup trop d'argent pour, finalement, nous planter ici.

– Il ne pouvait pas savoir qu'une tempête…

– Qu'est-ce qu'on avait convenu avant de partir ?

– Que vous décidiez de tout, je sais. »

La minute d'après, je mets mes pas dans ceux de Charles. Une demi-heure plus tard, nous sommes au sommet du col d'Anjuman. L'altimètre de Charles indique quatre mille cinq cent soixante-douze mètres. De l'autre côté, le vent a perdu beaucoup de forces. Le froid a faibli. Nos sacs contenant les armes pèsent lourd et nous avançons dans une neige profonde qui rend la marche difficile.

Peu à peu, la vallée d'Andarab se laisse entrevoir, entourée de son armée de pics étincelants qui crèvent le ciel. Il semble impossible, tant la pente est brutale, que les camions puissent emprunter un tel chemin, d'autant plus que la neige a tout nivelé. Nous découvrons pourtant quatre poids lourds qui, faute d'être parvenus à franchir le col, ont été abandonnés à l'hiver.

Deux heures plus tard, nous arrivons dans un minuscule hameau de pierre noire, saisi de froid et de désolation. La *tchaïkhana* dont se souvenait Charles existe toujours. Elle est entourée de quelques habitations et d'enclos pour les mules et les chevaux des voyageurs. Les bêtes commencent à blanchir, poudrées par la neige qui vient de reprendre.

Charles ne prend pas le temps de se chauffer à l'antique poêle, bien trop petit pour la longue pièce, ni de savourer le thé brûlant servi par l'aubergiste. Sitôt entré, il pose des questions à ce dernier et aux autres voyageurs pour savoir s'ils ont vu Moez. Un homme avec le visage amoché est bien passé par ici avant la tempête mais il ne s'est arrêté que le temps de remplir sa thermos de thé et d'acheter des provisions. Il est reparti non pas avec le camion qui l'a conduit jusqu'ici mais avec une des camionnettes du village.

Charles trouve facilement une Toyota 4 × 4 pas trop déglinguée. Mais devant la tempête qui revient et la nuit qui s'approche, le taxi improvisé refuse de partir. On discute, on aligne des dollars, rien n'y fait. Le départ se fera demain à l'aube si la neige n'a pas coupé la piste.

Nous devons passer la nuit dans la gargote, dont l'espace est encore plus restreint que dans les précédentes *tchaïkhana*, tant les voyageurs en attente de la réouverture du col sont nombreux. Après un dîner sommaire, partagé à la lumière des lampes à pétrole, dans cette fraternité qui réunit les gens qui disposent de peu, on passe au haschich. Un conducteur de char en permission fait circuler des cigarettes où il a mélangé trois brins de tabac à une barrette entière de noir afghan. Charles refuse poliment, invoquant des problèmes de santé. Les Afghans ne savent trop s'ils doivent me proposer de me joindre à eux. Sous leurs regards ébahis, je saisis la cigarette et, dès la première bouffée, je quitte ce bas monde.

Une heure plus tard, les yeux commencent à vaciller et les premières lampes à pétrole à s'éteindre. Tous se serrent pour que nous puissions nous allonger. Je me retrouve coincée dans le fond de la pièce contre Charles. Je lui demande comment c'est possible qu'une femme dorme au milieu de tant d'hommes qui, en principe, n'ont pas le droit de voir un visage féminin autre que celui de leur mère, de leurs femmes, de leurs filles et de leurs sœurs.

« C'est parce qu'ils ne te considèrent pas comme une femme.

– Ah ! Je suis quoi pour eux, une extraterrestre ?

– Une représentante du troisième sexe. Il y a les hommes, les femmes et les Occidentales au sens large. Celles-ci n'ont pas besoin de respecter tous les codes en vigueur puisqu'elles ne sont pas considérées comme de vraies… femmes. Ou plutôt, elles sont à part, dans une troisième sphère, Tu peux donc te permettre de leur demander de ne pas ronfler autant.

Ou combien de fois par nuit ils font l'amour à leurs épouses. Ils exagéreront sans doute leurs performances mais cela ne les vexera pas. Curieusement, ce genre de question est admis.

– Et si j'étais musulmane ?

– Tu n'aurais pas pu rester avec les hommes. Ni a fortiori partager un joint avec eux.

– J'aurais dormi dehors ?

– Bien sûr que non. Ils t'auraient emmenée dans le quartier des femmes d'une maison voisine.

– Compliqué, l'Afghanistan. Il y a un autre truc qui m'intrigue : la fin de votre histoire avec le colonel Arkadi.

– Putain d'histoire.

– Arrêtez de dire sans cesse putain, je n'aime pas ce mot.

– Bordel, c'est mieux ? »

Marc-Antoine

Assis en cercle, ils attendaient que nous sortions de l'abri de berger. Ce ne sont pas de vrais talibans, plutôt des talibans de village, plus intrigués qu'agressifs, armés de vieilles Kalachnikovs et d'antiques pétoires. Luttfullah lève le premier les bras et je l'imite. Ils se mettent à nous fouiller et me prennent montre, portefeuille, téléphone et papiers qu'ils font semblant de lire. Hamid leur parle en pachto, leur racontant que nous cherchons le livre d'un grand sage mystique et leur demandant de pouvoir continuer notre chemin. Ils ne répondent pas mais se mettent à discuter entre eux. Ils s'interrogent pour savoir si nous sommes des *jassous*, sans se poser la question de ce qu'il peut y avoir à espionner. À leurs yeux, dans chaque étranger se cache un *jassous*. Comme ils ne veulent pas trancher, leurs chefs décideront de notre sort. Ils nous attachent les mains derrière le dos et nous poussent le long du sentier que nous avons emprunté pour venir jusqu'ici. Mes ampoules recommencent à me faire souffrir.

La marche est interminable. Le soleil chasse très vite le froid matinal. Dans le fond des vallées, les arbustes s'agrippent encore aux haillons des derniers brouillards. Plusieurs fois, je demande aux talibans de s'arrêter pour que je puisse reprendre des forces et laisser reposer mes pieds. De temps en temps, ils acceptent. Ils sont surpris de m'entendre parler leur langue et cela les renforce dans l'idée que je suis un espion. Mieux vaut que je me taise. Avec Luttfullah et Hamid, je parlerai en dari, et le moins possible.

Ils ont fini par se convaincre que mes deux amis sont des *sâlek.* Ce n'est pas qu'ils aiment ce genre de croyants, mais au moins ils ne les voient pas comme des ennemis, seulement des égarés. Ils ont même un certain respect pour leur quête du divin. S'ils ne les avaient pas surpris en ma compagnie, ils les auraient peut-être relâchés.

Au bout de plusieurs heures, nous arrivons à un village à flanc de coteau. Là, les talibans sont chez eux. Il y en a partout, en particulier dans la rue principale qui accueille un petit bazar. Aucune femme n'est visible, de près comme de loin. Beaucoup d'enfants se chamaillent dans la poussière. Nous traversons le village sous des regards hostiles tandis que les conversations s'arrêtent. Ils nous conduisent jusqu'à la mosquée.

Charles

Même en roulant toute la journée, nous ne parvenons pas à réduire l'avance qu'a prise Moez al-Faranci. Sorti de la vallée d'Andarab, il sera difficile de savoir où il se rendra. Probablement en direction de Kunduz, une province infestée de talibans, et où les réseaux d'Al-Qaïda ont quelques repaires bien cachés. Et là, la partie sera définitivement perdue.

Voyant que la tempête a épargné la vallée, je vais réveiller le chauffeur qui habite le hameau. J'exige de partir avant même que le soleil ait entrepris de réchauffer la piste verglacée. Judith est déjà prête. Énervée par les joints beaucoup trop puissants de la veille, elle a peu dormi. Peut-être aussi en raison de la promiscuité des autres voyageurs. Même les putain de puces n'arrivaient pas à respirer.

Au milieu de la nuit, à la lueur d'une lampe à pétrole, je l'ai vue se lever, enjamber quelques corps et s'agenouiller près d'un dormeur qui ronflait de façon monstrueuse. Sans hésiter, elle lui a enlevé son bonnet et le lui a fourré dans la bouche. Le gars a toussé, éructé, failli s'étouffer mais a fini par s'arrêter. Visiblement, elle a perdu toute inhibition.

La nuit précédente, dans le camion, elle a dormi un court moment dans mes bras. Quinze minutes de pure émotion. Son odeur, son parfum, sa respiration légère, la tiédeur de son cou entre la doudoune et le bonnet, le poids discret de sa tête sur mon épaule. Je n'ai pas osé bouger d'un millimètre.

Ce matin, la neige continue de voltiger mais le vent s'est calmé, ce qui fait que nous roulons assez rapidement, de plus en plus vite au fur et à mesure que nous quittons la haute vallée et retrouvons des pistes dégagées. À sept heures, je réveille Shafiqullah, mon copain du Directoire national de la sécurité. Au téléphone, il est d'une humeur de chien enragé et m'engueule d'emblée.

« Tu débarques à Kaboul et c'est le chaos ! Moez al-Faranci, tu l'as bien démoli. T'es content ? Mais maintenant qu'il est libre, gare à la riposte. Il va se venger de toutes les manières possibles. T'as songé à ça ?

– Sa liberté, il ne l'a pas encore gagnée. C'est possible qu'on le rattrape. Et tu m'as dit qu'il faisait partie de la bande des super-méchants d'Al-Qaïda. Je ne crois pas qu'il puisse devenir encore plus dangereux qu'il ne l'est déjà.

– Tu veux le tuer ou le capturer ?

– Qu'est-ce qui te ferait plaisir ?

– Comme si tu ne le savais pas.

– Dis-moi où il va aller se planquer. Hier, il était encore dans la vallée d'Andarab. Je pense qu'il va essayer de gagner la région de Kunduz. Il n'en est plus très loin.

– Non, je ne crois pas. Les forces spéciales afghanes sont en opération depuis quelques jours dans cette région. Elles mettent le paquet. Si elles échouent, tout le nord de l'Afghanistan va tomber aux mains des talibans et, après, ils pourront avancer sur Kaboul. Il aura du mal à passer. L'alerte a été donnée sur sa fuite et le DNS le recherche. Mon impression est qu'il ira plutôt se cacher encore plus au nord, du côté de la frontière tadjike, et qu'il essayera de se vendre à l'État islamique qui est en train de constituer des réseaux, avec des possibilités d'infiltration du côté du Tadjikistan et du Xinjiang chinois.

– Ta frontière, elle est longue de mille huit cents et quelques kilomètres. Rien de plus précis ?

– Je vais me renseigner. Je te rappelle plus tard. Un truc encore : si t'es toujours avec la jeune Française, qu'elle fasse bien attention de ne pas tomber entre ses griffes. On m'a dit que c'est elle, plus que toi, qui l'avait dérouillé dans la prison. Je ne te fais pas de dessin. »

Après qu'il a raccroché, je me tourne vers Judith qui essaye de sommeiller sur la banquette arrière sans y parvenir, tant les cahots de la piste la secouent.

« Ce n'est pas gagné. L'Hypnotiseur a beaucoup d'avance. Je sais simplement qu'il est à bord d'une vieille camionnette Nissan, s'il est malin, il va changer de véhicule dès qu'il le pourra.

– Mais il n'y a qu'une seule route et très peu de véhicules circulent.

– Pour le moment, oui. On va retrouver une circulation plus importante et bientôt il nous faudra choisir entre différentes pistes. »

Les heures défilent. Les pics finissent par se ressembler et nous donner le vertige. Ils s'effacent enfin devant des gorges où le lit d'une rivière nous tient lieu de piste. Nous la remontons, avec parfois de l'eau jusqu'à la hauteur du moteur. Loin de tout village, près d'un lac à moitié gelé où les cimes se contemplent, avance d'un pas lent un yack sauvage tout blanc, immense et stupéfiante bestiole saisie à la préhistoire de la beauté, d'une majesté à couper le souffle. Le bruit du moteur ne le fait pas dévier de sa trajectoire et un coup d'avertisseur n'aurait sans doute pas eu plus d'effet. Il croise notre chemin, forçant la voiture à s'arrêter. Ses longs poils emmêlés traînent sur le sol granitique et ses lourds sabots velus paraissent s'arracher difficilement à la pesanteur. Pas un regard dans notre direction, au point que l'on se demande s'il nous a vus ou entendus. Il semble suivre une ligne droite infinie.

Judith rompt l'instant de grâce en me rappelant que je n'ai pas terminé de lui raconter mon histoire avec Niyusha et le colonel Arkadi.

« J'ai comme idée que vous vouliez vous servir d'elle pour arriver à votre salopard, mais c'est elle qui s'est servie de vous, je me trompe ? »

Je ne lui réponds pas tout de suite. J'ai effectivement utilisé Niyusha dans l'espoir d'atteindre Arkadi sans me rendre compte qu'elle a joué une carte à peu près similaire pour se sortir des griffes de l'ancien officier russe.

Dès le lendemain de sa première rencontre avec ma jument, Niyusha l'a retrouvée pour une autre splendide cavale. Les jours suivants aussi. C'est à peine si elle a demandé mon accord. Sans doute pensait-elle que sa beauté subjuguait tout, qu'elle pouvait tout se permettre. Cela lui paraissait aller de soi que je passe la prendre chaque jour, vers neuf heures, devant le domicile de son patron, et que je l'attende patiemment pendant qu'elle montait Noor. Comme personne en Occident à cette époque ne voulait plus miser sur Massoud, je n'avais pas beaucoup de boulot. Je la raccompagnais ensuite jusqu'au Pamir. Un jour ou l'autre, le colonel Arkadi allait estimer qu'elle en faisait trop, se manifester d'une manière ou d'une autre. Misant sur l'extrême jalousie de ce genre de personnage, j'attendais ce moment. Il allait forcément venir me trouver, ne serait-ce que pour évaluer la menace que je représentais. La semaine suivante, mes prévisions allaient être chamboulées.

Ce matin-là, bien avant que j'aille la chercher, elle est arrivée à l'improviste dans la chambre que je louais à une ONG française, près du centre de Douchanbé. Ce n'était plus Niyusha la conquérante mais une pauvre fille en larmes que son mec avait cognée à coups de poing et de pied, et fouettée au sang avec la boucle de son ceinturon, épargnant à peu près le visage. Il ne voulait plus qu'elle monte Noor. Il s'y était opposé dès le début mais elle avait passé outre. Il suspectait que son attirance pour l'akhal-teké aboutirait tôt ou tard à la faire tomber dans mes bras. Elle avait résisté à son injonction mais ce matin, peut-être parce qu'il avait bu une partie de la nuit, il était entré dans une colère terrible en la voyant se préparer. Elle avait négligé ses menaces et sans doute avait-elle volontairement excité sa jalousie, le rendant incapable de se retenir. Je la savais suffisamment intelligente pour ne pas ignorer que ces escapades équestres allaient se terminer par un tabassage.

Je suis allé chercher ma trousse de secours dans la salle de bains pour soigner ses plaies. Elle en a profité pour s'allonger sur le lit défait, enlever son corsage et son pantalon et les poser sur une chaise, comme si elle était à l'hôpital. La plus vilaine des ecchymoses était sur l'épaule et passait sous la bretelle du soutien-gorge, qu'elle a fait glisser, découvrant ses seins bien plus qu'il était nécessaire. Elle a eu une grimace de douleur quand j'ai appliqué, le plus doucement possible, un coton désinfectant sur l'estafilade. Une série d'hématomes très vilains montraient qu'Arkadi avait été totalement insensible à la splendeur de sa poitrine. Elle me les a montrés du doigt, me faisant bafouiller dans un dari à peine compréhensible :

« Là, c'est zone dangereuse. Je ne peux rien faire.

– Mais j'ai mal ! Depuis quand les vrais soldats ont peur des zones dangereuses ? Et je vois bien que vous aimez jouer au docteur, alors faites-le jusqu'au bout. »

La minute d'après, elle enlevait le peu qu'il lui restait. Sa nudité éblouissait comme une cascade prise dans un rayon de soleil, contrastant avec ses sous-vêtements grossiers et moches.

« C'est lui qui achète mes culottes et mes soutiens-gorge au bazar de Douchanbé. Il se conduit comme les gros paysans de la vallée de la Ferghana qui choisissent ce que leurs bonnes femmes doivent porter parce qu'ils ne leur permettent pas de sortir. Mais eux savent au moins leurs mensurations. Lui, ce qu'il m'achète n'est jamais à ma taille. Je n'ai pas un cul d'éléphant ni des seins de moineau. Et il est très *khassiss*.

– *Khassiss*… ça veut dire pingre ?

– *Khassiss*, ça veut dire qu'il ne veut dépenser aucun argent pour moi. Il ne me fait jamais de cadeaux, sauf des bouteilles de vodka qu'il prend au bar. Monsieur Charles, faites-moi la promesse de m'acheter, pour que je la porte au moins une fois dans ma vie, de la belle lingerie italienne ou française, celle que l'on trouve à Paris.

– Ce n'est pas si simple.

– Si, c'est simple. Promettez-moi. En attendant, je veux bien que vous embrassiez chacun des endroits où il m'a fait mal. Regardez mes cuisses, mes fesses, ce qu'il leur a fait avec sa ceinture, comme elles sont affreuses maintenant. »

Quelques heures plus tard, elle est partie travailler, pour revenir en taxi vers trois heures du matin, à la fermeture du Pamir. Elle avait pris une décision irrévocable.

« Je ne veux plus retourner chez Arkadi. Il a découvert que je lui ai menti, que je ne suis pas allée ce matin chez ma mère. Il sait que je suis venue vous voir, et il va sûrement être encore plus violent si je rentre chez lui, peut-être me tuer. Si je me réfugie chez ma mère, il viendra me chercher. Et la police ne fera rien contre lui. »

Le lit était pour une seule personne mais ce n'était pas un problème pour Niyusha. Son désir de vengeance était à son comble et je n'allais pas m'en plaindre. Au réveil, elle m'a supplié d'organiser son départ vers Paris, ce qui n'était pas si facile car il n'y avait pas à cette époque d'ambassade de France à Douchanbé. C'est donc une exfiltration que j'ai dû mettre en place. J'ai pris un billet d'avion, destination Moscou, et payé quelques officiels à l'aéroport pour être sûr que son départ se passe bien. Je lui ai donné de l'argent et j'ai prévenu un vieux pote, un ancien officier du 13e régiment de dragons parachutistes devenu attaché de défense adjoint, de son arrivée, le suppliant de prendre soin d'elle et de lui permettre d'avoir rapidement un visa. Heureusement, elle avait son passeport avec elle. Cela suffisait pour la Russie. Le surlendemain, elle était à Moscou. Et, quelques jours plus tard, à Paris.

À Douchanbé, j'ai attendu une visite d'Arkadi. Il allait vouloir se venger. J'ai fait monter une balle dans le canon de mon Glock qui, quand je sortais, était en permanence dans un harnais, sous ma veste, et la nuit sous mon oreiller. Ma seule crainte, c'était qu'il ne vienne pas lui-même et m'envoie quelques-uns de ses sbires.

En revenant de l'aéroport, où j'avais déposé Niyusha, j'ai fini par lire le message crypté de Paris, envoyé une dizaine d'heures plus tôt pendant que je m'occupais des formalités pour son départ. Il m'avertissait de l'imminence d'un attentat contre Massoud. J'ai aussitôt contacté son quartier général à Khodja Bahoudine, de l'autre côté de la frontière tadjike. La ligne ne répondait pas. Quand son secrétaire a finalement décroché, bien plus tard, c'était pour me dire que le commandant venait d'être grièvement blessé dans un attentat et risquait de ne pas survivre.

« Mais quelle affreuse histoire, intervient Judith, rompant pour la première fois mon soliloque. Vous avez dû vous sentir terriblement coupable.

– Même si j'avais réagi à temps, il était sans doute déjà trop tard pour Massoud. Mais comment en être certain ?

– Et vous en voulez à Niyusha ? Il ne faut pas. Niyusha, c'est Hélène de Troie. Hélène pouvait tout se permettre. Elle a abandonné le médiocre Ménélas et ses propres enfants, causé la destruction totale de Troie, la mise à mort des hommes, l'esclavage des femmes, mais les Troyens ne lui en ont pas voulu. Sa beauté surpassait tout. Quand elle est arrivée à Troie, le roi Priam et la reine Hécube savaient déjà que leurs enfants et petits-enfants allaient périr dans le conflit, mais ils se sont inclinés devant elle. Les vieillards, survivants de la cité exterminée, ne lui en ont pas voulu non plus. Pareil pour les Grecs, malgré toutes leurs pertes. Ménélas, son cocu de mari, l'a reprise et lui a construit un temple. Homère le dit bien : "Non, il n'y a pas lieu de blâmer les Troyens ni les Achéens aux longues jambières si, pour telle femme, ils souffrent de si longs maux." Car, pour les Grecs, la beauté possède une puissance civilisatrice universelle. Elle est intimement liée à la perfection humaine qu'ils désignent par *kalos kagathos*, ça veut dire "beau et bon". Leur conception de la beauté fait qu'ils l'associent à la grandeur d'esprit, la générosité, le courage, l'héroïsme.

– Je ne savais pas qu'on était encore au temps des Grecs.

– Notre époque voudrait bien les quitter tant leurs valeurs lui apparaissent périmées. Mais ils résistent encore. Qu'est devenue Niyusha, à Paris ?

– Tu t'intéresses à la mode ?

– Il me semble, non ?

– Dolce & Gabbana, Sonia Rykiel, Valentino, Hermès... Niyusha a défilé pour eux. Dès qu'elle est arrivée à Paris, elle s'est précipitée dans les agences de mannequins. L'une d'elles a misé sur elle, même si elle n'avait plus seize ans. Elle a commencé par présenter de la lingerie et s'est mise très vite à gagner du fric. Beaucoup de fric.

– C'est pourquoi il y avait chez vous tous ces magazines de mode ? Pour ne pas la perdre complètement ? Car, j'imagine que vous ne l'avez pas revue.

– Non, jamais. Quand elle s'est installée à Paris, j'étais encore en Afghanistan, où la guerre menée par les États-Unis et l'Otan contre les talibans allait commencer. Elle n'a plus répondu à mes appels, sauf au tout début, quand elle n'avait pas encore de travail. Puis, il y a eu un dernier coup de téléphone pour me dire qu'elle était tombée amoureuse d'un jeune photographe. Quand je suis revenu en France, je l'ai appelée pour lui faire savoir qu'elle pourrait monter Noor autant qu'elle le voudrait. Il y a eu un long silence sur la ligne qui s'est terminé par un grand soupir. Puis elle a coupé la communication. Parfois, elle se manifeste avec un petit message pour me souhaiter ses vœux, à Pâques ou pour le Nouvel An orthodoxe.

– Vous espériez qu'elle reste avec vous ?

– Je ne suis pas si naïf. Arkadi est un sale type qui l'exploitait, mais ce qu'il lui donnait lui permettait de faire vivre correctement toute sa famille. En plus, à ce qu'elle m'a dit, il l'aimait, même s'il se montrait parfois violent. Ce que je croyais, on peut dire connement, c'est qu'elle resterait avec moi à cause de Noor. Je les revois ensemble, une image que je n'arrive pas à effacer, comme si cela s'était passé hier. Tu ne peux pas t'imaginer combien leur relation était intense dès le début. Arkadi avait bien flairé le danger.

– Qu'est-ce qui s'est passé avec lui ?

– Il a cessé d'être une priorité. Massoud a été tué le 9 septembre. Deux jours après son assassinat, c'était l'attaque aérienne contre le World Trade Center et le Pentagone. Le monde entier était sens dessus dessous, Ben Laden consacré ennemi numéro un et, comme il se cachait dans les montagnes afghanes, j'ai repris du service. Ordre de regagner au plus vite le Pandjshir et d'empêcher que l'Alliance du Nord, l'armée que Massoud avait patiemment construite, ne s'effondre en apprenant que son chef était mort. Il a fallu à tout prix cacher son décès pendant quelques jours. Un peu plus tard, les premiers commandos américains et britanniques débarquaient en Afghanistan. À cette époque, c'était pour le meilleur. Aujourd'hui, les Américains s'en vont en laissant derrière eux le pire.

– Et plus de nouvelles d'Arkadi ?

– Si. Parce que j'ai toujours craint qu'il vienne en France reprendre Niyusha, je ne l'ai jamais perdu de vue. Grâce à quelques copains que je conserve dans les milieux sécuritaires de Douchanbé, des types à qui j'ai rendu service dans le passé, j'ai toujours été à peu près informé de ce qu'il fabriquait. Je sais qu'il dirige toujours le Pamir, mais c'est un paravent pour d'autres activités.

– Espionnage ?

– Ça, je ne sais pas. Peut-être. Mais, avant tout, c'est un *silovik,* un homme des basses œuvres de l'État profond russe. À ce titre, il doit être impliqué de temps à autre dans ce que les services russes appellent une *mokroye pyatno.*

– Désolée, je ne parle pas russe.

– Une « affaire humide », le nom que les services russes donnent aux assassinats, politiques ou autres. Ses activités tournent autour d'une boîte de sécurité qui opère discrètement dans toute l'Asie centrale. Il en est le boss. Et caché derrière ce second paravent, il y a ses activités mafieuses. Arkadi est à la tête d'un réseau de pilleurs d'antiquités qui opère dans la région avec une certaine complicité au niveau des États. Il a commencé en Afghanistan pendant l'occupation soviétique. C'est pourquoi il n'était pas avec ses unités lors de l'embuscade et des représailles qui s'ensuivirent. Il se trouvait sur le site d'Aï Khanoum, l'ancienne ville grecque que vous voulez à tout prix visiter. Avec quelques hommes, il rassemblait tout ce qui avait été trouvé par des Afghans qu'il employait depuis des années à des fouilles clandestines. Bien sûr, avec l'aval de quelques généraux soviétiques et afghans. Des pièces d'une valeur inestimable, des ivoires, des têtes de bouddhas de l'époque gréco-bactrienne, sont apparues peu après sur le marché clandestin de l'art, vendues à des millions de dollars à des collectionneurs privés. Les archéologues français, qui avaient commencé à fouiller Aï Khanoum, mais n'y venaient plus depuis l'invasion soviétique, enrageaient. Mais qu'est-ce qu'ils pouvaient faire ? Depuis, Arkadi continue ses trafics. L'Afghanistan est devenu un gigantesque merdier, il aurait tort de se gêner.

– C'est Niyusha qui vous a mis sur la voie ?

– Elle ne savait pas grand-chose mais elle avait entendu Arkadi en parler au téléphone et saisi certaines conversations au club. Avant son exfiltration, je lui ai demandé tout ce qu'elle savait sur lui pour faire une fiche et l'envoyer à Paris. Quand je lui ai dit la valeur de tous ces trésors, elle est devenue folle de rage. Il lui faisait croire que les affaires de la boîte ne marchaient pas très bien. »

Mon téléphone se met à sonner. C'est Shafiqullah. Il n'est plus en colère, mais le ton grave de sa voix n'annonce rien de bon.

« Tu es où ? Sur la route de Khodja Bahuddin ?

– Exact. Mais encore loin.

– Change de route. Dès que tu peux. Les Américains viennent de me signaler que la branche afghane de l'État islamique, le groupe Khorasan Wilayat, cherche à installer une *katiba* dans cette région.

– C'est sûr, ça ?

– T'as bien entendu, même si ça fait mal à entendre. L'armée afghane est en pleine débandade. Elle a dû se retirer entièrement de cette région pour se repositionner plus au sud. Et les talibans laissent faire leurs frères ennemis djihadistes parce qu'ils sont occupés par leur offensive qui menace de tout balayer. Khorasan Wilayat en profite pour s'établir dans le coin. Ce qui fut le dernier fief de notre cher Massoud est aujourd'hui menacé par cette bande de tueurs. La roue tourne, cher ami, mais pas forcément dans le bon sens.

– Et quelles nouvelles de l'Hypnotiseur ?

– Les Américains ont capté une communication téléphonique qui n'était pas cryptée. L'imbécile, il doit croire qu'il a la baraka pour négliger ce genre de précaution. Il vient de contacter un intermédiaire qui ira voir les djihadistes pour négocier son allégeance. Il leur a proposé son *aistislam*, sa soumission si tu préfères.

– Et ?

– Ils vont l'accepter, bien sûr. Un manipulateur comme lui, ils ne vont pas s'en priver. Ce qui fait qu'il les rejoindra bientôt. Il a encore trop d'avance sur vous pour que vous puissiez le rattraper avant qu'il atteigne leur zone.

– Combien d'hommes pour Khorasan Wilayat ?

– Une trentaine, maxi.

– Pas énorme. Tu as des commandos pour les attaquer avant qu'ils ne s'implantent vraiment, construisent des bases et recrutent davantage ?

– Tu es fou. Ils sont tous engagés sur d'autres fronts, bien plus prioritaires. On perd du terrain à peu près partout. Les talibans se rapprochent de Kaboul. On croit savoir que l'encerclement de la ville a commencé.

– Aucun drone disponible pour lui régler son compte ?

– Aucun. Et les Américains ne voudraient pas risquer de tuer son pauvre chauffeur dans la frappe. Ils ont trop excellé dans les bavures pendant toutes ces années et ils n'en veulent plus, maintenant qu'ils sont sur le point de partir *for good*.

– Alors, on fait quoi ?

– J'ai une idée. Je ne sais pas si elle est réalisable. Tu te souviens de ce brigand de Sayyed Jafar Naderi ?

– Le fils du chef des ismaéliens ? Il est inoubliable.

– Au point qu'on en a oublié tous ses retournements de veste. Comme la situation militaire est mauvaise, on a accepté qu'il revienne des États-Unis pour diriger les unités ismaéliennes, l'ancienne 80e division de l'époque communiste, du moins ce qu'il en reste. Tu sais avec quelle cruauté les djihadistes et les talibans se sont comportés avec sa communauté ? Va donc le voir. Je ne sais pas s'il pourra t'aider à pourchasser Moez mais, au moins, il te fera bon accueil. Tu sais qu'il adore les Occidentaux. Ils se font rares, des types comme lui. Il est dans son nid d'aigle de Kayan où il se prend un peu pour le Vieux de la montagne, mais sans sa sobriété légendaire. On m'a dit qu'il picolait de plus en plus, sans parler de la coke qu'il s'enfile à longueur de journée. Ce n'est pas très loin d'où tu te trouves. Peut-être une demi-journée de route.

– Je sais où se trouve Kayan.

– Tu y vas, c'est sûr ? Je le préviens de ton arrivée. Après, fais pour le mieux. »

Judith, qui a saisi la partie de la conversation en français, me regarde interloquée. Elle l'est encore davantage quand je lui apprends que Khodja Bahoudine, le dernier quartier général de Massoud avant son assassinat, est en passe de devenir celui des djihadistes. Ils sont donc tout près de Aï Khanoum, l'antique et mythique cité grecque, sur les rives de l'Oxus.

« Qui c'est, ce Jafar Naderi ? demande Judith.

– Un ancien batteur de heavy metal aux États-Unis devenu chef de guerre. Une trajectoire pas banale. Pas besoin de voile chez lui, tu peux mettre une minijupe. S'il met la main à ton cul, ne le prends pas mal, c'est qu'il aura trop bu.

– Je vous rappelle, Charles, que vous êtes chargé d'assurer ma protection. Cela inclut mes fesses. »

Ses yeux me jettent des éclairs, comme la première fois à Saint-Romain, puis se mettent à sourire.

7

L'ombre de l'aigle

Judith

Charles croyait pouvoir m'apprendre qui est le Vieux de la montagne, l'incomparable Sayyedna Hassan ibn as-Sabbah, véritable génie maléfique et grand maître de la secte des Haschischins entre 1075 et 1124, qui a fait régner la terreur sur presque tout l'Orient, de Bagdad à Ispahan ou Damas, et dont le quartier général se trouvait à Alamût, véritable citadelle du vertige, totalement imprenable, dans le nord de l'Iran.

Comme j'ai envie d'ébahir Charles pour lui montrer qu'il ne connaît pas l'Asie centrale aussi bien qu'il le prétend, j'étale un bon coup ma science :

« Je ne connais rien de l'Orient, vous l'avez remarqué. Mais sur Hassan as-Sabbah, je préfère ce nom à celui du Vieux de la montagne que lui ont collé les Templiers, je suis intarissable. Sur Alamût en particulier, où il a établi sa forteresse. C'était dans le Mazenderan iranien, le pays des ogres des légendes perses, au sud de la mer Caspienne. J'ai lu que le nom d'Alamût signifie "le nid de l'aigle" ou, dans un dialecte local, "l'enseignement de l'aigle". Soit parce qu'il a instruit sa nichée du haut de ce piton, soit, selon une légende, parce qu'un seigneur, en quête d'un bastion imprenable, a envoyé un rapace apprivoisé explorer les montagnes de l'Elbrouz où l'oiseau découvrit le futur repaire, avant de revenir auprès de son maître pour le guider jusque-là.

– Marrant que tu t'intéresses à ce point à Alamût. Il y a un rapport avec la Grèce ?

– En tout cas, cette histoire nous y ramène. Dans la bibliothèque d'Alamût, on trouvait tout Homère, pas seulement l'*Iliade* et l'*Odyssée*. Et aussi les œuvres de mon cher Épicure, celles d'Héraclite, les tragédies au grand complet d'Eschyle et de Sophocle, dont la plupart ont été perdues à jamais, tout Platon, et bien d'autres trésors de la philosophie antique qui ne nous sont pas parvenus. Une autre légende prétend même qu'Alamût aurait accueilli les ouvrages provenant d'une bibliothèque encore plus légendaire, celle d'Alexandrie, mais je n'y crois guère. Et si je suis tout aussi intéressée par Hassan ibn as-Sabbah, c'est parce que personne n'est aussi romanesque que lui. Il incarne ce qui m'intéresse au premier chef en tant qu'écrivaine : non pas le banal combat du Bien contre le Mal, comme tant d'auteurs en ont fait leur miel, mais leur dualité. L'énigme de la dualité qui se cache dans les tréfonds de nos âmes. Cette dualité, le Vieux de la montagne l'a portée à son comble, même s'il a servi beaucoup plus le Mal que le Bien. Cette question me taraude : comment un sage au service du Mal et un tueur au profit du Bien, un bourreau et un saint, ont-ils pu cohabiter en lui ? On dit que le grand poète persan Omar Khayyam, celui-là vous le connaissez, au moins de nom, lui a adressé ces mots : Le paradis et l'enfer sont en toi.

– Tu n'as rien écrit sur lui ?

– Un jour, peut-être. J'ai cherché s'il y avait des femmes autour de lui pour qu'elles racontent son histoire, comme je l'ai fait pour Troie et Ulysse. Ça ne marchait pas. Il avait une seule épouse, ce n'était pas assez. Les rêves des haschischins étaient probablement peuplés de belles créatures mais ce n'est pas suffisant pour construire une trame qui tienne debout. Je réfléchis toujours à une histoire qui parlerait de lui.

– Une minute, il faut aussi que je guide le chauffeur pour trouver l'itinéraire qui mène à la putain de… à la vallée de Kayan. D'après ma carte, il y a pas mal de bifurcations avant d'y arriver. On s'est suffisamment paumé hier. »

La veille, après la vallée d'Andarab, des gorges interminables où nous avons failli planter la voiture, puis les hauts plateaux, nous nous sommes perdus un bon moment dans une plaine sablonneuse, désertique et sans fin, où Charles comme le chauffeur ont eu bien du mal à se repérer, repassant à trois reprises au même endroit. Une fois la nuit tombée, nous avons trouvé un village mais, comme il n'y avait pas d'auberge, nous avons dû demander l'hospitalité dans une ferme. Avant que je descende du véhicule, Charles m'a ordonné de remettre mon tchadri, ma toile de tente comme je l'appelle, ce qui m'a valu d'être conduite directement dans le gynécée. Les femmes, des jeunes filles, des jeunes mariées et des grand-mères, toutes entourées d'enfants, se sont bien occupées de moi, m'aidant à démêler mes cheveux, m'apportant une bassine d'eau tiède avec du savon et un grand plat de riz avec des morceaux de chèvre bouillis, du pain, du thé et des fruits secs. Elles m'ont aussi déshabillée sous le prétexte de dépoussiérer mes vêtements. Elles voulaient savoir ce que je portais sous le tchadri. Elles ont tâté les tissus, examiné les coutures, se sont moquées de mon petit soutif – l'une d'elles a même palpé brièvement mes seins avant de faire une petite moue – et sont demeurées interloquées devant mon string avant d'éclater de rire avec des mimiques pleines de sous-entendus. Elles ont cru que Charles était mon mari et m'ont demandé combien d'enfants il m'avait faits. Quand j'ai répondu aucun, en leur parlant pour la première fois en dari, elles ont été consternées, et j'ai cru deviner qu'elles se posaient, toujours en rigolant, des questions sur sa virilité.

Ensuite, j'ai commis une bêtise en poursuivant dans cette langue pour leur demander si je pouvais avoir encore du thé.

Les vieilles se sont figées, les jeunes ont rougi jusqu'aux oreilles. La plus effrontée, celle qui avait tâté mes seins, a pouffé. Après, elles m'ont un peu boudée.

Quand je raconte cet épisode à Charles, il s'esclaffe :

« Tu as mal prononcé, elles ont cru que tu disais autre chose.

– Qu'est-ce que j'ai dit ?

– Tu leur as balancé : mes couilles du thé. C'est presque le même mot à une syllabe près. Heureusement que tu ne t'es pas adressée à des hommes, sinon tu étais déshonorée, et moi avec. »

Un épais nuage de poussière nous rattrape et enveloppe la voiture dès que le chauffeur ralentit. Nous retrouvons assez vite la grande artère qui vient de Kaboul, réunissant le sud et le nord de l'Afghanistan. Nous franchissons plusieurs barrages de l'armée afghane en chemin. On sent les soldats démobilisés et apeurés. Encore quelques heures de bonne route avant de bifurquer pour remonter une gorge interminable qui conduit jusqu'à l'étroite vallée de Kayan, que nous atteindrons d'ici peu. Charles, qui est resté silencieux depuis un bon moment, me demande de reprendre mon histoire :

« Raconte-moi d'abord qui était le Vieux de la montagne. Je n'ai jamais visité sa citadelle d'Alamût. Il n'en reste que des ruines dans le nord de l'Iran, mais tu vas voir, là où on va, tu trouveras des ressemblances avec cet endroit incroyable. Tu sais qui étaient ses principaux ennemis ?

– Tout le monde. Ses haschischins ont assassiné des Arabes, des Perses, des Turcs, des sunnites et des chiites et, plus tard, les croisés qui les craignaient tout particulièrement. Un peu comme l'État islamique aujourd'hui. »

Comme Charles a l'air passionné par l'épopée du chef des haschischins, je suis ravie de lui donner un cours.

D'abord, sa jeunesse : Hassan as-Sabbah est né dans une famille chiite de la ville sainte de Qom. Il a fait ses études religieuses au Caire et dans pas mal d'autres endroits. Après, j'ai lu qu'il avait voyagé pendant neuf ans, espionnant, repérant les endroits stratégiques pour ses futures missions. Mystique, homme d'immense culture, grand savant et fin connaisseur de la pharmacopée, poète à ses heures, il avait toutes ces cordes à son arc. Mais sa puissance, il la tenait de ses discours qui avaient le pouvoir d'embraser le monde. Comme Al-Qaïda, l'État islamique et les talibans, il prônait un retour aux sources de l'islam. Ce nouveau sectarisme, il l'instrumenta contre les sultans seldjoukides qui régnaient dans une grande partie de l'Orient. Inspiré, charismatique, intolérant, tyrannique et tellement imaginatif, il avait regroupé autour de sa personne une troupe de musulmans fanatisés, ancêtres des commandos suicide, qu'il conduisait certaines fois par l'abus de haschisch au seuil du paradis, avec la mission de terroriser les sultans. Déguisé en mendiant ou en derviche, lui-même allait de ville en ville pour organiser son armée de taupes. À chaque étape, il désignait un chef de réseau réunissant des initiés excédés par l'oppression turque. On les appelait les *bâtini*, les gens du *bâtin*, l'islam ésotérique, de l'intérieur, qui s'oppose au *zaher*, l'islam exotérique, littéraliste, orthodoxe des religieux officiels qui n'étaient pas moins sanguinaires. Ces derniers ont donc répliqué par une répression extraordinaire : tuer les *bâtini* était devenu un devoir religieux. Les partisans du Vieux ont été désignés comme hérétiques et apostats. Ils ont été torturés à mort, égorgés, jetés dans les flammes, écartelés, dépecés, crucifiés… Eux-mêmes se vengeaient en assassinant toute personne suspecte de collaboration avec le pouvoir seldjoukide. Comme aujourd'hui, l'histoire de la région a été un long et terrible massacre.

Je m'interromps lorsque nous atteignons le premier checkpoint de la vallée de Kayan, où Charles doit parlementer un bon moment avant que nous puissions poursuivre. Il me demande aussitôt après de reprendre mon histoire.

« Pour moi, le plus incroyable, c'est comment le Vieux a su user et abuser de toutes les ruses. Ses adeptes, il les entraînait à endurer la torture. Une fois arrêtés et après avoir été longuement suppliciés, ils faisaient mine de céder à leurs bourreaux et lâchaient des listes de noms de prétendus membres de leur confrérie. Un coup de génie satanique. Ceux qu'ils désignaient aux tourments et à la mort n'étaient pas du tout les partisans du Vieux mais, au contraire, les collaborateurs les plus proches des sultans, donc les ennemis même de Hassan as-Sabbah.

– Comment l'histoire s'est terminée ?

– Les révoltes des purs ne durent qu'un temps. Les haschischins se sont retrouvés manipulés en retour pour instaurer un véritable État théocratique qui a prospéré pendant plus d'un siècle et terrorisé par sa cruauté l'Occident en croisade.

– Ce qui est étonnant, c'est que les ismaéliens d'aujourd'hui considèrent toujours le Vieux de la montagne comme leur lointain père spirituel. Un paradoxe, puisqu'ils forment en Afghanistan une petite communauté extrêmement pacifique et tolérante, plutôt libérale par rapport aux valeurs d'ici. S'ils se battent, c'est pour préserver leur communauté de tous ceux qui les considèrent comme des hérétiques, et il n'en manque pas dans ce pays. L'État islamique, Al-Qaïda, les talibans ont pour eux une haine absolue. Dans cette vallée, ils sont chez eux. Kayan est leur ultime refuge. Leur nouvel Alamût. »

Après de nouveaux défilés et deux autres check-points, nous arrivons devant une grande cavité creusée dans la montagne. À l'entrée, quelques wagonnets finissent de rouiller sur des rails usés, ce qui laisse deviner une vieille mine dont on ne sait si elle est encore en activité. À quelques dizaines de mètres, une grosse Mercedes rouge et une Harley-Davidson flambant neuve, qui appartiennent sans doute à Jafar Naderi, sont stationnées sur le bas-côté de la piste. Derrière elles démarre un long escalier cimenté qui part à l'assaut d'une hauteur aux pentes arides. Il conduit à un bâtiment qui semble avoir été posé à son sommet par une main magique. Ce n'est pas un fort, comme je le crois d'abord, mais quelque chose de plus inattendu, une construction étrange, une sorte d'immense oiseau niché sur la colline. Peut-être que l'histoire du Vieux de la montagne et l'épuisement me font délirer ?

Charles paie le chauffeur et, comme il demande trop cher, s'engueule avec lui. C'est sa mentalité de paysan, comment dit-on déjà en persan ? Ah ! oui *khassis*. Puis nous commençons la montée de l'escalier qui se révèle interminable et donne l'impression d'ouvrir sur un autre monde.

À peine avons-nous grimpé les premières marches, déjà essoufflés en raison du poids de nos sacs, qu'une surprenante musique retentit. Elle semble sourdre de la montagne et devient de plus en plus forte à mesure que nous progressons. On dirait… mais oui, c'est bien du rock. Et du meilleur. *Starway to Heaven*, le morceau culte de Led Zeppelin. Puis le bâtiment qui nous surplombe se dévoile. Ou plutôt il déploie ses ailes. C'est un oiseau, un énorme oiseau, un monstrueux oiseau. Un immense aigle en béton sur une terrasse. Deux hublots lui dessinent de gros yeux vides. Le rapace est entouré d'un superbe jardin ombragé, très bien entretenu, avec des bassins et des rigoles. C'est là que sont installés de gros haut-parleurs et une console. Les trente dernières marches, nous les gravissons bastonnés par la musique.

En *chalwar kamiz* beige mais tête nue, Sayyed Jafar Naderi, sans doute prévenu par ses gardes, nous attend en haut de l'escalier. Il nous invite à entrer à l'intérieur de l'aigle par la porte blindée qui se trouve entre les deux hublots. Avec sa télécommande, il change la musique : *Good Vibrations* des Beach Boys.

C'est moi que Jafar regarde en premier avec des yeux exorbités, avant de me tendre une main une peu mollassonne d'un geste mécanique, sans la poser sur son cœur. Enfin un Afghan qui n'est pas cardiaque. Il me lance un « *Welcome, good to see you* » léthargique que j'entends à peine tant la musique est forte. Puis il se tourne vers Charles pour une accolade fraternelle.

« Ravi de te revoir, mon ami. Tu reviens en des temps difficiles. »

L'intérieur de l'aigle est tapissé de tentures criardes où sont accrochées des photos de grands rapaces et de groupes de rock. On découvre une enfilade de chambres et un lounge qu'éclairent les deux gros hublots. Le bar est amplement fourni. Des tabourets et quelques fauteuils en faux cuir lui tiennent compagnie tandis qu'une affiche rouge avec des caractères noirs proclame « *Sex, Drug and Rock'n'roll* ». Au centre de la pièce, un billard américain. Sur la moquette d'un horrible marron sont éparpillées quantité de CD. Quelques vitrines présentent de précieuses antiquités dont la provenance doit laisser à désirer. Et, sur une table en plastique, une magnifique tête gréco-bactriane, superbement ouvragée, coiffée d'une chevelure bouclée, regarde de ses yeux mi-clos, avec le recul de plusieurs milliers d'années, l'étrange décor. On la dirait un peu effarée.

Jafar a un faible pour la vodka russe dont un jéroboam bien entamé se trouve sur le comptoir d'un bel acajou.

Comme il fait beau à présent, presque chaud, on s'installe dans le jardin à la symétrie parfaite sur des fauteuils en rotin. Pendant qu'un serviteur déguisé en majordome nous demande ce que nous voulons, un bourbon pour Charles et un vieux whisky écossais pour moi, je regarde notre hôte à la dérobée. Petit, dodu, il a le visage bouffi par trop d'alcool, et sans doute d'autres substances, qui le font ressembler à une grosse bulle de savon sur le point d'exploser, avec un menton qui dégringole comme une volée de marches molles, auxquelles s'agrippe la broussaille d'une barbe, des yeux chafouins embusqués sous une tignasse drue comme une forêt vierge, qu'il doit sans doute teindre et qui couronne un front beaucoup trop haut. Lui, en revanche, ne se gêne pas pour me déshabiller de haut en bas. Je peux me voir à poil dans le reflet de son regard vitreux.

Je ne sais pas à quelle époque Charles et Jafar se sont rencontrés mais ils ont l'air de bien s'entendre. Comme la conversation se fait en américain, je comprends ce que Charles lui réclame d'emblée, après, comme il se doit, un nouveau round de paroles de bienvenue. Tout simplement : un commando de combattants prêts à tout pour nettoyer un camp de l'État islamique. Jafar l'écoute en se grattant la tête et en regardant son grand verre de vodka diminuer irrémédiablement. À la demande de Charles, il a baissé la musique. On entend à présent un chanteur inconnu nous vanter les folies psychédéliques du San Francisco de la fin des années soixante.

Dans la voiture, Charles m'a raconté l'histoire de Jafar. Avant d'être emprisonné par le régime communiste, dès 1978, son père, Sayyed Mansour Naderi, le chef politique des ismaéliens, avait mis son garçon à l'abri en Angleterre, d'où il gagna les États-Unis. Un choix judicieux : trois des quatre frères de son père ont disparu à jamais dans les geôles communistes. Outre-Atlantique, Jafar a étudié à la South Mountain Middle School d'Allentown, en Pennsylvanie. Il s'est fait appeler Jeff, a couru après les filles et les pintes de bière, a goûté au heavy metal comme batteur, aux frites à la française comme aide-cuistot dans un McDonald's, et a chevauché des *dirt bikes* dans un gang de motards tendance hippies. Mais l'histoire, la grande, s'est rappelée à lui quand son père, libéré des geôles communistes et réconcilié avec les tyrans du nouveau régime qu'il s'apprêtait à servir, l'a fait revenir pour endosser un rôle de seigneur de guerre. À un journaliste américain qui lui demandait pourquoi il acceptait ce job difficile et dangereux, l'ancien égoutteur de frites a répondu, avec une belle franchise : « Parce que je peux baiser ou tuer n'importe qui. »

Une fois sur le sol afghan, Jeff est redevenu Jafar. Avec de formidables prérogatives. Il n'a même pas vingt-cinq ans lorsque Najibullah, le dernier président communiste de l'Afghanistan, le sacre gouverneur de la province de Baghlan et général de la 80e division des forces armées afghanes. Jamais de telles fonctions n'avaient été occupées par un homme aussi jeune qui, en plus, avait oublié sa langue natale au point qu'il avait dû suivre des cours accélérés de dari à son retour au pays.

Après le retrait soviétique, quand le régime communiste a menacé de s'effondrer, Sayyed Mansour et Jafar se sont ralliés à Massoud. C'était la meilleure façon pour la communauté dont ils avaient la charge de survivre. La 80e division est devenue les Forces de défense ismaéliennes. Tout a changé mais rien n'a changé. Jafar est resté à la tête de son armée et son père a siégé au Parlement comme sénateur. Mais l'arrivée des talibans, en 1996, allait imposer un ordre radicalement nouveau. Jafar a dû s'enfuir une seconde fois aux États-Unis. Il a regagné son pays à leur chute, en 2001, mais personne ne voulait plus de lui car il ne s'était pas beaucoup mouillé dans la lutte contre les talibans. Il n'a donc pas retrouvé son rang de chef d'armée. Il lui reste la vallée de Kayan, son repaire, et la mine qui est aux pieds de l'aigle en béton. Une mine d'or, m'a murmuré Charles, que notre hôte peut surveiller à loisir depuis les yeux avides de l'oiseau.

Jafar semble encore plus haut perché que son nid d'aigle. Sans doute a-t-il fumé avant d'avoir bu. Il a du mal à parler. Parfois, ses yeux me fixent longuement, semblant se demander ce que je fais là.

« Jafar, tu m'écoutes ? s'impatiente Charles. Je veux des durs, des bons, des solides, des types qui n'ont rien à perdre, de préférence parmi ceux dont les familles ont eu à souffrir des djihadistes. Il faut agir vite avant qu'ils ne s'implantent durablement dans ce coin et se mettent à recruter. Ils ne sont pas loin, tu le sais bien, et risquent un jour ou l'autre de débarquer par ici. S'ils le font, tu es foutu, et ta communauté va salement le payer. »

Le petit bonhomme à la tête de bulle de savon redescend sur terre, remonte au ciel, le regard en vol plané, glisse sur nous, me déshabille encore un peu, plonge un bon coup dans sa vodka et se pose définitivement sur terre, en uniforme de chef de guerre.

« Est-ce que le périmètre qu'ils occupent n'est déjà pas trop large ? Si c'est le cas, on ne pourra pas les encercler. Faudra alors essayer de prendre leur camp par le nord. Ils ne doivent pas s'attendre à une attaque de ce côté-là.

– Tout dépend de combien d'hommes tu mets à notre disposition. »

Jafar réfléchit, donnant l'impression que sa grosse tête ennuagée va éclater, essaye de nous répondre quand son téléphone satellitaire se met à sonner. Quand il raccroche, il est bien réveillé.

« Une mauvaise nouvelle, mes amis. Le groupe que tu veux attaquer, Charles, est sur le point de récupérer un otage. Et c'est un Français. Shafiqullah vient de m'avertir. Il a aussi prévenu l'ambassade de ta présence dans le coin. Elle n'est pas du tout contente de te savoir ici et exige que tu rentres à Kaboul. »

Marc-Antoine

On dirait quatre gros bourgeois dans leur quarantaine, bien nourris à voir leurs bajoues et leurs bedons, avec des *chalwar kamiz* bien coupés, bien propres, bien repassés, des turbans impeccables, des barbes immenses mais soignées, sans les reliefs de leur déjeuner qui a dû être copieux, et des yeux soulignés au khôl. Tous ont l'air d'avoir terminé leur sieste mais cela ne les fait pas sourire pour autant. Ce sont des *qari*, des juges religieux. Ils sont assis en tailleur et nous ont laissés debout, les mains toujours liées. Ils nous regardent fixement tout en nous posant d'innombrables questions, échangeant parfois entre eux quelques mots à voix basse. L'espionnage semble être leur première obsession. D'emblée, l'un d'eux me demande en pachto :

« Tu es un *jassous* ?

– Pas du tout. Les espions ne se promènent pas comme ça dans la campagne.

– Alors, qu'est-ce que tu viens faire ici ? »

J'essaye de leur faire comprendre que je m'intéresse aux mystiques afghans et que je visite leurs *ziarat*. Je n'ai pas l'impression qu'ils me croient. Alors je leur récite des vers en persan de Rûmi, ce qui les trouble un peu. Ils ont beau être des prélats au cœur dur, capables d'ordonner des flagellations, des amputations et des lapidations, ils peuvent se laisser attendrir par quelques mots d'un grand mystique.

Mais un autre homme vient d'entrer. Il est maigre comme un chacal avec un nez comme un épieu, de petits yeux vicieux et une bouche tellement de travers qu'elle semble avoir reçu un coup de crosse. Son *chalwar kamiz* est fripé et son turban est entortillé comme une corde autour de sa tête blafarde. Il a une Kalachnikov dans une main et un gros sac de voyage dans l'autre. Avec les quatre bourgeois commence une série de salamalecs à n'en plus finir. Mais les premiers ne se lèvent pas pour échanger des accolades. Un seul le fait mais c'est pour examiner le contenu du sac. Je devine ce qu'il y a à l'intérieur : des liasses de billets. Nous venons d'être vendus. La transaction a été rapide, peut-être pour éviter que la direction supérieure des talibans l'apprenne et veuille nous garder comme otages.

Quelques minutes plus tard, trois autres hommes viennent nous chercher. Cette fois, on se prend des coups de crosse et les insultes pleuvent. Ils nous emmènent à la sortie du village où un pick-up nous attend. Ils nous font allonger sur la plateforme et nous couvrent la tête avec une cagoule noire dont ils prennent soin de bien tirer les lacets, ce qui nous asphyxie à moitié. Bientôt, les cahots de la piste, qui menacent de nous briser le dos, la poussière qui réussit à s'infiltrer sous le capuchon et la chaleur nous font entrer dans un nouveau cercle de l'enfer. Ce n'est sûrement pas le dernier.

Je pense à grand-père André et à son arrestation par les *regulares*.

8

L'ombre du Bouddha

Charles

L'Amou-Daria. Je suis troublé de revoir la grande rivière qui sépare l'Afghanistan du Tadjikistan et me ramène vingt ans en arrière, quand je la franchissais avec le vieux bac. La rivière est un appel à l'aventure, à chercher d'autres mondes pour s'y perdre, à revisiter l'histoire, aussi.

Judith doit être profondément émue, elle aussi, car c'est l'Oxus des Latins, l'Oxos des Grecs qui l'a tant fait rêver. Elle m'a appris qu'Hérodote en avait savamment parlé et que l'on retrouvait son nom dans toutes les sources antiques qui évoquent l'Asie centrale. Ce n'est pas un fleuve-dieu comme le Nil, l'Euphrate et le Tigre, mais il reste mythique. Et le traverser a été une des épreuves les plus dures qu'Alexandre le Grand a dû surmonter quand il s'est enfoncé dans cette partie alors inconnue du monde.

Plus de douane ni de police du côté afghan. La retraite de l'armée afghane les a fait s'enfuir. Reste leur baraque en bois avec une porte qui s'ouvre et se ferme selon les aléas du vent, comme dans un de ces bons vieux westerns du crépuscule.

Avec mes jumelles, j'observe la rive tadjike depuis un tertre couvert de hautes herbes où je suis arrivé quatre heures avant celle du rendez-vous pour être sûr qu'il n'y aura pas d'embrouille. J'ai trouvé un trou pour me planquer. J'ai vu défiler à proximité de ma position une partie de la faune afghane, un coyote, des lapins, quelques poules d'eau, une colonie de ratons laveurs, une belle couleuvre et un couple de petits scorpions. À présent, j'observe trois camions qui se préparent à embarquer sans rien remarquer de suspect. Visiblement, personne n'est embusqué de l'autre côté.

Judith vient d'arriver dans une vieille Volga qui se gare à côté d'un entrepôt en ruines, en dessous et à droite de la position que j'occupe, non loin du débarcadère. Elle est accompagnée de Sadiq, un homme de confiance de Jafar, qui joue au chauffeur de taxi. Je redirige mes jumelles sur l'autre rive de l'Amou-Daria.

Je distingue cinq ou six gardes-frontières tadjiks qui patrouillent le long de la rivière. Avec eux, deux uniformes russes, sans doute des hommes du FSB à qui revient cette mission de surveillance des frontières. La tombée du soir commence à rendre les ombres rampantes et j'aurai bientôt besoin d'utiliser la lunette infrarouge du Snaïperskaïa Vintovka Dragounova, le célèbre fusil de précision russe, appelé plus simplement Dragunov. J'ai toujours aimé tirer avec une telle arme mais j'espère que je n'aurai pas à le faire. J'ai pu l'emprunter à l'arsenal de Jafar. Bulle de savon, comme l'appelle Judith, a longuement hésité mais elle lui a fait de si beaux sourires qu'il a finalement cédé. Quand il a fallu qu'il nous prête la tête du bouddha, j'ai cru qu'elle allait devoir l'embrasser sur la bouche.

Comme le Dragunov est une arme de précision, il ne fait pas l'affaire en combat rapproché. J'ai donc apporté un bon vieux Glock, acheté à Fout-le-Feu-à-la-forêt, dont j'aurais bien voulu qu'il soit en ce moment avec moi. Plus une grosse trousse réglementaire de secours de l'armée britannique.

Le vent s'est levé. Même s'il est fort et balance de la poussière, je ne crois pas devoir faire des corrections au moment du tir. Le Dragunov est solide, fiable, léger grâce à son long canon, et précis si on ne va pas au-delà de sa portée utile, soit sept cents, huit cents mètres. Cela fait trop longtemps que je n'ai pas tiré. Je suis à près de quatre cent cinquante mètres de la voiture où est assise Judith et c'est déjà beaucoup, même avec une bonne lunette. Heureusement, les balles que m'a données Jafar sont bien grammées et la poudre est fraîche. Et j'ai pu poser l'arme sur un trépied, le tir en sera plus facile.

Après avoir appris la nouvelle du kidnapping de Marc-Antoine, on a passé tout l'après-midi à discuter en dévalisant le bar. D'abord à trois, puis à deux, quand Jafar est allé cuver sa vodka dans sa chambre avant que Judith ne passe au joint que notre hôte lui avait roulé. Auparavant, Shafiqullah m'a appelé pour me dire que, la situation militaire devenant accablante dans une bonne partie de l'Afghanistan, il n'avait ni le temps ni les moyens de s'occuper de l'étudiant français kidnappé. Une façon de dire que j'ai les mains libres pour éliminer l'Hypnotiseur, mais aussi pour tenter quelque chose afin de libérer l'otage. En cas d'échec, comme il se doit, mon ami dira qu'il n'était pas au courant.

Judith et moi n'étions pas d'accord, une fois de plus. Elle a plaidé que la vie de Marc-Antoine, que nous appelons tous « Majnûn », passait avant tout, que vouloir sauver les pages perdues d'un grand manuscrit témoignait d'une belle noblesse d'âme. Elle ne veut pas d'une attaque qui risque fort de mal se terminer. J'ai une opinion diamétralement opposée.

« Cet abruti d'étudiant, c'est entièrement de sa responsabilité s'il se retrouve entre les mains des pires djihadistes qui soient. Tout le monde l'a mis en garde. Quelque part, il a cherché ce qui lui arrive. Qu'est-ce qu'il veut faire ? Monter à son propre Golgotha ? Écoute ! S'il était entre les mains des talibans, la négociation aurait un sens. Cela demanderait beaucoup d'argent et encore plus de temps, au moins un an, peut-être deux, mais on pourrait y arriver. Et d'ici là, ils auraient pris Kaboul et ils le relâcheraient sûrement à cette occasion pour montrer qu'ils sont bons gars. Avec Wilayat

Khorasan, c'est peine perdue. Ils ne voudront pas négocier, ou leurs revendications seront telles que ni Paris ni Kaboul ne pourront les accepter. Faut compter aussi avec les Américains, qui feront tout pour pourrir une quelconque initiative visant à obtenir sa libération, parce qu'ils interdisent à quiconque de négocier avec des terroristes. Ce qui attend ce pauvre garçon, c'est de croupir misérablement dans un infâme réduit, puis d'être égorgé sous le regard d'une caméra. *Gosh to gosh*, comme on dit par ici. Littéralement, d'une oreille à l'autre.

– Charles, arrêtez, je vous en supplie. C'est ignoble ce que vous dites.

– Mais vrai. Mieux vaut de tenter un raid contre leur base avec un double objectif : libérer l'otage et capturer l'Hypnotiseur. Ou le descendre.

– Mais Charles, ça ne marchera jamais. La première chose qu'ils feront, c'est de tuer l'otage. »

En attendant le dîner, la fraîcheur du soir nous ayant contraints à regagner l'intérieur du grand aigle, on a continué à se disputer devant la superbe tête du bouddha. À cause de ses longues oreilles, signe de sagesse, et de ses yeux clos qui nous contemplaient avec une incroyable présence, j'avais envie de m'adresser à lui pour lui demander : Et toi, mon pote, qu'est-ce que tu nous proposes comme solution ? Judith s'est écriée en le regardant elle aussi :

« Mais c'est lui, la clé du problème !

– Lui, qui ?

– L'Éveillé.

– Qui ça ?

– Le Bouddha.

– T'as trop picolé ou t'as trop fumé ? »

Ça y est, j'aperçois dans mes jumelles une voiture qui s'approche de l'autre rive. Une grosse Lada. Il n'a même pas changé de marque de véhicule. Elle s'arrête près du poste des gardes-frontières. Un homme entre à l'intérieur du bâtiment, discute un moment avec eux, sans doute qu'un paquet de dollars change de main. À voir le gabarit du type, c'est sûrement un garde du corps. Ouf ! Voilà Arkadi Mazarof qui sort à son tour de la voiture pour le rejoindre et tous deux se dirigent vers le bac. Ils viennent à deux alors qu'il avait promis qu'il serait seul. Cela casse passablement notre plan.

Un quart d'heure plus tard, ils sont au milieu du fleuve avec les trois camions. Je ne l'ai aperçu que quelques fois, et c'était il y a vingt ans, mais il semble ne pas avoir trop vieilli. Il a pris des bajoues et ses épaules se sont affaissées. Ses cheveux sont toujours coupés ras, façon *spetsnaz*, et il doit les teindre en noir. Pas de ventre apparent sous le petit costume d'apparatchik mafieux. Et il ne porte plus une de ces joyeuses cravates multicolores qu'il affectionnait. Bizarre, il a de grosses godasses aux pieds, genre chaussures de chantier avec renforcement métallique. Peut-être des problèmes de cheville. J'abandonne mes jumelles pour le suivre avec la lunette du Dragonov. Je réprime l'envie de presser la putain de détente.

Judith

Jean, non, Charles, je ne sais plus, l'un ou l'autre… Jean, puisque j'en suis au tutoiement, allez, je vais te l'avouer, je suis morte de trouille. J'ai même les dents qui claquent. Une vraie fièvre de cheval.

Pourtant, je ne suis pas seule dans la Toyota. Derrière le volant, déguisé en chauffeur de taxi, il y a Sadiq, l'homme de confiance de Jafar, armé d'un gros pistolet Makarov sous sa veste. Et puis je suis avec Bouddha, du moins sa tête que j'ai placée dans le coffre. Est-ce qu'Il ne va pas m'en vouloir de l'utiliser pour appâter Arkadi ? C'est fou comme on devient superstitieuse quand on a la trouille.

Quand le Russe l'aura vue, il sera conquis et je n'aurai qu'à lui glisser à l'oreille que j'ai d'autres pièces à lui montrer dans mon camp de fouille, tout près d'ici. Là, un comité d'accueil l'attend. Il va se méfier, bien sûr, mais je suis suffisamment bonne comédienne pour le convaincre. Sauf si la peur me reprend.

J'ai peur, Jean, terriblement peur. La peur, je croyais qu'elle s'était envolée à la maternité mais putain – tiens, je me mets à parler comme Charles – elle est bien là. Ne t'en fais pas, ce n'est plus la terreur de l'antilope. C'est une peur, disons, naturelle. Elle ne me paralysera pas. Elle ne m'empêchera pas de faire le job et tu pourras être fier de moi. Et puis,

Charles est un vrai pro. Le bac se prépare à accoster et Arkadi sera devant moi d'ici quelques minutes. Charles l'aura dans sa ligne de mire. Mais, putain, qu'est-ce que je flippe !

L'idée, c'est moi qui l'ai eue, et Charles était férocement contre, comme d'habitude. Il a rétorqué que je ne connaissais pas Arkadi, qu'il serait hyper-méfiant, qu'il me percerait à jour immédiatement et que jamais, il a répété trois fois jamais, je ne ferais le poids devant lui. Je me suis défendue, bec et ongles.

« Charles, ma force, c'est justement que je suis une faible femme. Il a tout un tas d'idées préconçues sur les femmes. D'après ce que vous dites, il ne les imagine pas dangereuses, du moins pour un caïd comme lui. C'est un putain de macho, oui, j'ai encore dit putain, donc un putain de macho qui se croit…

– Comme moi, non ?

– Eh bien non, justement, pas comme vous. Macho, oui, vous l'êtes à mourir, mais vous ne vous sentez pas supérieur aux femmes, vous ne profitez pas des situations. Il ne faudrait pas grand-chose pour que vous soyez un parfait gentleman, peut-être moins de grossièretés et d'arrogance mal placée. Et demain, vous serez à mes côtés. Le doigt sur la gâchette. Pardon, la détente. »

Comme Charles continuait de réfuter tous mes arguments, j'ai tenté un bon coup de bluff :

« Si vous ne me suivez pas, je ferai mon coup sans vous. »

C'est comme ça que j'ai gagné.

J'ai d'abord demandé à Charles de me dire tout ce qu'il savait sur Arkadi, c'est-à-dire ce que Niyusha lui avait raconté. En gros, il aime les antiquités, sans doute pour le fric, les femmes, évidemment pour la baise ; il est vaniteux, extrêmement radin, courageux et sûr de lui. Pas très intelligent mais rusé. Et c'est un *silovik*, un homme de violence, qui règne dans l'ombre même s'il aime aussi se montrer avec des cravates aux couleurs éblouissantes.

On a commencé par chercher son numéro de téléphone, qui n'a pas été difficile à trouver sur WhatsApp. Ensuite, je suis allée me changer pour remplacer ma tunique poussiéreuse par le seul débardeur sexy que j'ai emporté. Je me suis maquillée, plutôt barbouillée, façon fille du Pamir. Après, je me suis assise sur un tabouret en tenant la tête du bouddha serrée contre ma poitrine. Auparavant, Charles m'avait apporté de la terre et de la poussière pour que je puisse le maculer un peu.

Une fois le bouddha tout contre moi, j'ai pris un selfie avec mon téléphone. La photo, je l'ai bidouillée pour donner encore davantage l'impression qu'il venait d'être exhumé. Avec Charles, on a planché une bonne heure pour rédiger un message en anglais.

« Monsieur Arkadi, voici une photo qui pourrait vous intéresser. Je suis helléniste et archéologue. J'ai fouillé ces dernières semaines la région d'Aï Khanoum avec l'aide de quelques amis afghans qui connaissent bien cet endroit. Nous avons fait pas mal de petites découvertes intéressantes. Vous pouvez voir l'une d'entre elles. Hélas ! La situation actuelle en Afghanistan exige que je quitte très vite ce pays. Je ne peux guère retourner à Kaboul, vous le comprenez, la route est longue, dangereuse et peut-être déjà coupée. Mais je crains aussi de passer par le Tadjikistan à cause de la frontière. On me dit que les douaniers ne sont pas toujours cool. Mais aussi que vous pourriez me fournir une escorte pour traverser le fleuve. Appelez-moi. On pourra discuter du prix. Judith Tissot. »

On a attendu sa réponse. Longtemps. C'est vers minuit qu'il m'a appelée. Voix métallique, un lourd accent russe, comme l'empreinte d'une chenille de tank sur son anglais élémentaire. Même pas dit « Bonsoir », juste : « Quelle escorte vous voulez ? Pour vous seule ?

– Il y a deux personnes sur la photo.
– L'une des deux n'a rien à craindre. Pas authentique.
– Vous parlez de moi ?
– Vous êtes drôle, vous au moins.
– Ma profession me rend capable de déterminer ce qui est authentique ou pas.
– Qui vous a parlé de moi ?
– On est au téléphone.
– Quand voulez-vous passer la frontière ?
– Le plus tôt possible.
– Vous êtes où ?
– À une demi-journée de route du bac sur l'Amou-Daria. Dans la vallée de Kayan.
– C'est un peu loin. Pourquoi ?
– Je vous l'ai écrit : la région de Aï Khanoum n'est plus sûre. L'armée afghane s'est repliée. Et les talibans ou l'État islamique risquent d'arriver très vite.
– Alors le passage coûtera cher. À combien estimez-vous votre sécurité ? Et, surtout, celle de l'autre personne.
– Pas au téléphone.
– La moitié de sa valeur. Et c'est mon équipe d'experts qui fixera son prix.
– Pas possible. Dix pour cent, c'est déjà énorme.
– Pas d'escorte. *Do svidaniya.* »

J'ai cru que j'avais échoué. Mais Charles n'était pas de mon avis.

« Tu l'as appâté. Il va rappeler. Ne baisse pas trop vite le prix sinon il va se méfier. Négocie comme un marchand de tapis. »

Ce que j'ai fait. Il a raccroché trois fois et rappelé quatre. La dernière était la bonne. J'ai accepté de lui donner vingt-cinq pour cent de la valeur du bouddha pour que je puisse franchir la frontière avec la statue sans que les douaniers s'en mêlent. Et c'est lui qui cherchera le collectionneur intéressé, sans doute un oligarque du côté de Moscou ou Saint-Pétersbourg. Il est prévu aussi qu'il jette un œil sur les autres pièces que ma prétendue équipe afghane a trouvées. Rendez-vous dès demain, à dix-sept heures, sur la rive afghane de l'Amou-Daria. À quelques centaines de mètres du débarcadère, il y a un vieux *karkhana*, une sorte d'entrepôt complètement démoli, derrière lequel mon taxi pourra stationner. On ne m'y verra pas. Personne d'autre ne doit m'accompagner si ce n'est, évidemment, le chauffeur. Il m'a d'abord demandé de me faire déposer par un taxi et de l'attendre seule, mais j'ai refusé.

« Si jamais, pour une raison ou une autre, vous ne pouviez pas venir, je vais faire quoi, moi, toute seule et sans voiture ? Me faire violer, puis assassiner ? »

Il a fini par accepter après une longue hésitation.

Si je n'étais pas transie de peur, j'aurais sauté de joie. Mais Charles ne partageait pas mon optimiste.

« Cela me semble trop facile. Arkadi n'est pas un enfant de chœur. Je ne comprends pas qu'il ne soit pas plus méfiant. Mais bon, je serai là. »

Le bac vient d'accoster. Arkadi n'est pas seul. Il a un sbire avec lui. Du coup, je panique encore plus.

Les deux hommes attendent que les trois camions s'éloignent avant de descendre. Je les vois s'approcher d'un pas nonchalant, comme si rien ne pressait, et la peur monte encore d'un cran. Cinq minutes plus tard, ils sont devant la Toyota. Je reconnais Arkadi facilement d'après la description de Charles. Je devine que cela risque de mal se passer quand le type qui l'accompagne, un gros balèze avec une tête de fox-terrier à poil ras, engoncé dans une veste en cuir, se place sur le côté droit du véhicule, faisant face à mon chauffeur avec une main dans la poche. Arkadi, tout sourire, ouvre doucement la porte de la voiture, en s'inclinant avec l'élégance d'un vieil aristocrate russe. Il me tend ensuite la main et on peut croire qu'il s'apprête à baiser le bout de mes doigts. La seconde d'après, je bouffe la poussière au pied de la voiture, l'épaule presque démise tant il m'a tirée violemment par le bras. L'un de ses pieds appuie sur mon épaule douloureuse et l'autre se pose sur ma poitrine. Sa voix est sibérienne :

« Je te les écrase, même s'il n'y a pas grand-chose, si tu ne me dis pas comment tu es arrivée jusqu'à moi. Et si ça ne suffit pas, je t'écrase la chatte. »

Charles, qu'est-ce que tu fous ? Tire, putain, tire.

Charles

Impossible de tirer. Le garde du corps est planté face au chauffeur, de l'autre côté de la voiture, et c'est lui le danger. La carrosserie le protège et m'empêche de le voir. Si je flingue Arkadi, notre plan tombe à l'eau. En plus, à cette distance, je risque de toucher Judith. Il va falloir qu'elle encaisse. Et moi, que je change d'angle de tir pour être prêt si ça tourne encore plus mal. Mais pour aller où ? Sais pas quoi faire. Et le chauffeur, qu'est-ce qu'il fout ?

Je vois dans la lunette qu'Arkadi fait très mal à Judith. Elle crie. Faut que je bouge mon cul. Bouge, bouge, bouge. Mais je ne fais rien. Putain, suis trop vieux pour ce job.

Judith

Il écrase ma poitrine de tout son poids avec ses chaussures d'acier en se tenant en équilibre sur une jambe. Je finis par hurler :

« Niyusha ! C'est Niyusha !

– Tu la connais ? Dis-moi, ou je te massacre. Après tes seins, ta chatte, je vais écraser ton joli nez, puis tes beaux yeux.

– J'étais mannequin, moi aussi. Comme ça que je l'ai rencontrée.

– Mannequin, hein ? Je te croyais archéologue.

– Pour payer mes études. On a défilé ensemble. On est devenues amies. »

Je mens mal quand j'ai peur et je vois bien qu'il ne me croit pas, mais le fait de mentionner son ancienne maîtresse l'a perturbé. Il relâche sa pression.

« C'est ça, c'est ça. T'imagines comme je te crois. Mais tu vas finir par tout me dire, ma jolie… enfin, jolie, peut-être plus pour longtemps. J'ai encore le temps de m'occuper de toi avant le prochain bac. Mais je veux d'abord voir ton bouddha.

– Le coffre de la voiture. Mon sac. »

Arkadi se met à aboyer en russe à l'intention de son garde du corps, sans doute pour lui demander d'aller fouiller mes affaires. Une détonation, brève : je l'entends à peine parce que ce salaud me fait vraiment mal. En revanche, le cri de la brute en cuir éclate dans mes oreilles.

Charles

La connerie, putain, il est train de la faire. J'ai maintenant son équipier dans mon viseur. Sa tête est plongée dans le coffre. Le choix qu'il me reste, ce sont ses jambes et son dos. Putain, je tremble comme jamais. La respiration, coupe ta respiration. Inspire, expire en comptant jusqu'à cinq. T'as encore quelques secondes avant qu'il se redresse. Un, deux, trois, quatre, cinq. Recommence. Un, deux, trois, quatre, cinq. Respiration coupée. Allez, mon gros, prends-la dans le cul, c'est du 7,62.

Le sbire s'écroule en hurlant. Arkadi s'arrête de piétiner Judith mais ne panique pas. Il sort un pistolet de sa veste et court se mettre à l'abri derrière la voiture. Le Dragunov tremble toujours. Je vise les jambes. Manqué. Nouveau tir. Encore manqué. Arkadi se retourne, cherchant à savoir d'où partent les tirs. Puis s'effondre, les bras en U, quand Sadiq l'étend d'un coup de crosse sur la nuque.

Je ramasse le Dragunov, le Glock et la trousse de secours avant de dévaler la pente en direction de Judith, assise dans la poussière, les jambes repliées, visiblement secouée, ses bras serrant sa poitrine. À quelques mètres d'elle, Arkadi ne bouge guère avec le canon du Makarov de Sadiq sur la tempe. Je lui entrave les mains par derrière avec des liens en plastique. Puis les pieds en serrant le plus fort possible. Son sbire se tortille de douleur sur le sol. Pas belle, la blessure, même si aucun organe vital n'a été touché. La balle est entrée par le bas des muscles fessiers et sortie par la cuisse. C'est lui que je soigne en premier.

Il perd beaucoup de sang mais, heureusement, il est tombé sur le dos, ce qui a comprimé l'hémorragie. Le garrot tourniquet permet de la stopper mais elle s'annonce massive. Son pouls n'est pas encore tombé trop bas. Dans moins d'une heure, son corps réagira avec une réponse inflammatoire. Piqûre de morphine, *the old fashioned lady*, comme on l'appelait dans mon unité. Je bourre la plaie de couches de compresses homéostatiques pour combler la cavité provoquée par la balle. La putain de poussière se fout partout et va tout infecter.

Aidé par Sadiq, je le porte par les aisselles pour l'allonger sur la banquette arrière du véhicule qui se retrouve couvert de sang. Sadiq va le déposer sur le débarcadère. Un dernier bac, celui que Judith et son bouddha étaient censés prendre sous la protection d'Arkadi, va bientôt arriver. Si les gardes-frontières, qui ont sans doute entendu les coups de feu, s'occupent immédiatement de lui, il a une chance de s'en sortir.

La tête sur ses genoux repliés, Judith serre toujours sa poitrine entre ses bras. Une vilaine entaille à la base du cou descend vers sa clavicule. Du sang tache sa tunique.

« J'ai la trousse de secours. Enlève ça pour que je puisse...

– Ça ne va pas, non ? Vous n'allez ni me toucher ni me regarder. En plus, vos mains sont dégueulasses, elles ont trempé dans le sang de ce porc. Je ne suis pas Niyusha. Je m'appelle Judith, vous vous souvenez ? Je ne me déshabille pas pour montrer deux ou trois bobos. Et je peux me débrouiller seule. Donnez-moi la trousse et regardez ailleurs. Du côté des ordures. »

Au moment où je tourne la tête vers le prisonnier, elle ajoute :

« Et sortez la tête du bouddha de mon sac. Sans lui, j'aurais passé un sale moment. Il mérite bien une prière. »

9

Les ombres du carnage

Marc-Antoine

La prière de l'aube. Suivie de deux coups de feu qui m'ont traversé de part en part. L'un est pour Hamid, l'autre pour Luttfullah. Ils sont maintenant dans Ses bras, déjà enveloppés de Son manteau de lumière, qui a pour nom l'aurore. Eux qui Le cherchaient partout et dans tout pour pouvoir se perdre en Lui auront donc été tués par ceux qui prétendent L'avoir trouvé.

Je les ai vus se lever et quitter la baraque où ils nous détenaient sans aucune protestation quand ils sont venus les chercher. À peine ont-ils eu une hésitation. Ils m'ont serré très fort dans leurs bras. Aucun des deux ne m'en voulait. Luttfullah s'est retourné au moment de sortir pour m'adresser un pauvre petit sourire, me signifiant que tout irait bien pour moi. Tous les deux étaient malheureux de me laisser seul mais, certainement aussi, de quitter ce premier monde.

« La tristesse ne convient pas au banquet de Dieu », a murmuré Hamid.

Quand la porte s'est refermée, il ne me restait plus la moindre force, pas même celle de vouloir crever.

Ce sera bientôt mon tour. À moins qu'ils ne m'échangent contre certains des leurs, ceux que les troupes du gouvernement ont faits prisonniers. J'ai surpris une conversation qui évoquait cette possibilité, mais j'ai peut-être mal compris.

Les voilà qui reviennent et me font signe de les suivre. Je dois m'appuyer sur le mur tant mes jambes tremblent. L'un d'eux fait mine de me frapper avec la crosse de son fusil pour me faire avancer plus vite. Dehors, le soleil est aveuglant et je dois fermer les yeux. Le soleil et la mort. Je vais devoir affronter l'un et l'autre en même temps.

J'aurais bien voulu parler à quelqu'un avant de partir. J'ai cherché à entrer en communication avec Anne-Castille, mais elle ne m'a pas répondu. Pourtant, j'en ai des histoires à te raconter, ma petite sœur chérie. Et j'aurais tant aimé te parler de mes deux amis perdus.

Judith

Les Afghans sont incroyables. Même entre les pires ennemis, il existe des canaux de communication. Jafar a contacté un intermédiaire, qui en a contacté un autre, puis un troisième. Il a tenu plusieurs longues conversations au téléphone tout en arpentant la grande pièce aux yeux d'aigle, un verre de vodka à la main. J'ai sollicité Charles, qui, mine de rien, les a écoutées. Mais il ne m'a pas répondu. Depuis hier, il me fait à nouveau la gueule. Il s'attendait peut-être à ce que je lui saute au cou ?

Charles se contente de répondre par oui ou par non à mes questions, tout en fixant le bouddha qui a retrouvé sa place sur la table en plastique. Parfois, il se lève de son fauteuil pour taper des boules au billard américain. Il ne m'invite pas à jouer avec lui, ce qui m'aiderait sûrement à me détendre. Il laisse le chef de guerre afghan s'occuper de tous les préparatifs, faisant preuve d'une certaine irresponsabilité. Je finis par lui dire, un peu à contrecœur :

« Charles, je vous remercie pour hier. J'ai simplement cru que vous n'alliez pas tirer. C'était mon baptême du feu, même s'il y a eu l'embuscade et la clinique, car cette fois-ci je n'étais plus simple spectatrice. Et, putain, oui, j'ai encore dit putain, je ne m'attendais pas à ce que cela soit aussi violent. »

Il se contente de hocher la tête. Et recommence à faire claquer les boules avec force, ce qui irrite Jafar, toujours accroché à son téléphone.

Par l'œil droit de l'aigle, on aperçoit la vieille mine d'or tout en bas du grand escalier. Si on redresse la tête, on rencontre l'inextricable fouillis des montagnes dont on dirait qu'elles se chevauchent, grimpent les unes sur les autres lors d'une titanesque bataille.

D'ici trois ou quatre jours, une autre bataille nous attend. Charles vient d'abandonner le billard pour nettoyer ses armes et vérifier leur bon fonctionnement, probablement par nervosité car rien ne presse. Le bouddha l'observe depuis sa table, stupéfait qu'on puisse lui manquer de respect. Brusquement, Charles s'adresse à la cantonade et dit de la même manière qu'il aurait annoncé aller chercher des cigarettes :

« Je descends voir le prisonnier. »

Il ne me propose pas de l'accompagner.

Charles

Jafar a fait enfermer Arkadi dans un local à l'intérieur de la mine avec deux hommes devant la porte. Il est attaché sur une chaise bancale. La lueur de la lampe à pétrole creuse ses traits et ce n'est plus l'homme que j'avais dans ma lunette de tir. C'est devenu un vieillard. Mais ses petits yeux sont toujours perçants, vifs et cruels, et son corps, si l'on excepte ses épaules, ne s'est pas avachi. Un vieil homme dans une carcasse d'acier. S'il devine que ses jours sont comptés, il n'est pas pour autant abattu. C'est lui qui parle le premier :

« Comment va ma petite Niyusha chérie ? Elle est toujours aussi belle ? On ne la voit plus beaucoup dans les magazines ni dans les défilés de Fashion TV.

– Ce n'est pas, je crois, le bon moment pour t'en inquiéter.

– Tu sais, j'aurais pu aller la chercher à Paris. C'était facile de la retrouver. Et j'aurais pu te faire liquider par mes amis à cette occasion. Ta magnifique jument te rend facilement repérable. C'est la fille de Noor, je ne me trompe pas ? Est-ce que Niyusha la monte aussi ?

– Tu devrais le savoir.

– C'est vrai, je sais tout sur elle. Peut-être que tu veux apprendre sa véritable histoire ? L'histoire de la vraie Niyusha. Sais-tu qu'elle voulait revenir vivre avec moi il y a quelques années ? Elle m'a même téléphoné à plusieurs reprises, deux fois depuis Paris, une fois à Londres et une autre à New York. Mais je n'ai pas voulu la revoir.

– Tu mens.

– Comme tu vas sans doute me faire tuer, je sens que tu n'auras pas le courage de le faire toi-même, cela ne me sert à rien de mentir. Laisse-moi quand même te dire que tu n'as rien compris à Niyusha. C'est la raison pour laquelle tu n'as pas pu la garder et qu'elle s'est sauvée tout de suite.

– Ça ne s'est pas passé qu'avec moi, non ?

– Moi, c'était après sept ou huit ans, pas au bout de deux ou trois jours. Moi, je l'ai baisée des milliers de fois. Et toi ? Combien ? Quatre ou cinq ? Moi, je la connais à fond, pas un centimètre de sa peau où je n'ai mis mes mains, ma langue ou ma bite. Et toi, tu l'as à peine effleurée. Pourtant, tu souffres toujours qu'elle soit partie.

– Tu veux me dire quoi ? »

Il réfléchit avant de me répondre en regardant avec envie la cigarette que je viens d'allumer.

« Que c'est moi qui a poussé Niyusha vers toi. Tu n'étais qu'un petit officier français minable et sans fric. Bien sûr, avec une sublime jument, mais cela ne te rendait pas pour autant irrésistible aux yeux d'une fille comme elle. J'ai décidé que c'était le bon moment pour qu'elle s'en aille en profitant de ton passage. Qu'elle te plaque ensuite, c'était dans l'ordre des choses.

– Je ne comprends pas.

– Niyusha, je l'ai aimée passionnément depuis que je l'ai connue, elle n'avait que dix-sept ans, et je l'aime encore. Tu le sais bien : tu as prix mon téléphone, tu as donc vu que sa photo est toujours sur l'écran. À un moment, j'ai voulu que sa beauté éclabousse le monde et pas seulement le bar du Pamir. Je l'ai donc battue, suffisamment pour qu'elle veuille me quitter, qu'elle trouve enfin ce petit courage de se réfugier chez toi. Sa place n'était pas dans une boîte de troisième ordre de la petite capitale de merde d'une république improbable, à servir des clients qui ne méritaient même pas de regarder la plante de ses pieds.

– Tu ne veux quand même pas me faire croire que tu l'as poussée à partir ?

– J'ai reconnu l'endroit où nous sommes. La vallée de Kayan. Les ismaéliens. Je les connais bien. Du temps de la grande armée soviétique, nous avons passé des accords de défense avec eux. Le Vieux de la montagne, on le voit tout mauvais, mais il pouvait être bon. Comme lui, tu me vois tout mauvais, avec une âme aussi noire que cette pièce abjecte. Mais la beauté peut venir l'éclairer, lui donner une part de lumière. Appelle ça la charité si tu préfères.

– J'aurai tout entendu. Tu me tiens un discours sur la dualité de l'âme ?

– Laisse-moi parler. Ignorant comme tu es, tu crois sans doute que je trafique des antiquités pour m'enrichir. Tu n'as rien compris. Une bonne partie de cet argent bénéficie aux soldats russes qui ont été blessés en Afghanistan. Beaucoup sont mutilés, complètement traumatisés, et n'ont jamais pu retrouver un travail. Ce sont ces antiquités, qui ne manquent à personne puisque c'est grâce à moi qu'elles réapparaissent, qui les aident à survivre. Tu ne me crois pas, je le vois bien. Alors je vais te le dire autrement, pour Niyusha : je l'avais suffisamment montée, j'avais fini par m'en lasser. Les belles pouliches russes, ça ne manque pas, même au Tadjikistan.

– Mensonges.

– Tu ne sais rien dire d'autre. Après son départ, est-ce que mes hommes sont venus te trouver dans ta petite chambre merdique ? Ils ne t'auraient pas tué. Simplement, une balle derrière chaque genou. Plus jamais tu n'aurais pu monter ta jument, même pas un cheval de bois. Mais ils ne t'ont même pas cassé la gueule. La seule chose que je ne comprends pas, c'est pourquoi tu veux me tuer. Et pourquoi maintenant. Moi, je t'ai épargné.

– Tu as quelques jours pour deviner.

– Est-ce que je peux avoir au moins des cigarettes ? »

Marc-Antoine

Ils m'ont transféré dans une autre pièce, moins obscure et moins sale, et m'ont donné pour la première fois un morceau de chèvre froide avec du riz et des oignons. Ils ne me frappent plus. Ils en esquissent le geste et s'arrêtent au dernier moment. Autant de signes que j'interprète comme de bon augure. Ma libération semble approcher et, en même temps, je dois me méfier de tout optimisme.

S'ils me libèrent, qu'est-ce que je vais dire au *pir* ? Que ses deux disciples sont morts à cause de moi ? Je sais bien qu'il aura des mots de compassion mais, au fond de lui, qu'est-ce qu'il pensera ?

Quand ils ont tué Hamid et Luttfullah, la lumière de l'aube filtrait sous la porte. Elle jouait des touches de sang sur le mur en pisé. J'ai retrouvé dans ma mémoire des vers de Bahodine Majrouh. On dirait une prière écrite pour eux. Elle a le pouvoir de m'apaiser. Je la répète sans fin :

> Mes amis, vous, amants de la Liberté, vous êtes venus, un jour, de l'inconnu et vous voici rendus à l'invisible. Un matin envolés depuis un nid secret, vous voici à nouveau de retour au mystère, et vous entrez dans le royaume du néant, et vous frappez à la porte de l'Éternelle Demeure.[1]

---

1. *Le Rire des amants*, traduction de Serge Sautreau, Phébus, 1991.

Judith

La bataille se prépare depuis trois jours. C'est demain qu'elle aura lieu. Et c'est encore mon plan qui a été adopté.

Mon cœur palpite à deux cents à l'heure, comme avec ma Porsche sur les autoroutes lorsque je vais faire des dédicaces et que j'appuie trop fort sur le champignon. Je suis transie de peur, mais si je n'y participe pas, je m'en voudrai à mort. Les Grecs disent avec raison : On est ce que l'on fait.

Il me faut d'abord convaincre Charles que je serai dans le coup. Ses copains des forces spéciales n'ont pas été capables d'éliminer l'Hypnotiseur, et il voudrait me tenir à l'écart, avec des arguments vieux comme Hérode ? Tu n'as aucune expérience, ta présence sera un putain d'handicap, pire, les Afghans ne comprendraient pas la présence d'une femme. Dire que je lui ai fait savoir l'autre jour qu'il était un macho fréquentable. Ça m'apprendra.

« Écoute, Charles, je sais qu'il y a des meufs dans l'armée afghane. Et je te rappelle que t'as été bien content que je te serve de chèvre pour coincer ton ami Arkadi.

– C'était ton idée, t'as oublié ?

– Je viendrai, que tu le veuilles ou non. Et n'essaye pas de dire à ton ami Jafar qu'il doit m'en empêcher. J'arriverai toujours à le convaincre de m'emmener. »

Charles a encore une fois la gueule de travers, preuve qu'il n'est pas content. Pauvre petit chat.

Les combattants qui composent la garde de Jafar ont fait leur apparition au pied du grand escalier. Ils sont au nombre d'une trentaine, tous en tenue de combat avec des bérets rouges. La plupart d'entre eux ont des membres de leur famille qui ont eu à souffrir des djihadistes ou des talibans. Il y a du *badal* dans l'air. En prévision de la matinée de demain qui s'annonce difficile, des moutons ont été mis en broche et une odeur de graisse baigne l'atmosphère sur le coup de midi. Au moment du repas, ils se précipitent sur les bassines remplies de morceaux de viande plus ou moins cuits et on peut voir la joie, la joie véritable, épanouir leurs visages émaciés.

Charles espérait davantage de combattants mais l'ismaélien ne veut pas dégarnir ses forces alors que les insurgés sont à l'offensive sur tous les fronts. Lui-même s'est vêtu d'un uniforme kaki qui le boudine comme un bonhomme Michelin et coiffé d'une casquette d'amiral américain large comme une piste de porte-avions. Mais la mer est calme dans ses yeux, plus de brouillard, et le ciel est clair dans sa tête. Depuis l'escalier, il harangue ses hommes d'une voix criarde mais puissante pendant une demi-heure. Les mots qu'il répète font froid dans le dos, quand je demande à Charles de me les traduire.

« *Bokosh-bokosh*, ça veut dire : on les tue. Sous-entendu, on les extermine. *Koshto-koshta*, quelque chose comme carnage. Et *gosh to gosh*…

– Ça, vous me l'avez déjà appris : d'une oreille à l'autre. »

Charles

La seule solution serait d'enfermer Judith dans la mine d'or à la place d'Arkadi. Mais je ne me sens pas d'employer la force, a fortiori après ce qu'elle a subi l'autre jour. Je ne peux même pas solliciter les Afghans. Quand des étrangers s'engueulent, ils évitent à tout prix de s'en mêler. En plus, elle est capable de se foutre à poil devant Jafar.

Tant pis, elle viendra. On partira peu après minuit. Deux groupes : l'un, composé de quelques hommes et dirigé par Sadiq, longera la rivière Kokcha tout en escortant Arkadi ; l'autre, beaucoup plus important, va opérer à revers et sera commandé par Jafar en personne. J'irai avec le premier groupe, ce qui fait que je ne pourrai pas veiller sur Judith qui sera dans le second. Je vais lui confier la trousse de secours et elle va devoir rester derrière Jafar, qui, en tant que chef de sa communauté, ne prendra pas trop de risques.

Derrière le petit convoi de jeeps et de Humvee garés près de la mine, cadeaux de l'armée américaine, il y a un tracteur avec sa remorque. Il transporte un générateur de campagne et de puissants haut-parleurs. Il y a aussi deux camionnettes avec sur la plateforme de chacune deux bourricots, probablement pour porter les mitrailleuses et les caisses de munitions, qui n'ont pas l'air ravis de l'aventure.

10

Notre-Dame des ombres

Marc-Antoine

Ils sont venus me chercher à l'aube, cette fois pour me conduire devant un jeune homme au regard hypnotique. Il serait très beau si son visage n'avait pas été amoché. Il a un gros pansement sur le nez, deux ou trois dents cassées et il boitille en se déplaçant.

Il me fait asseoir près d'un grand feu devant lequel des combattants se réchauffent et m'offre une tasse de thé bien noir. Il parle un français parfait.

« Tu t'en tires bien, roumi. Les espions, on les égorge, mais toi, tu vas être libéré.

– Je ne suis pas un espion.

– Mes frères sont certains du contraire. Moi, je sais que tu n'es qu'un pauvre étudiant français qui croit que les civilisations peuvent dialoguer. C'est bien ça ?

– Je…

– Mais ici, tu es en Afghanistan, dans la citadelle de la foi, le pays qui n'a jamais été conquis par les *koufar*, et il ne peut être question de dialogue. Si le seul pied d'un impie effleure ce pays sacré, c'est une profanation, un sacrilège. Et toi, tu l'as profané sur des kilomètres.

– Vous avez tué mes deux amis qui n'étaient pas des impies.

– Ils l'étaient d'une autre façon. Si Allah les a punis par la main éclairée de mes frères, c'est à cause de toi. Tu sais ce que ce Satan de l'Amérique qu'est George Bush a dit à son armée quand elle a envahi notre terre sacrée ? Qu'il ne fallait faire aucune différence entre les terroristes et ceux qui leur donnaient asile. Alors, nous suivons ses conseils : nous ne faisons aucune différence entre les infidèles et les impies. Les premiers viennent ici nous corrompre par les armes, l'argent, les livres ou la médecine, et les seconds sont dans le sacrilège en collaborant avec eux pour asservir notre pays sacré. Les uns et les autres sont donc à égalité les cibles de notre grand djihad. Nous ne cessons de le répéter dans nos messages. Ces deux pauvres imbéciles, qui croyaient qu'Allah est dans les sources, le vent, les abeilles, les arbres et je ne sais quelles autres conneries, le savaient. Ils t'ont accompagné. Ce sont eux qui ont fait le choix de mourir.

– Vous n'allez pas me tuer ?

– Non. Parce qu'un homme a fait encore beaucoup plus de mal que toi à nos frères et à nos sœurs. C'était il y a longtemps. Mais la patience d'Allah est infinie. C'est l'heure pour lui de prendre ta place. Et nous avons beaucoup de questions à lui poser. »

Charles

Nous marchons en poussant Arkadi devant nous dans la longue avenue bordée de colonnes brisées qui traverse la ville basse d'Aï Khanoum. Les djihadistes de Wilayat Khorasan ont installé leur camp à quelques kilomètres de l'antique cité grecque, sans doute avec l'idée de fouiller cet immense périmètre pour se financer.

C'est Judith qui a eu l'idée. Sachant qu'il ne reste plus aucun édifice, ni théâtre, ni gymnase, ni temples, ni palais, elle a jugé qu'il ne sera guère possible à un sniper de se cacher. Elle n'a pas tout à fait raison : les fouilles clandestines ont fait surgir des excavations de partout. La terre y est meurtrie comme à Verdun.

Est-ce une tragédie qui va se jouer sur la vieille terre d'Aï Khanoum, jadis célèbre, m'a appris Judith, pour son théâtre de six cents places ? Encore faudrait-il que les dieux soient présents. J'ai entendu Judith murmurer à la maternité, l'autre jour, que les putain de dieux étaient partis et qu'il n'y avait plus qu'à hurler.

Moi aussi, j'ai envie de hurler devant ce que l'on s'apprête à accomplir. Échanger un ignoble salaud contre un innocent. Ce salaud, que personne n'a jugé, va être livré à des salauds encore bien pires. Cela fait de nous leurs complices. Sans compter que ce salaud est un ancien soldat avec un rang d'officier supérieur au mien. Peut-être parce que sa présence me rappelle Niyusha, je ressens pour lui de la pitié. Sur son visage vieilli et ridé, je crois distinguer les fossettes du gosse innocent qu'il a été. J'ai envie de dégueuler.

Arkadi n'a d'abord pas compris ce qui l'attendait. Il a cru qu'on allait l'exécuter et s'est demandé pourquoi nous l'emmenions si loin. Maintenant, il commence à deviner ce que nous comptons faire. Sadiq doit lui donner des coups de crosse dans les reins pour le faire avancer.

Nous les apercevons. Ils progressent dans notre direction, poussant devant eux Majnûn. Nous nous arrêtons à environ quatre cents mètres d'eux. Je suis resté légèrement en retrait pour ne pas qu'ils me voient, un étranger pouvant leur donner l'idée d'un autre kidnapping. Sadiq frappe de plus en plus durement Arkadi qui s'est figé sur place et cherche à s'agripper à lui. J'ai envie de le rassurer. Je lui crie :

« Avance. T'en fais pas. On va prévenir tes amis mafieux de Douchanbé. Avec tout leur fric, ils sauront te tirer de là. »

Mais plus de Majnûn en vue. Il n'avance plus dans notre direction.

Judith

C'est l'heure, Jean. L'heure de te venger. L'heure de nous venger. L'heure du *bokosh-bokosh*, comme dirait Jafar. J'ai soutenu devant Charles que j'étais venue en Afghanistan parce que je voulais écrire un livre sur Roxane, puis parce que le boulot n'avait pas été fait. Ce n'est qu'une partie de la vérité. Car mon sang est empoisonné. La vengeance est un manque, les Afghans le savent bien, une saloperie de drogue dure que tout mon corps réclame. Le shoot, je l'aurai quand il sera dans la mire du pistolet que j'ai en main.

Avant de partir, mes dents se sont mises à claquer mais j'ai prétendu que c'était à cause du froid très vif de la nuit. Maintenant, ça va mieux. Cela fait trois heures que l'on marche dans les incertitudes de la montagne avec le soleil qui vient de se lever pour nous mettre son poing de feu dans la figure. Le sentier monte rudement et les muscles de mes jambes crient pitié. Le guide est un vieil orpailleur de la rivière Kokcha qui cavale comme un chasseur alpin. Il ne peut plus travailler, les djihadistes lui ayant interdit cette activité. Il est ravi de nous voir les déloger de ce coin, et de prendre en passant quelques dollars. Cet or qu'il cherche, la rivière le charriait déjà du temps d'Alexandre. Outre la position stratégique d'Aï Khanoum, au croisement de plusieurs routes et de plusieurs mondes, l'or peut expliquer la création de la ville, célèbre non seulement pour ses écoles philosophiques, son théâtre et ses conquérants, mais aussi pour ses orfèvres.

Je n'arrive pas à chasser la peur qui forme une boule de plus en plus grosse dans mon ventre.

Occupés par l'échange des otages, les djihadistes ne s'attendront pas à nous voir débouler de ce côté-là, c'est-à-dire dans leur dos. Du moins, c'est ce que Jafar prétend. Charles en est moins convaincu. Il a encore répété son mantra, cette fois en se permettant de citer le général prussien Von Moltke : « Aucun plan de bataille ne survit au premier contact avec l'ennemi. » Tu vieillis, Charles, tu radotes.

Nous quittons le sentier pour avancer à travers une lande pelée avec une pente moins forte. Des cailloux en embuscade nous tordent salement les chevilles. Pourvu que ça ne soit pas miné, par ici. Mais je ne vais pas me plaindre : je vois derrière moi six villageois transpirer à grosses gouttes en portant le gros générateur et les haut-parleurs. De crainte que les braiments des ânes, même s'ils ont les naseaux fendus, n'attirent l'attention, ils les ont déchargés avant les dernières grimpettes.

Plus question de faire le moindre bruit, m'intime Jafar en posant son gros boudin de doigt sur ses lèvres. Concentration maximum sur chaque pas. Putain d'angoisse. Putain de trouille. La boule pèse de plus en plus lourd dans mon ventre.

On vient d'atteindre la crête et on s'allonge sur la pierraille glacée derrière des rochers. J'ai un gilet pare-éclats que m'a prêté Fout-le-Feu-à-la-Forêt, des lunettes pare-éclats que m'a données Charles et une vieille paire de jumelles tchèques, cadeau de Jafar, sans oublier la trousse de secours et l'essentiel : le semi-automatique autrichien.

Avec les jumelles, je distingue au milieu d'un capharnaüm de montagnes et de hautes collines la rivière Kokcha. Elle miroite sous le premier soleil et elle a la couleur de ce bleu méditerranéen qui émouvait tant le vieil Homère. Elle longe la cité haute d'Aï Khanoum, l'acropole, dont il ne reste sans doute rien. Au pied de cette forteresse se trouvaient les trois temples, l'immense palais avec des dizaines de hautes colonnes corinthiennes, aujourd'hui tronçonnées, la trésorerie, l'arsenal, le gymnase où l'on discutait de philosophie et où Aristote, le maître d'Alexandre, est peut-être venu enseigner – sa visite fait débat parmi les spécialistes –, le théâtre, où l'on a continué de jouer les œuvres d'Aristophane, de Sophocle et d'Euripide bien après qu'elles ne fussent plus représentées en Grèce. Traversant la ville, la longue voie à découvert, où doit se dérouler l'échange des otages, est cachée par une colline.

Est-ce que l'Hypnotiseur est avec le groupe qui accompagne Majnûn ? Où est-ce qu'il est en bas, dans le camp, une vingtaine de tentes adossées à des baraques de bergers, certaines en ruines, à moitié cachées sous des eucalyptus ? On ne le saura qu'au moment de l'attaque, qui commencera dès que Charles aura récupéré et mis en sécurité l'otage. Il en avertira Jafar par talkie-walkie, car le réseau téléphonique est incertain. Charles, optimiste comme toujours, craint que la portée de cet appareil soit insuffisante et regrette que l'on ne dispose pas d'une radio à haute fréquence.

Jafar, que j'appelle *my admiral*, est allongé sur une butte légèrement plus élevée. Il aperçoit peut-être, avec ses puissantes jumelles qu'il ne quitte pas un seul instant, l'entrée de la gorge qui conduit à l'antique artère principale d'Aï Khanoum. Finalement, même avec son regard poisseux, qui doit plaire aux mouches, et son haleine chargée de vodka, qui doit les foudroyer, je l'aime bien. Un héros de roman d'aventures, du genre looser. Et ce n'est pas lui qui me ferait des remarques désobligeantes. Tout semble lui plaire chez moi. C'est peut-être pour ça qu'il a accepté d'enfiler à nouveau ses rangers et son uniforme trop serré.

Il faudrait que j'arrive à lui parler, tout doucement, pour calmer ma peur. C'est drôle, elle commence à se retirer maintenant que l'attaque approche.

« Tout va bien, *my admiral* ? *Bokosh-bokosh* ? »

Il quitte ses jumelles pour me regarder avec un grand sourire. Oubliant que la minute d'avant il nous intimait à ne pas faire de bruit, il s'écrie : « *Yeaaah, baaaaby. Yeaaaah. Bokosh-bokosh.* » Puis, roulant ses gros yeux après avoir consulté de nouveau ses jumelles : « *Problem, big problem.* »

Les djihadistes, ceux que l'on aperçoit dans le camp en bas de la colline, s'agitent. On les voit se précipiter sur leurs armes et s'avancer en direction de la cité grecque.

Marc-Antoine

Ils me poussent en m'enfonçant le canon de leurs Kalachnikovs dans le dos mais je ne veux pas avancer. Celui qui conduit le petit groupe, un gros type avec une barbe sauvage très noire et des cheveux longs qui tombent plus bas que ses épaules, veut à nouveau me frapper.

En les écoutant, j'ai pu compléter ce que le djihadiste français m'a dit : l'homme contre lequel ils veulent m'échanger est un ancien officier russe. Je ne sais pas ce qu'il leur a fait mais ils lui promettent les pires tourments. C'est déjà par ma faute que Luttfullah et Hamid ont été assassinés et je ne veux pas qu'il soit torturé puis exécuté à cause de moi. Ce qu'il a fait, ce n'est pas à moi d'en juger. Grand-père Charles serait sûrement du même avis. Et sœurette ? Elle voudrait que je m'en sorte quel qu'en soit le prix. Mais ça ne suffit pas à me convaincre. Je résiste jusqu'au moment où l'un d'eux me balaye les jambes et me projette par terre. Avec un autre, ils me prennent par les pieds et me traînent en direction de l'autre groupe qui n'est plus guère éloigné. Comme je me débats de toutes mes forces, ils me laissent choir sur le sol.

Charles

Arkadi nous braque avec une Kalachnikov. La situation a changé en un quart de seconde. Sadiq est allongé par terre et j'ai l'impression qu'il n'arrive plus à respirer. Les trois autres membres de notre petit groupe sont figés, l'air complètement ahuri. Leurs armes pendouillent au bout de leurs bras.

Marc-Antoine, t'es un putain de Majnûn. Cet âne bâté ne semble pas vouloir être libéré. Comme l'agitation au sein du groupe djihadiste a polarisé toute notre attention, le Russe en a profité pour frapper Sadiq, probablement au cou, accompagnant son geste d'un coup de pied puissant derrière les genoux, une technique d'immobilisation propre à la plupart des commandos, et lui arracher son arme pendant qu'il tombait.

Côté djihadiste, la scène n'est pas passée inaperçue. Toutes les armes se sont dirigées immédiatement sur nous. J'appelle discrètement Jafar avec le talkie-walkie mais, comme je l'avais prévu, la communication ne passe pas.

Arkadi commence à reculer. Lui aussi a vieilli : profitant de la surprise, il aurait pu tous nous dégommer et s'enfuir. Trop tard. Les trois autres ismaéliens se sont ressaisis et le menacent de leurs armes, ne sachant trop quoi faire. Les djihadistes, inquiets que leur proie ne leur échappe, commencent à avancer en nous gardant dans leur ligne de mire. Sans doute qu'ils pensent pouvoir prendre notre otage et garder le leur. Majnûn est toujours allongé sur l'antique voie grecque, la tête entre les mains.

Créer la surprise pour renverser la situation, c'est la règle dans ce genre de face-à-face bloqué. La peur est revenue dans mes jambes. Comme autrefois dans le col de Boulakheil, pendant l'offensive soviétique. La sueur ruisselle dans mon dos, sur mon front, au point que ma vue est brouillée. Face à la Kalachnikov d'Arkadi, le Dragunov ne m'est d'aucune utilité. Reste ma main gauche, celle qui tient le Glock enfoui dans la vaste poche de ma vareuse. Le Russe n'a sans doute pas vu le pistolet. Son cran d'arrêt est relevé et je peux tirer à travers le vêtement. Mais cette putain de main s'est mise à trembler. Deux des trois ismaéliens devinent cependant que je prépare quelque chose et se séparent pour détourner le regard d'Arkadi. C'est le moment de tirer.

Judith

Un coup de feu au loin, suivi de rafales juste après. Les djihadistes commencent à courir en direction d'Aï Khanoum. Fusillade générale de l'autre côté de la gorge. D'autres combattants sortent des tentes et des baraques de berger. Ils sont une bonne vingtaine. Je regarde Jafar, craignant qu'il ordonne le repli. Il agite plusieurs fois sa main. Est-ce pour donner l'ordre d'attaquer ou d'engager une retraite ?

Immédiatement, toute la montagne, les buissons, les arbustes, les taillis se mettent à frissonner, et les herbes sèches à se coucher. Jaillies de nulle part, des guitares électriques annoncent le couronnement de Satan qui s'est mis à hurler *Highway to Hell*, le morceau mythique d'AC/DC. Les haut-parleurs, que les hommes de Jafar ont installés sur la ligne de crête, ont une puissance démoniaque. Les djihadistes sont pétrifiés. Dans mes jumelles, je vois que l'un d'eux se ressaisit. Il se bouche les oreilles et s'époumone. À sa suite, ses hommes s'emploient à repousser l'ouragan sonore en hurlant eux aussi « *Allahou akbar* », tandis que les premières rafales se font entendre. Parties de trop haut sur la colline, elles n'atteignent pas leur cible mais, mêlées à la musique démentielle, elles sèment la panique.

Jafar ordonne à ses hommes de descendre en direction du camp en continuant de tirer. Lui-même dévale la pente pour montrer l'exemple. D'un geste méprisant, il me fait signe de rester sur la crête. Pas de ça, Jafar. Je colle mes pas dans les siens. La musique se dispute avec les rafales de plus en plus violentes. Stridences suraiguës et crépitements rauques. *It's only war and rock'n'roll.*

Profitant de l'abri offert par un petit promontoire, deux ismaéliens installent une mitrailleuse 12,7. Elle hache les tentes, cisaille les murs en pisé des baraques, traverse les hommes. Vingt mètres plus loin, deux autres combattants mettent en position une 14,5 antiaérienne capable de percer une carlingue d'avion. Elle fracasse même les rochers. Un djihadiste est coupé en deux. Je m'arrête pour vomir. En reprenant ma course, je bute contre une racine et m'étale dans la pierraille.

Bon Scott, le chanteur d'AC/DC, gueule comme un damné dans les haut-parleurs : « *I'm on the Highway to Hell* ».

Charles

Raté ce putain d'Arkadi à cause de ma main tremblante. Il réplique. L'un des trois ismaéliens tombe et ses copains ripostent. Le Russe s'effondre, touché au bras. La Kalachnikov qu'il nous avait prise est par terre. Tous les djihadistes se mettent à tirer dans notre direction. Sadiq ramasse sa Kalach et, sans se relever, leur répond.

D'autres rafales, plus lointaines. Jafar a dû passer à l'attaque du camp djihadiste. Je crois aussi entendre de la musique. Cet endroit est bel et bien hanté par des djinns.

Les djihadistes essayent de nous encercler. Avec Sadiq et les deux autres Afghans qui aident leur copain blessé à la jambe, on se replie en direction de l'ancienne acropole. Je n'ai pas récupéré la Kalach du blessé, qui nous aurait pourtant été bien utile, car le Dragunov ne me sert pas à grand-chose dans pareille situation.

Putain, Jafar, qu'est-ce que tu branles ?

Judith

La fusillade, la fumée, les cris, les explosions. Je ne sais plus où je suis. Un corps, non, le cadavre d'un homme. Une balle est entrée par l'œil droit et a emporté une partie de son crâne. La putain de musique s'accorde à toute cette horreur. Bon Scott hurle comme si une rafale lui avait arraché une patte : « Personne ne va me ralentir / Comme une roue qui tournerait / Personne ne va m'en empêcher / Hé Satan, j'ai payé ce que je dois. »

Toujours plus de cris et d'explosions. La fumée s'étale et, mêlée aux premiers rayons du soleil, elle brouille tout. Les tentes brûlent. Le vent attise l'incendie. Les yeux piquent. Je tousse au point de vomir encore.

Sympathy for the Devil, le morceau des Stones version live, prend la suite d'AC/DC. On était allés les voir avec Jean. Je m'en souviens comme si c'était hier. Complètement possédé, Mick Jagger, coiffé d'un drôle de chapeau, se tortillait comme un serpent qu'on a jeté dans un feu, et Keith Richard était saisi de convulsions jusqu'à la pointe de ses grandes oreilles. C'était hier, c'est aujourd'hui. Sa guitare et celle de Ron Woods mêlent leurs lignes aux rafales. Tout tourbillonne et d'étranges lueurs s'allument dans le ciel. Tout explose, la terre s'ouvre, Lucifer finit par sortir. Il est là, il danse au milieu des cadavres, des fantômes, dans les ombres projetées par les flammes qui allongent son grand nez démoniaque. Et parce qu'il danse avec nous, que nous lui apportons la musique, je sais que nous allons gagner, que nous allons terrasser les frères de la Pureté.

La musique s'éloigne peu à peu, avalée par les explosions et le staccato lourd des mitrailleuses. L'odeur de poudre se colle à celle du souffre, encore plus irrespirable, remplacée bientôt par la combustion des corps.

Un deuxième cadavre. La fumée s'écarte un instant pour que je puisse le regarder. C'est donc comme ça que la mort nous prend. Elle nous tord, nous désaxe, nous éparpille, nous atomise. Elle nous déchausse comme cet homme qui a perdu ses espadrilles et me regarde avec ses yeux excavés. Je ne vois plus du tout Jafar. Est-ce lui devant ? Je crois. Même si ma peur a foutu le camp, j'ai une envie brutale de pleurer. De pleurer, de pleurer et de pleurer encore, de pleurer pendant des jours et des nuits.

Charles

On arrive à les tenir à distance en reculant. Les trois ismaéliens se battent comme des lions tout en soutenant le blessé, mais ils gaspillent trop de balles à tirer en rafales. Je ne tremble plus, toutes mes forces sont revenues et je fais quelques cartons avec le Dragunov. Mais on va bientôt être acculés sur l'acropole. J'ai peur qu'on manque de chargeurs. Bordel, Jafar, t'arrives ou quoi ?

Coincés par la levée de terre qui termine l'ancienne acropole, nous nous allongeons sur le sol pour les attendre. Trois Kalachs, un pistolet et un Dragunov face à au moins sept hommes bien armés. Avec son *kamiz*, je fais un garrot à la jambe du blessé, qui serre les dents pour ne pas gémir. Qu'est devenu Arkadi ? Je ne le retrouve pas, même en le cherchant avec les jumelles. Aucune trace non plus de Majnûn.

« Les voilà. Attendez, ne tirez pas encore. On est trop loin, on ne les touchera pas. Visez-les d'abord. Ensuite, tirez au coup par coup pour économiser les chargeurs. »

Judith

C'est donc ça, le chaos : Lucifer, la valse des atomes, leur danse folle et sans fin. « Sois rassasié, sauvage Mars ! Saute la frontière, prends position », chantaient les prêtres de la Rome antique au dieu de la guerre. Rassasié, tu vas l'être, mon cher Mars. Et par mes soins aussi.

Jusqu'alors, je ne savais pas exactement pourquoi j'étais venue en Afghanistan. Pour écrire l'histoire de Roxane et d'Alexandre ? Pour capturer l'Hypnotiseur ? Aujourd'hui, je sais que je suis venue ici pour le tuer. Ce qui est incroyable, c'est qu'il me fait peur, mais pas au point de m'arrêter. Ce n'est qu'un petit manipulateur fanatique, pas un guerrier. Je le traquerai et je le tuerai.

Mais où trouver l'Hypnotiseur dans ces tourbillons de poussière ? Au cœur de la fumée et des explosions, toutes sortes de cris entrent en fusion. On n'entend plus du tout la musique. Elle s'est arrêtée après nous avoir conduits aux portes de l'enfer, remplacée par le soleil. Ses rayons percent les brouillards comme des glaives et nous aveuglent.

Encore un cadavre. Celui-ci a gardé ses chaussures, de pauvres bottines en plastique, sûrement made in China, peu pratiques pour courir dans la montagne Il a perdu son turban qui est tombé sur une pierre sans se dérouler, comme s'il avait décidé de le poser là avant de mourir.

L'haleine de la bataille est acide. Matière plastique calcinée, soufre, poudre, ferrailles surchauffées, chairs carbonisées, herbes brûlées et relents de charogne. Est-ce le dernier cercle de l'enfer, cette corruption d'odeurs qui montent des profondeurs ? Et ces plaintes, longues, indistinctes, décharnées, des voix de spectres bien réelles, les gémissements d'une terre blessée. Trop de batailles hantent ces paysages.

Je continue d'avancer malgré tout. Dans cette mêlée, comment font-ils pour se repérer, se reconnaître, savoir qui est l'ennemi ? Je serre de plus en plus fort le pistolet pour me rassurer. Jafar ayant disparu dans les brumes, je suis seule. La bataille est devenue illisible. Je ne sais plus où je suis. Aï Khanoum doit être devant moi. J'ai envie de revenir sur mes pas pour regagner la crête. Non, ta place est ici ! Judith, tu as dit adieu à l'antilope. Tu as dit adieu à la grande gosse, gauche et empruntée, dont tout le monde se moquait. Tu es Judith. Judith pour de bon. Judith pour toujours. Et tu cherches Holopherne.

Marc-Antoine

Alors que tout le monde flinguait tout le monde, personne ne faisait attention à moi. Je me suis fait aussi petit que possible et j'ai rampé en direction de ce qui fut, si j'en crois ces moignons de piliers, la ville grecque d'Aï Khanoum. Je me suis caché dans un début de galerie, sans doute creusée par des pilleurs d'antiquités.

Maintenant qu'ils se sont éloignés, je décide de sortir de mon trou en rampant. Plus personne autour de moi. Ils m'ont abandonné et le monde a sombré dans la folie.

Mes ravisseurs, qui ont poussé en direction de la citadelle, rebroussent désormais chemin en courant et passent sans me voir. Grand-mère, citant grand-père André, m'avait dit que la guerre, c'est la peur, la sueur et le chaos. Et si je me levais et m'en allais, tout simplement ? Quitter ce monde de fous et de poussière pour chercher la Perle.

Je marche dans la direction opposée de la bataille. Grand-père André, lui aussi, a essayé de sauver sa peau après avoir perdu ses compagnons. Je dois d'abord me purifier en cherchant la perle, puis je reviendrais auprès du *pir* pour lui présenter mes regrets et implorer son pardon pour la mort de ses deux disciples, mes deux amis.

Là-bas, de l'autre côté de la rivière d'un bleu mystique, commence mon chemin vers les montagnes d'azur. Le monde est magnifique.

Judith

Sifflement. Explosion. Elle m'aplatit sur le sol tandis que des mottes de terre grêlent sur moi. Mes poumons se recroquevillent, n'arrivent plus à respirer. De la poussière plein la bouche. Un marteau tape sur mes os et un tournevis triture mes viscères. Mais, peu à peu, le souffle revient. Le gilet pare-éclats a limité les dégâts. Faut que je me relève pour savoir si je n'ai rien. Mes oreilles crient, un train de nuit traverse mes tympans en sifflant. Et avec ça, une envie folle de faire pipi. Probablement la peur. Tant pis, à la guerre comme la guerre. Ça réchauffe mes cuisses glacées. Me fous pas mal de ce que pensera Charles si jamais il l'apprend. Il voulait que je mouille ma petite culotte, j'ai fait mieux, elle est trempée et ça coule le long de mes jambes, dans mes chaussures. En plus, ça, c'est dingue, je crois que j'ai mes règles, pour une fois en avance. Pas de tampon. Et j'ai lu qu'en Afghanistan, les cailloux et les pierres sont à ce point malheureux de se trouver sur le passage d'une femme impure qu'ils lui jettent des mauvais sorts. Le bonheur complet.

Je récupère le pistolet et la trousse. Faut continuer. Avancer encore. Pas question de rebrousser chemin. Je suis Judith. Et je cherche Holopherne.

La bataille semble s'être éloignée. J'arrive près du campement sans trop savoir comment, attirée comme un papillon par les flammes des tentes qui brûlent, dégageant une fumée mordicante et noire. À côté, un feu de bois avec une théière qui siffle sans fin et de la viande de chèvre carbonisée. Jafar est là. Il a récupéré une dizaine de ses hommes et leur donne des ordres. Deux prisonniers sont allongés sur le sol, les mains liées dans le dos, le visage ensanglanté pour l'un d'eux. Des gilets explosifs sont étalés au sol. Heureusement, personne n'a eu le temps de s'en servir.

Jafar est stupéfait de me voir et sa grosse bouche de Bacchus s'ouvre tout rond. Il feint de se mettre en colère et crie un peu. Je lui réponds avec un beau sourire et dans un persan balbutiant :

« Je suis Judith. Et je cherche Holopherne. »

Il n'a pas l'air de comprendre quoi que ce soit mais il ne dit mot quand je l'accompagne, lui et ses hommes. Puis il se tourne vers moi pour me lancer à nouveau son cri de guerre, « *Yeaaaah baaaaaby, bokosh-bokosh* », avant de s'engager à grands pas vers le fond de la vallée.

Marc-Antoine

En traversant l'ancien site d'Aï Khanoum, puis en longeant ce qui fut sans doute son acropole, j'ai trouvé un sentier qui me conduit à la Kokcha. Je pourrai alors suivre son cours, même si ce ne sera pas toujours facile, car la rivière est gonflée à cause de la fonte des neiges et la vallée promet d'être encaissée en amont. Je sais qu'elle conduit au Badakhshan, qui n'est pas un pays taliban. Très peu de villages le long de ma route, cela limitera les mauvaises rencontres, et ils me suffiront pour trouver à manger. Comme les gens d'ici aiment bien les errants mystiques, que l'on appelle *malang*, je n'aurai qu'à prétendre que je vais en pèlerinage à Balkh depuis l'Asie centrale.

Une fois à Fayzabad, la capitale du Badarkhshan, si la situation militaire le permet, je trouverai un bus pour m'emmener à Oum al-Balad, « la mère de toutes les villes », comme l'appelaient les conquérants arabes.

Là-bas, beaucoup d'ombres errantes me sont familières.

Oum al-Balad, c'est Balkh, l'antique Bactres, où Alexandre le Grand a épousé Roxane, la resplendissante de lumière, et d'où il est parti pour conquérir les Indes et livrer bataille au grand roi Pôros, dont il a défait l'armée de deux cents éléphants de combat. Auparavant, elle était la cité du mythologique roi Kâous, exilé après avoir construit une tour d'une hauteur démoniaque pour combattre Dieu. C'est encore ici qu'est né et a enseigné Zoroastre. Il y a fondé une religion qui incarnait la pensée de l'ancienne Perse avant qu'elle ne soit métamorphosée par le contact avec les Grecs. Dans ses chants sacrés, il prophétisait, il y a quelque trois mille sept cents ans, que la lutte entre l'ange de Lumière et celui des Ténèbres serait éternelle.

C'est toujours Balkh qui, au début du XIIIe siècle, nous donna Maulana, l'un des plus grands poètes mystiques, que l'on appelle Rûmi en Occident. Bahodine Majrouh l'aimait tout particulièrement. Puisque je n'ai pas rapporté la version en pachto du *Rire des amants,* et que je suis responsable de la mort de mes deux amis, il me reste à essayer de me faire pardonner en quittant ce bas monde de poussière et de haine, après avoir entrepris la quête de la perle magique.

C'est ici, sur la rive de la Kokcha, que mon voyage commence. Je trouverai certainement le long de la rivière de grands peupliers noirs. Quand le vent jouera dans leurs branches, leur musique m'accompagnera, et je trouverai également des roselières pour écouter Nafas, le grand Souffle, qui traverse les tiges creuses des roseaux. Hamid et Luttfullah m'ont dit qu'à l'ombre des vieux murs du sanctuaire Kâwdjah Abou Nasr Parsa, une des vieilles mosquées de Balkh, d'un bleu si pur que sa contemplation suffit à enivrer, je rencontrerai d'autres chercheurs de perles fines. S'ils ont le pouvoir de la consolation, je leur parlerai de mes deux amis disparus et d'Anne-Castille, ma petite sœur adorée. Et s'ils ne l'ont pas, je m'adresserai à l'aurore, la belle aurore.

Charles

Ils ont décroché. À nous de les talonner et de fermer la gorge une fois qu'ils y seront entrés. Avec Jafar et ses hommes de l'autre côté, ils seront dans une nasse. Ding dong, la cloche qui sonne l'heure de *bokosh-bokosh* retentit dans ma tête.

Mais où est Arkardi ? Nous venons de passer à l'endroit où il a été blessé. Là, je l'aperçois qui sort d'un trou de fouille creusé à côté d'un socle de pilier éclaté. Il avance péniblement en direction de la rivière Kokcha.

Dans la lunette du Dragunov, je vois qu'il a réussi à se faire un garrot en déchirant sa chemise. Je pourrais le dégommer facilement. Presser la détente et en finir. Mais tirer dans le dos d'un homme qui fuit… Même si Zoroastre n'enseigne plus dans ces lieux depuis des milliers d'années, son ange de Lumière rôde encore parmi les ombres. Je suis incapable de le tuer comme ça.

Arkadi va devoir traverser la Kokcha. Pas sûr qu'il y arrive. Après, il lui faudra marcher un bon moment pour arriver jusqu'au bac sur l'Amou-Daria. Pas sûr qu'il y arrive non plus. Peut-être aussi que des talibans rôdent ici et là. Allez, Arkadi, montre-nous que tu es un guerrier, pas seulement un trafiquant et un incendiaire de village.

Judith

Les mitrailleuses écrasent tout, leurs rafales ponctuées de temps à autre par l'explosion sourde d'une roquette de RPG. Au lieu de s'éparpiller et gagner les hauteurs, les djihadistes ont fait l'erreur de se regrouper dans la gorge, rejoints par ceux qui voulaient procéder à l'échange. Si cela se passe comme nous l'avons prévu, Charles et ses hommes vont arriver derrière eux et verrouiller la nasse.

Comme nous nous sommes rapprochés, nos talkies-walkies fonctionnent à nouveau. J'entends sur celui de Jafar la voix de Charles. Il est vivant et demande de mes nouvelles.

Les deux mitrailleuses nous donnent très vite l'avantage. Elles enfoncent les positions djihadistes. Crépitements. Flashs. Coups de tonnerre. Grenades ou roquettes, je ne sais pas faire la différence. Le ciel dégringole, charriant des morceaux de falaise. La poussière nous enveloppe dans un grand manteau âcre. Je tousse à en suffoquer. Je ne vois plus rien. Des ombres dans la brume se couchent et se relèvent, tombent et restent au sol.

Un combattant de Jafar est foudroyé à deux cents mètres devant moi. Une explosion à ma droite. Des éclats de pierre. Juste une éraflure au menton et pas le temps d'avoir peur. Un homme me fait signe d'avancer jusqu'à lui. Je rampe comme je peux, meurtrissant mes genoux et mes coudes dans la caillasse. Un blessé est allongé à côté de lui. C'est le ventre qui a pris. Il a à peine seize ans et me regarde fixement avec les yeux d'un chiot perdu qui se voilent peu à peu mais ont foi en moi. Une traînée de sang part de sa bouche, il n'arrête pas de vomir. Il pue affreusement, une odeur d'égouts bouchés.

Charles m'a appris comment stopper une hémorragie et maintenir les organes à l'intérieur. Mais ce n'est pas comme ça que ça se passe. Trop de sang. Je n'arrive pas à faire un bandage extérieur. Les compresses homéostatiques ne servent plus à rien, même en les bourrant les unes sur les autres de chaque côté du foie. Ça gicle de partout.

Le blessé possède des yeux verts magnifiques. Son camarade a roulé plusieurs *patou* sous sa tête pour lui permettre de mieux respirer. Ses bras pendent de chaque côté de son corps comme des branches cassées, comme une descente de croix, et ses mains se cramponnent à la terre. J'ai son sang dans les yeux, sur les lèvres, dans ma bouche. L'eucharistie cuivrée de la mort. Dans deux minutes, il sera parti. Quelqu'un pour m'aider ? Je vous en supplie, aidez-moi. Personne, bien sûr. Jean, Charles, je ne peux même pas compter sur vous.

Son camarade est reparti se battre, croyant l'avoir laissé en de bonnes mains. Seule. Je suis seule. Les dieux sont partis. Il n'en reste aucun. Quelqu'un passe tout près. Hey ! S'il vous plaît. Aidez-moi, je vous en supplie. Je n'y arrive pas. Il ne s'arrête pas. Jamais personne ne s'arrête. Je deviens folle.

Quand Jean est parti, il n'y avait personne non plus. Seule au crématorium, les parents complètement à côté de la plaque, les amis accablants dans leurs consolations, les copines qui prenaient leur revanche sur mes années de bonheur ; seule dans l'appartement avec des bouteilles de whisky, les siennes, que j'ai fini par toutes boire ; seule dans la chambre où son ombre flottait comme un mirage, son eau de toilette mêlée à sa sueur de flic sur les draps du lit comme des empreintes qui s'évanouissent peu à peu. Personne pour me dire quoi faire, quand changer les draps, que j'ai gardés pendant des mois, comment survivre. De la drague autour de moi, mais aucune compassion. Je ne la cherchais pas, simplement un peu de sympathie, mais aucune sympathie non plus, ou tellement affectée.

Celui-là, il va mourir parce que je suis incapable d'arrêter l'hémorragie. C'est un pauvre petit mec d'une pauvre famille d'un pauvre village d'une pauvre vallée d'un pauvre pays, un ado à l'agonie avec, à côté de lui, sa kalach froide et dure pour remplacer la peau douce et tiède d'une fiancée. Oh ! je suis prête à croire à Dieu, à croire au Diable, à croire à n'importe quoi ! Aidez-moi. Quelqu'un doit m'aider. Aidez-moi. Aidez-moi.

Judith, tu es Judith. Ressaisis-toi. Tu n'es plus « la gosse ». Tu es seule mais tu ne vas pas chialer. Tu vas faire ce que tu dois faire. Et essayer à tout prix de le sauver.

Je suis Judith. Je ne suis plus « la gosse ». Je suis seule mais je ne vais pas chialer. Je vais faire ce que je dois faire. Et je vais le sauver.

Charles

La bataille devrait bientôt se terminer. Les rafales se font plus rares. La poussière commence à retomber et les vautours tournent déjà dans le ciel. C'est l'heure du carnage, du *gosh to gosh*, de l'oreille à l'oreille.

Où est l'Hypnotiseur ? Parmi les tués, les blessés, ou ceux qui essayent de s'enfuir en se risquant sur des bouts de sentiers qui ne mènent que nulle part ? Ce n'est pas un combattant. Donc, sûrement en fuite. Je le cherche avec mes jumelles.

Ça y est, je l'ai. Il essaye de courir avec plusieurs autres djihadistes le long d'une paroi à une centaine de mètres au-dessus de nous. Je le place dans le viseur du Dragunov. Il y est, bien centré. Est-ce que je le tue ? Non, il faut le ramener en France. Il ne doit pas s'échapper. Je cible ses jambes. La montée est rude. Il va ralentir.

Mon talkie-walkie grésille. Jafar est hystérique. Il bégaye :

« Miss Ju-Ju-Judith, Miss Judith…

– Quoi Judith ?

– Dingue, elle est devenue dingue. Miss Judith aussi est une *majnûn*.

– Dingue ? Pourquoi ?

– À cause d'un jeune blessé. Un homme à moi. Mort dans ses bras. Elle est partie.

– Où ?

– Chercher Moez. Toute seule. Plusieurs de mes hommes l'ont aperçue. Ils avaient autre chose à faire que de l'arrêter. On ne sait plus où elle est.

– Putain, je t'avais demandé de la garder à l'écart. Quelle direction ?

– Peut-être du côté de la falaise. Le versant ouest. »

Judith

J'ai passé le Glock dans ma ceinture, pris la kalach du gamin et engagé un nouveau chargeur comme Charles m'a appris à le faire. Abandonné la trousse de secours, qui ne m'a servi à rien, sur une grosse pierre, bien en évidence. Jeté mon foulard après avoir essuyé la sueur qui ruisselle de partout et secoué mes cheveux complètement emmêlés. Je dois ressembler à une folle furieuse.

La folle avance à l'intérieur de la gorge, scrutant chaque pierre, chaque cadavre. Il faut que je trouve l'Hypnotiseur. Parmi les morts, les blessés, les vivants. Le sang est partout. Son cristal étincelle dans la lumière du matin.

Il faut que j'avance. Je hurle mon cri de guerre : Je suis Judith. Et je cherche Holopherne. Putain, vous m'entendez ? Je suis Judith. Et je cherche Holopherne.

Charles

Ça y est, je l'ai dans mes jumelles. C'est bien elle, avec sa kalach qu'elle porte à l'épaule comme un sac à main. On dirait qu'elle crie et qu'elle ne sait plus où elle est. Elle est complètement barrée, passée de l'autre côté du miroir. Elle avance hébétée, spectre longiligne dans un brouillard poudroyant, une funambule sur une mince ligne de vie. Elle est belle comme jamais.

Les vieux légionnaires, ceux que j'ai rencontrés aux Invalides où ils terminaient leur vie, racontent qu'il leur est arrivé d'apercevoir, au pire moment de la tourmente, une grande silhouette lumineuse avec une longue chevelure brune traverser l'apocalypse. La mort ? Pas du tout, puisqu'ils étaient toujours de ce monde. Ils l'appelaient, cette apparition, la Madone des batailles. Elle venait leur dire de tenir bon, de s'accrocher coûte que coûte, que le feu finirait par s'arrêter, que la victoire viendrait à son heure. Et elle leur apportait un peu de compassion, une image d'humanité au beau milieu de l'irrépressible sauvagerie de la guerre. Alors, les tirs s'espaçaient. Les armes s'apaisaient, le temps de regarder passer cet instant de grâce, cette pointe d'espérance, ce très court fragment de beauté.

Je délire, ou quoi, mais on dirait bien que les rafales se calment sur son passage. C'est elle la Madone des batailles,

Notre-Dame des ombres, régnant sur un Golgotha de fumées, de brumes, sur les vagues de poussière qui roulent dans la lumière aveuglante et projettent d'autres ombres. Des ombres sans fin.

Judith

Les rafales se sont espacées. C'est la fin des combats. Le début de la curée.

J'aperçois quelques djihadistes en fuite. Personne ne leur prête attention. Qui n'est pas fatigué de tout ce sang ? Je crois qu'il est avec eux. Oui, c'est lui. C'est l'Hypnotiseur. Il boite et n'arrive plus à suivre ses frères qui, tout frères qu'ils sont, ne l'attendent pas. J'ai mal partout mais je suis shootée à l'adrénaline, aux endorphines et à la mort.

Il est à moi. Mais le rattraper ne sera pas facile. La pente est diablement raide.

Le petit sentier grimpe le long d'une falaise. À peine le temps de faire cent mètres que des tirs partent du bas. Les hommes de Jafar ne veulent laisser s'échapper personne. Deux djihadistes roulent sur la rocaille jusqu'à ce que des arbustes les agrippent. Des épines transpercent leurs blessures et l'un d'eux se met à hurler sans fin.

Je ne vois plus l'Hypnotiseur car je suis à peine au début du sentier et qu'il doit être quelques centaines de mètres plus haut. Il a dû s'abriter derrière des buissons. J'ai peur de prendre une balle en continuant d'avancer. Mieux vaut m'accroupir et ramper jusqu'aux rochers en amont. Des balles ne cessent de claquer devant moi.

Depuis les rochers, il y a une bonne centaine de mètres à parcourir à découvert avant d'atteindre un bouquet d'acacias. C'est là, derrière un gros buisson, que je le trouve accroupi, observant ce qui se passe en contrebas avec une arme automatique dans la main. Il ne m'a pas entendu approcher. Je pourrais tirer mais j'ai besoin qu'il me voie, que je sois la dernière image qu'il emportera. Qu'est-ce qu'elles vont dire, tes soixante-douze putain de vierges qui t'attendent au paradis, quand elles sauront que c'est Judith la mécréante, Judith la juive, Judith la salope, Judith la putain de Babylone, Judith la chienne, Judith la bâtarde, Judith l'impure qui t'a envoyé les rejoindre ?

Quand il relève la tête, c'est pour découvrir mon arme braquée sur lui. Jean, ça y est, j'y suis arrivée. Charles, je l'ai dans ma ligne de mire. Je ne veux prendre aucun risque. Je fais glisser le sélecteur de tir sur la position de rafale. Et je compte bien vider le chargeur.

L'erreur, c'est de ne pas avoir tiré tout de suite. Ses yeux de cobra me fixent avec une telle intensité que mon regard cherche à leur échapper. Deux secondes ont suffi. Une déflagration assourdissante et une brûlure atroce. Je suis à terre et j'ai lâché mon arme. Il est au-dessus de moi, embusqué derrière son viseur. Il veut prendre son temps pour me tuer. Il veut me soumettre à son regard, pour que ses yeux soient la dernière image que je garderai. Les yeux terrifiants d'Holopherne.

Charles

Judith est à terre. L'Hypnotiseur s'est mis debout. Il va l'achever. Je l'ai dans la lunette du Dragunov. À peine une seconde pour réagir. Charles, tu ne peux pas déconner. Près de quatre cents mètres. Putain, je n'ai jamais tiré d'aussi loin sans trépied. Mission quasiment impossible. Si je tremble, c'est foutu. Charles, déconne pas. T'as pas le droit d'avoir peur.

Les yeux, vise les yeux.

Ils ont une telle capacité magnétique qu'ils vont aimanter la balle.

11

Le tournoi des âmes

Judith

La balle a effleuré la face externe de mon bras droit, au-dessus du coude, épargnant le muscle par miracle. La blessure n'est pas grave mais c'est sacrément douloureux. La chair est brûlée et un bon morceau de peau a disparu. J'aurai sûrement une jolie cicatrice.

Après m'avoir administré une piqûre pour calmer la douleur et empêcher l'infection, plus un sédatif, Charles me fait attendre longtemps. Il y a des blessés beaucoup plus graves et il lui faut aider Hassan, l'infirmier de Jafar, complètement débordé.

J'ai défait le mouchoir rempli de piécettes destinées aux mendiants que Jamshid avait noué à mon bras droit, un peu en dessous de la blessure, et je les serre dans ma main gauche. Elles sont un réconfort. Est-ce qu'elles m'ont protégée ? Sans doute. Je ne sais pas encore à qui je vais les donner.

Charles a fait ce qu'il a pu pour ne pas me faire souffrir. Au début, il m'a fait peur en hurlant dans mes oreilles : « Regarde-moi ! T'entends ? Regarde-moi ! » Après avoir pris mon pouls, il s'est calmé.

Je suis étonnée de le voir manier si bien un ciseau de chirurgien, minuscule entre ses grosses pattes d'ours, pour enlever les microscopiques fragments de tissus et les grains de sable qui se sont mêlés à la plaie. À l'abri derrière des tamaris, il me retire mon gilet pare-éclats, ma tunique et mon tee-shirt pour désinfecter la plaie.

« Désolé, mais faut que je découpe ton soutif. Il me gêne pour fixer le bandage à l'épaule. »

Tout en faisant une grimace de douleur, je ne peux m'empêcher de lui lancer :

« Vous allez sûrement profiter de la situation pour vous rincer l'œil.

– Quelque chose à voir ? J'ai bien regardé. Rien remarqué.

– Charles, vous n'êtes qu'un sale voyeur. Mais comme vous m'avez sauvé la vie, je ne vous dénoncerai pas. »

Charles

La balle est passée près du nerf radial, mais comme elle peut plier le poignet et écarter les doigts, c'est signe qu'il n'a pas été touché. Sa tension a un peu chuté et devrait bientôt revenir à la normale. Le pouls n'est pas mal. Faudra quand même qu'elle fasse une IRM dès son retour à Paris. Même si la blessure est bénigne et qu'elle essaye de plaisanter, le choc psychologique a été terriblement violent.

La ville la plus proche est à plusieurs dizaines de kilomètres, ce qui, avec les cahots et la poussière, rend cauchemardesque le transport des blessés dans les camionnettes.

Même si Jafar se félicite de l'anéantissement de la katiba ennemie, et force sur les sourires, il a l'air démoli de l'intérieur. Il se saoule à la vodka en faisant en sorte que ses hommes ne le remarquent pas. Il s'est même éloigné pour aller pleurer. Je n'ai pas osé lui demander combien d'hommes il a perdus, sans parler des blessés.

Pendant qu'il fait ramasser les armes de ses ennemis, enterrer les morts et fouiller le campement, et que Judith, complètement shootée, dort à l'ombre des tamaris, j'en profite pour marcher au hasard de l'ancienne cité grecque en direction de l'acropole. Là où les armées gréco-bactriennes attendaient leurs ennemis, puis, quelque deux mille ans plus tard, là où Massoud repoussait les talibans. Il installait son fauteuil, qui lui permettait de soulager son mal de dos, à l'endroit même où je me trouve, et les observait manœuvrer, avec sa vieille longue-vue yougoslave. Derrière la levée, les horizons de toute beauté, les sommets enneigés de l'Hindu Kush, les hautes collines au pelage ambré et tachetées d'ombres, couchées comme des fauves blessés, et la confluence des rivières, le bleu intense de la Kokcha, rencontrant l'opaline de l'Amou-Daria sous la bénédiction d'un autre bleu, celui du ciel, que les Grecs appelaient le bleu d'Alexandrie parce qu'il évoque la Méditerranée à ses plus beaux jours.

Pendant les cours d'histoire de l'École militaire, les professeurs nous citaient en exemple la bataille des Thermopyles où quelques poignées de Spartiates se sont sacrifiés en résistant à la colossale armée perse, sauvant les cités-États grecques de la servitude. On étudiait attentivement les tactiques utilisées par les généraux pour remporter les victoires de Salamine et de Platées, toujours contre l'empereur perse. Aï Khanoum était inconnu de nos profs, et sans doute l'est-il de ceux d'aujourd'hui. Pourtant, on s'est battu ici contre la violence brutale et l'esclavage ; même si les lieutenants et les héritiers d'Alexandre massacraient eux aussi, et que les gens de Massoud s'arrangeaient à leur manière avec le droit de la guerre.

Bientôt, les talibans seront à nouveau les maîtres du pays. Une question de semaines. Ils empêcheront sans doute les fouilles, ne voulant pas voir apparaître un passé qu'ils abhorrent. Aï Khanoum, la Dame Lune, retrouvera la paix des grands cimetières. À moins que le Bâd-e Shamal ne s'élève de la terre pour souffler durement, en particulier certains soirs d'hiver, et charrie avec lui les plaintes, les murmures, les chuchotements, les frôlements dans la nuit, les étranges lueurs au loin, les parasites inexplicables et les remugles de charniers.

Je me demande parfois si les ombres errantes ne se battent pas entre elles, si elles ne se livrent pas à un abominable tournoi, le tournoi des âmes.

Mais l'Afghanistan, c'est aussi la beauté de l'aurore et la consolation de la lumière. Un souvenir me revient sans crier gare, surgissant depuis mes années lycée : la scène finale d'*Électre*. Pas celle des tragédies de Sophocle et d'Euripide, si chères à Judith et que je n'ai jamais lues, mais la pièce de Jean Giraudoux.

> Comment cela s'appelle-t-il, quand le jour se lève, comme aujourd'hui, et que tout est gâché, que tout est saccagé, et que l'air pourtant se respire, et que l'on a tout perdu, que la ville brûle, que les innocents s'entre-tuent, mais que les coupables agonisent, dans un coin du jour qui se lève.
>
> – Demande au mendiant. Il le sait.
>
> – Cela a un très beau nom, femme Narsès. Cela s'appelle l'aurore.

Épilogue

Mon bien cher Charles,

Est-ce que vous allez bien ? Comment se passent les vendanges ? Pas trop d'orages cet été ? Le cru de cette année est-il prometteur ? J'espère pouvoir bientôt le goûter. Donnez-moi vite de vos nouvelles.

Cela fait un moment que je voulais vous envoyer ce petit mot et je vous prie d'accepter toutes mes excuses pour avoir tant tardé. N'y voyez surtout pas une quelconque indifférence de ma part. Simplement, l'écriture de mon nouvel opus a pris tout mon temps, sans compter que la rééducation de mon bras a été beaucoup plus longue que prévu et qu'il me fallait taper sur mon clavier avec une seule main. Mais je me devais d'écrire à tout prix à mon retour, une question de survie.

J'ai renoncé à Roxane et Alexandre, puisque nous n'avons pu entreprendre le voyage sur leurs pas jusqu'au bout, pour me pencher sur Judith et revisiter son histoire à travers les siècles. Le livre s'appellera tout simplement *Judith. Judith* par Judith Tissot. Ça claque bien, non ?

J'imagine combien la récente prise de Kaboul par les talibans a dû vous désoler au-delà de l'imaginable. J'espère que notre ami Jamshid, ce merveilleux gentleman, est parvenu à s'enfuir. Savez-vous où il se trouve ? J'aimerais lui écrire. Et Jafar, ce héros plus qu'improbable, est-il sauf ?

Avez-vous également des nouvelles de Majnûn, alias Marc-Antoine ? Je pense à lui régulièrement. Une âme si vaste, ce n'est pas fréquent.

J'imagine que vous serez à Saint-Romain le mois prochain, étant donné la saison. Si vous le voulez bien, je passerai vous voir. Je suis invitée à un festival littéraire du côté de Montpellier. Comme le moteur de la Porsche a bien besoin d'être décrassé et que j'ai récupéré tous mes points de conduite, je peux me permettre d'en perdre quelques-uns. Ce sera une visite rapide, mais peut-être me ferez-vous la faveur de me présenter à votre Fille de la Lumière. Vous m'avez tant parlé d'elle que j'aimerais la rencontrer. Et peut-être me laisserez-vous faire un petit tour avec elle dans l'arrière-pays. Je ne suis pas bonne cavalière mais je sais quand même me tenir à cheval. Et, vous le savez, je n'ai plus peur.

Mille bonnes choses,

Judith

Chère Judith,

Merci beaucoup pour ta lettre. Je m'inquiétais de n'avoir aucune nouvelle.

Jamshid a pu quitter Kaboul quelques jours avant le tsunami taliban. Tu ne devineras jamais où il se trouve : à Saint-Romain, avec moi. Il est inconsolable, tu t'en doutes bien, et mes meilleures quilles sont impuissantes à lui redonner le sourire. Quand tu passeras par ici, te voir lui apportera un grand réconfort. Mais ne tarde pas trop ! Car il a le projet de retourner en Afghanistan, en dépit des talibans.

Jafar s'est enfui après la chute de Mazar-e Sharif, via le Tadjikistan. J'espère que les talibans se comportent aussi bien que possible dans sa vallée de Kayan, mais je suis inquiet. Lui doit être sur la côte est des États-Unis. J'ignore s'il va rejouer dans un groupe de rock ou égoutter à nouveau des frites chez McDo. Les seigneurs de guerre ont de curieux destins.

Shafiqullah a pu quitter Kaboul in extremis, heureusement. Il fait désormais partie du Front de la résistance nationale aux talibans et s'emploie depuis Douchanbé à monter un réseau de renseignement à l'intérieur de l'Afghanistan. FFF, Fout-le-Feu-à-la-Forêt, est parti lui aussi juste à temps. J'imagine qu'il se cherche un château en Écosse.

J'ai eu aussi des nouvelles des services américains. L'Afghanistan étant perdu, ils sont très contents de notre boulot. L'Hypnotiseur s'apprêtait à reprendre du service pour l'État islamique, son élimination est pour eux une bénédiction. Les Français ne disent rien. Pas trop étonnant. Ils n'aiment pas les francs-tireurs, surtout quand ils font le boulot à leur place.

Aucune nouvelle de Marc-Antoine. Notre pauvre Majnûn a tout simplement disparu. J'ai cherché s'il avait de la famille en France. Il ne semble pas. J'ai simplement appris qu'il était le petit-fils d'un grand résistant. Jamshid a fait tout son possible, à travers ses réseaux, pour savoir ce qu'il est devenu. Il semblerait qu'il soit vivant et toujours en Afghanistan. On prétend l'avoir vu passer ici et là, sous la défroque d'un *malang*, un errant de Dieu. Il aura été une énigme et le restera.

Pour les vendanges, les raisins promettent d'être beaux mais les grêles du printemps m'en ont pris beaucoup. Je me demande si je ne vais pas vendre mes vignes. Ce sera l'occasion de partir avec la Fille de la Lumière. En attendant, par faveur spéciale, tu pourras la monter lors de ton passage à Saint-Romain.

Fidèlement,

Charles

Note de l'auteur

Le Tournoi des ombres s'inspire de faits réels et met en scène certains personnages ayant existé, mais doit être lu comme une œuvre de fiction.

L'auteur dit sa dette à l'égard de Sayd Bahodine Majrouh, immense poète et philosophe afghan, assassiné à Peshawar, le 11 février 1988, par un islamiste. C'est à lui qu'il doit les *landays* figurant dans le livre et qui sont repris de son anthologie *Le Suicide et le chant, Poésie populaire des femmes pashtounes* (Les Cahier des Brisants, 1988). Les autres vers de Majrouh sont tirés du *Rire des amants* (Phébus, 1988), le texte français ayant été établi par le regretté Serge Sautereau. Le poète André Velter a aussi confié de précieuses informations biographiques sur Bahodine Majrouh. Et le professeur Nadjib Manalaï a fourni des éléments d'analyse de son œuvre. À ce jour, le manuscrit perdu lors de sa fuite au Pakistan n'a pas été retrouvé.

La lecture de l'excellente revue *Les Nouvelles d'Afghanistan* a aussi été enrichissante.

Les propos du tueur de Toulouse proviennent pour beaucoup des transcriptions des discussions que celui-ci a eues avec les policiers du Raid peu avant l'assaut final au cours duquel il a trouvé la mort.

L'auteur tient à remercier celles et ceux qui l'ont accompagné pendant l'écriture de ce roman, en particulier Sylvie Granotier, Sarah Franco-Ferrer, Francis Kochert, Thierry Dusart, Marc Semo et Alain Mingan ; Adrien Jaulmes et Philippe Lobjois pour leurs informations sur le fusil Snaïperskaïa Vintovka Dragunova ; enfin, mon éditeur Valentin Baillehache pour sa relecture si attentive et ses précieux conseils.

pca
cmb
édition pré-presse
livres numériques

44400 Rezé

Achevé d'imprimer en mars 2023
sur les presses de Normandie Roto Impression s.a.s.
61250 Lonrai (Orne)
pour le compte des Éditions Payot & Rivages
60/62, avenue de Saxe -75015 Paris
N° d'impression : 2300766
Dépôt légal : mars 2023

Imprimé en France

IMPRIM'VERT